Libri di Colleen Gleason

La saga dei Gardella
Victoria
Cacciatori di vampiri
La condanna del vampiro
La rivolta dei vampiri
Il crepuscolo dei vampiri
Il bacio del vampiro
Max sventa una trama

Macey
Caccia de mezzanotte
Caccia nell'ombra

Max Denton
La furia dell'alba

———

I diari delle tenebre
La lunga notte
Il bacio della notte
La notte dell'abbandono
La notte dell'inganno

CACCIA NELL'OMBRA

La saga dei Gardella, Macey #2

COLLEEN GLEASON

TRADUZIONE DI IRENE MONTANELLI

AVID PRESS

1821, Munții Făgăraș, fra le montagne della Romania

NONOSTANTE LE vibranti proteste di Victoria, Sebastian aveva insistito per essere lui a indossare gli Anelli.

Se fosse venuto fuori che si era sbagliato e che gli Anelli di Jubai non erano l'unica protezione necessaria e sufficiente, per poter immergere, senza conseguenze, la mano nella polla incantata di Lilith l'Oscura, era bene che fosse lui a scoprirlo.

In fondo, in quella storia della caccia ai vampiri, lui aveva già perso qualche falange, oltre al proprio cuore… per ben due volte. C'erano giorni (e non erano pochi) in cui desiderava non aver mai accettato di indossare la *vis bulla*. La sua vita sarebbe stata molto più tranquilla, se l'avesse potuta trascorrere ignorando bellamente l'esistenza dei non-morti.

E, al di là di tutte le logiche motivazioni elencate per persuadere quella cocciuta di Victoria Gardella, che non la smetteva di urlare, Sebastian *voleva* essere il primo a testare la polla. Non sapeva bene perché: di solito era incline piuttosto a prendere la strada più facile, quando era possibile. Non amava sgualcirsi o macchiarsi i vestiti.

Alla luce danzante delle loro torce, che proiettavano sulla sua superficie, perfetti cerchi luminosi, la polla pareva fatta di vetro. L'acqua era immobile e innaturalmente piatta.

Sebastian si inginocchiò, percependo il terreno roccioso e irregolare sotto di sé.

Victoria e l'altro Cacciatore, un uomo di nome Michalas, stavano in guardia: non volevano che Sebastian cadesse, venisse spinto, strattonato o costretto in altro modo a entrare nella polla e certo non si fidavano dei tre vampiri che Lilith aveva mandato con loro. Lui, dal canto suo, era grato che ci fossero Victoria e Michalas a proteggerlo, potendo così concentrarsi esclusivamente sul proprio compito.

«Sei certo di volerlo fare?» Victoria gli si inginocchiò accanto, gli occhi color nocciola e la bellissima bocca decisamente troppo vicini.

«Certo. Che non si dica che ho perso l'occasione di fare qualcosa di eroico» rispose, sforzandosi di sorridere. «Non credo che questa pozzanghera possa essere poi tanto profonda: non è più grande di un tavolo da cucina!»

Ma l'acqua, posto che *fosse* acqua, era tutt'altro che innocua. Quando Sebastian provò a infilarvi un bastoncino, quello vibrò pericolosamente fra le sue dita, e tirandolo fuori, ne caddero gocce sferiche, come quelle del mercurio. La parte del legnetto, che era stata immersa, era bruciacchiata e fumava.

«Incoraggiante» borbottò Sebastian avvicinandosi alla sponda. Vedeva chiaramente il suo riflesso sulla superficie, che era di nuovo intatta, come se niente vi fosse stato tuffato.

Nel riflesso vedeva anche le teste di Victoria e Michalas, alle sue spalle, uno per lato, e le fiamme delle torce che danzavano gialle e arancioni sopra di loro.

Con estrema cautela abbassò il mignolo della mano sinistra, quella senza gli anelli di rame, verso l'acqua: dato che il dito era già tagliato alla seconda falange, non aveva molto da perdere.

Non appena il moncherino sfiorò la superficie, Sebastian trasalì. Il dolore fu così intenso da fargli tirar via la mano di scatto.

La punta del dito era annerita e la carne bruciata, al punto da lasciar intravedere il bianco dell'osso.

Dio Onnipotente.

«Fallo fare a me» si offrì Victoria porgendogli la mano, come a chiedere gli anelli.

«No. Non spetta a te. Gli anelli mi proteggeranno.» Fletté le dita della mano destra, ognuno cinto da una fascetta di rame lavorato, e recitò una breve preghiera. *Spero tanto di non sbagliarmi.*

Quindi ficcò la mano nella polla.

Il liquido restò immobile come fosse vetro, eppure le dita lo penetrarono senza sforzo: non sentiva dolore ma aveva come la sensazione che la superficie fosse tagliente. Tuttavia, quando tirò fuori la mano, aspettandosi di ritrovarsela ricoperta di sangue, vide che la pelle non aveva neppure un graffio.

Non sollevò schizzi: la sostanza colava in strane gocce sferiche che tornavano verso la superficie specchiata e ne venivano subito riassorbite.

Sebastian immerse di nuovo la mano: la polla ondeggiò e gli premette contro il braccio. Non sentì vero e proprio dolore, solo una vaga sensazione del potere latente di quel liquido. Il fondo era liscio e sabbioso, non viscido di alghe, né irto di rocce.

Le mani di Victoria gli strinsero le spalle mentre lui si faceva più vicino alla sponda. Grazie alla presa salda della donna, Sebastian potette sporgersi di più, ma si bloccò un attimo, scorgendo nell'acqua il riflesso del proprio viso e, poco dietro, quello di Victoria.

Fissava le loro immagini mentre tastava alla cieca, finché non trovò qualcosa di appuntito e tagliente. Si soffermò a saggiare l'oggetto con le dita: sembrava una piramide, grande come il suo palmo, ma molto pesante. Non era ciò che stavano cercando, perché quello doveva avere la forma di una sfera, non di un prisma.

Eppure... avrebbe tanto voluto poter rimuovere quell'oggetto duro e tagliente senza che i non-morti, lì presenti, lo vedessero.

Ma non ebbe altra scelta che lasciarlo stare, perché quelli non si perdevano nemmeno una mossa, e proseguire la ricerca senza riuscire a scoprire cosa avesse trovato. Si concentrò sul riflesso dello sguardo di Victoria, mentre si spostava di lato, verso un punto in cui la sponda rientrava appena.

Lì la profondità era maggiore e dovette immergere il braccio fin oltre il gomito.

All'improvviso qualcosa cedette sotto le sue dita, come una porta o una botola, e facendo pressione, il braccio poté affondare fino alla spalla. Si sentì attraversare da un fremito di energia, poi qualcosa, simile al fango appiccicoso e cedevole di una palude, gli avvolse il polso e la mano.

Non poteva muoversi: la mano era come incastrata. Si sforzò di rimanere calmo.

In un angolo della mente, vicino all'orecchio, sentì una specie di mormorio, come se una voce tentasse di parlargli. Sebastian sbatté le palpebre e scosse il capo, riportando la propria attenzione al riflesso nella polla. Il suo volto brillava sulla superficie e, all'improvviso, dietro di lui comparve Giulia, i lunghi capelli neri che le ricadevano sulle spalle e sfioravano quelle dell'uomo. *Giulia*. Non Victoria.

Sebastian non poteva togliere la mano, né parlare: bloccato lì, non poteva far altro che guardare quel riflesso. In qualche modo Giulia era lì.

E muoveva le labbra. Parlava e pareva agitata. Con quei suoi occhi così familiari, grandi e scuri. *Salvami, Sebastian, salvami.*

L'uomo urlò e, d'istinto, liberandosi con forza dalla polla, allungò la mano alle proprie spalle, voltandosi per afferrare Giulia, e spargendo ovunque quelle strane gocce sferiche, che rimbalzando, tornarono da dove erano venute, mentre lui realizzava che lì c'era solo Victoria. Giulia se ne era andata. O forse non c'era mai stata.

Non c'era niente al mondo che desiderasse più di poterla salvare.

Che esistesse un modo per farlo?

Novembre 1925, Chicago.

INSOMMA NON sai niente di Macey. È passata quasi una settimana e tu non sai un accidente.» Chas Woodmore si bloccò con la mano che stringeva il bicchiere di whiskey a mezz'aria. «E quindi che facciamo? La lasciamo con Al Capone, punto e basta?» Sbatté il bicchiere sul bancone, rischiando di farlo tracimare.

Sebastian Vioget non si lasciò interrompere e buttò giù il drink, uno spettacolare bourbon invecchiato quindici anni, tutto d'un fiato. Il calore del distillato lo attraversò, ricordandogli che, in fondo, poteva ancora *sentire* qualcosa.

Se Woodmore fosse stato un vampiro, i suoi occhi avrebbero preso fuoco. Non essendo quello il caso, si limitarono ad accendersi di rabbia e sdegno. «Ti farai semplicemente da parte e lascerai che le cose vadano così?»

Le dita di Sebastian si strinsero attorno alla bottiglia e pensò alla soddisfazione che gli avrebbe dato spaccargliela in testa, ma alla fine non lo fece. Non tanto per paura di ferire Woodmore o di attaccare briga, ma solo per non sprecare quell'ottimo whiskey.

Senza contare che gli sarebbe anche toccato pulire dopo, perché certo Temple non lo avrebbe fatto, e che, essendo il Proibizionismo ancora fieramente in auge, rimpiazzare quella bottiglia gli sarebbe costato un occhio della testa.

Se solo avesse potuto, invece, rimpiazzare Woodmore! Magari con qualcuno meno irascibile e problematico. Perché mai Wayren lo avesse, anni prima, letteralmente *portato* lì, attraverso una sottospecie di viaggio nel tempo, i cui dettagli non gli erano chiari, era una domanda a cui non aveva ancora saputo dare una risposta. Si limitava a riporre la propria fiducia in Wayren, conscio del fatto che quella strana donna non faceva mai niente senza una ragione.

Quindi strinse i denti e rispose, apparentemente calmo: «Così come, di grazia?»

La mascella di Woodmore scattò. «So che non credi che Al Capone voglia Macey solo per fare da tappezzeria. Quello che, in tutta onestà, non capisco, Vioget, è perché tu sia scappato lasciandola lì.»

«Gli scagnozzi di Capone mi hanno rapito mentre lasciavo la chiesa all'alba. Non avevo altra scelta che seguirli, se non volevo friggere alla luce del sole. Forse tu la vedi diversamente, Woodmore, ma l'ultima cosa che voglio, è che sia Big Al a raccogliere *questi* dalle mie ceneri.» Vioget fletté le dita della mano destra, mostrando i cinque anelli di rame che gli si erano fusi nella carne, dopo che aveva sfilato la mano dalla polla sui *Munții Făgăraș*. Lo sguardo di Woodmore divenne più attento e l'atteggiamento, da belligerante, parve farsi piuttosto interessato. «Se Capone avesse voluto gli Anelli di Jubai, avrebbe potuto dire ai suoi uomini di lasciarti friggere al sole direttamente sul marciapiede.»

«Vero.»

«E allora cosa voleva da te? E cosa vuole da Macey?»

Sebastian si versò un altro whiskey e fece cenno al bicchiere ancora pieno dell'altro. «Non abbastanza torcibudella per i tuoi gusti, Woodmore? Non ricordo di aver mai visto un bicchiere o una bottiglia rimanere pieni in tua presenza. Non mi dire che hai smesso? Non ti sarai mica unito al movimento della Temperanza? E bada bene, per me andrebbe benissimo, risparmierei un sacco di soldi. Da quando sei qui, non hai mai pagato un conto...»

Woodmore prese il bicchiere e sorseggiò il drink con studiata nonchalance. «Non cambiare discorso, Vioget. Cosa voleva Capone, se non gli anelli?»

Sebastian sospirò, cercando di tenere a freno la propria irritazione. «Non me. Era chiaro che voleva Macey.»

«Voleva… in che senso?» chiese l'altro, rabbuiandosi.

«Come una delle sue pupe o, più precisamente, come sua guardia del corpo. Ma viene da pensare che le abbia affidato anche altre incombenze.» Vioget parlò con voce calma, osservando attentamente il suo compagno.

La cui faccia, però, rimase inespressiva. «Sa che è una Cacciatrice.»

Sebastian inclinò la testa. «Non chiedermi come abbia avuto questa informazione, a meno che non l'abbia saputo grazie alle tue scappatelle al *Blood Club*. Tendi a essere ciarliero quando sei sotto l'effetto…»

Entrambi sapevano bene a cosa alludesse, e non si riferiva solo all'*effetto* dell'alcol. Stranamente Woodmore non reagì a quell'insinuazione, se non rispondendo: «Capone non ha mai avuto niente a che fare col *Blood Club*, lo sai bene anche tu. E ora che il Conte Alvisi è stato ridotto in cenere, grazie a Macey, è Nicholas Iscariot a gestire la baracca.»

«Forse Capone vuole mettere le mani sul club. Sarebbe un buon investimento» suggerì innocentemente Sebastian. «Starebbe bene nel suo giro di prostituzione e gioco d'azzardo. Donne, carte e immortalità. Un piacere senza fine.»

«Forse» rispose Woodmore, poi tacque fissando il bicchiere, come immerso nelle proprie riflessioni. «Gli uomini di Capone ti avevano conciato per le feste. Non ti pare strano che Big Al ti abbia pestato senza neanche provare a prendersi gli anelli? Di sicuro ne avrà sentito parlare, quelli del Tutela devono sapere bene che Iscariot sarebbe pronto a tutto per averli.»

«Non abbiamo la certezza che Capone si sia unito al Tutela» gli rammentò Sebastian. «E di certo non è stato trasformato. È anche possibile che non sappia niente degli anelli. Magari ci sbagliavamo di grosso e lui non ha alcuna intenzione di allearsi coi non-morti.»

Chas sollevò il volto di scatto, fissando l'altro coi suoi gelidi occhi scuri. «Forse ci sbagliavamo, sì.»

Che cosa sa?

Non era facile cogliere di sorpresa Sebastian Vioget, specie considerato che era a questo mondo da centoquaranta anni e immortale da un secolo. In tutto quel tempo aveva sviluppato il suo particolare dono di ammaliare e manipolare le persone, per ottenere quello che voleva. Tuttavia in quel momento, non essere del tutto diretti, voleva dire rischiare di trasformare Chas Woodmore da alleato a nemico.

Un nemico potente, con cui non avrebbe mai voluto scontrarsi, a meno che non fosse stato strettamente necessario.

Ma Sebastian aveva segreti che non poteva rivelare, se sperava di mantenere la *lunga promessa* fatta quasi centocinque anni prima. E quindi rimase in silenzio e si versò un altro sorso di bourbon con mano ferma. Poi ripose la bottiglia sullo scaffale dove la teneva, accanto a una serie di soprammobili tra cui un Buddha di marmo, un drago di giada e una bottiglietta di cristallo col tappo nerazzurro a forma di piramide.

«E che si fa con Macey?» chiese Chas dopo un lungo e pesantissimo minuto di silenzio.

Sebastian scrollò le spalle con noncuranza. «Lasciamola fare quello che deve. In fondo è una Cacciatrice.»

DECADENZA, LUSSO, edonismo, oppressione.

Erano quelle le parole che le venivano alla mente quando sedeva vicino ad Al Capone. Nelle ultime tre ore aveva assistito a un pranzo per cinque commensali composto da numerose portate: pasta, zuppa, brasato e poi ancora pasta, verdure, patate e pane. Si trovavano in una piccola sala da pranzo, arredata da pesanti tende scarlatte, una carta da parati a fantasia azzurra e vermiglia, uno spesso tappeto color Chianti e imponenti mobili di noce. Enormi dipinti di italiani dall'aria fiera, in spesse cornici dorate, costellavano le pareti e ingombranti vasi pieni di peonie rosa e bianche erano sistemati su dei tavolinetti sparsi qua e là.

Le armi erano state lasciate fuori dalla porta.

«Questa qui è Macey» disse Capone, per presentarla, mentre affondava la forchettina nell'enorme porzione di tiramisù che gli avevano messo davanti. Accanto al bicchiere da vino, che non rimaneva mai vuoto, era comparsa una tazzina di caffè espresso.

I cinque commensali avevano consumato l'intero pasto senza degnare di uno sguardo lei, l'unica donna presente nella stanza, finché non erano arrivati al dolce.

Mentre gli uomini gozzovigliavano e parlavano, soprattutto Capone, di affari, jazz e politica, Macey aveva sbocconcellato il proprio cibo, servitole su piatti dipinti a mano col bordo dorato, grandi come dei coprimozzi. Le pietanze erano eccellenti, ma lei non aveva molta voglia di mangiare.

Aveva venduto l'anima al diavolo.

Appena una settimana prima, era stata portata nell'attico di Capone dove aveva trovato Sebastian legato e lasciato a morire bruciato dal sole, sulla terrazza con vista su Chicago. Era allora che era venuta a sapere dello sconvolgente segreto di Capone e aveva scoperto che il gangster la voleva assumere come guardia del corpo.

Di fronte al suo netto rifiuto, Capone le aveva mostrato tutte le ragioni per cui doveva accettare. Oltre a Sebastian legato sul terrazzo, c'erano foto di Macey con le sue amiche Chelle, Dottie e Flora, con la padrona di casa, la signora Gutchinson, col suo principale alla biblioteca dell'università di Chicago, il dottor Morgan… e con Grady.

La minaccia era chiara: se non accettava quell'offerta, tutti i suoi amici e conoscenti sarebbero diventati il bersaglio dell'ira di Capone e, probabilmente, dei suoi mitra.

Quindi confusa, arrabbiata e affranta, aveva accettato la proposta di lavoro.

Sebastian, per fortuna, era riuscito a liberarsi durante la negoziazione, e Macey era rimasta sola ad affrontare l'accordo preso col boss del crimine di Chicago.

Fino a quella sera, Capone l'aveva praticamente ignorata, limitandosi a tenerla nel suo albergo, come fosse agli arresti domiciliari. Non aveva potuto parlare con Sebastian al *Silver Chalice*: l'unica telefonata che le era stata concessa, era stata quella al dottor Morgan, per avvertirlo che aveva dovuto improvvisamente lasciare la città. Per quanto ne sapeva, nessuno aveva idea di dove fosse.

Ma quel giorno, alcune ore prima, Capone aveva mandato uno dei suoi scagnozzi a prenderla in macchina per portarla a Cicero, una cittadina fuori Chicago dove avevano sede alcune delle distillerie del boss. L'avevano condotta nella saletta da pranzo e fatta accomodare sulla sedia, da cui aveva assistito a quell'interminabile banchetto, senza che nessuno le rivolgesse una parola. Fino a quel momento.

Come se fosse stato dato loro il permesso di accorgersi di lei, gli altri tre uomini al tavolo la salutarono con un cenno del capo e mormorando educati convenevoli, in attesa che Capone aggiungesse qualcosa. Era chiaro che fosse insolito, per loro, avere una sola signora a tavola.

Al non si preoccupò di presentarle gli altri commensali. Tracannò invece il proprio espresso, si alzò e si mise a camminare attorno al tavolo, muovendo animatamente le mani mentre parlava. «Macey è una nuova aggiunta al mio staff. È dotata di un'abilità molto speciale e mi offrirà dei servizi specifici. Confido che mi rimarrà fedele, a dispetto delle tentazioni che potrà incontrare sulla sua strada, proprio come te, eh, Bernardo?»

Capone si fermò alle spalle del più giovane e muscoloso dei tre, dandogli una pacca sulla spalla, mentre quello rideva di cuore. «Vero, capo, sempre fedele alla famiglia.»

Macey vide Capone spostarsi, e capì cosa stava per succedere un secondo prima che la mano del boss si spostasse rapida verso la cravatta di Bernardo. Una lama si mosse velocissima, e un fiotto di sangue spruzzò il tavolo e gli avanzi di cibo nei piatti.

Un ultimo gorgoglio sorse dalla gola aperta di Bernardo, e poi più niente. Quando Capone si spostò, il malcapitato ricadde a faccia in giù nella pozza di sangue che aveva inzuppato il suo tiramisù appena assaggiato.

Macey non si era mossa, né aveva emesso un suono e nemmeno gli altri due ospiti. Ripulendo il coltello su un tovagliolo già macchiato del sugo della pasta e del brasato, Capone si guardò attorno.

Il buon anfitrione che chiedeva di riempire i bicchieri di vino e i piatti di pasta per i suoi uomini era sparito, ora i suoi occhi erano scuri e brillavano di rabbia e violenza. «Io mi prendo cura dei miei *picciotti*» disse, con un tono che sapeva più di accusa che di promessa, «finché loro sono fedeli a me e alla mia famiglia. Ma quando passano il segno…» L'accento di Brooklyn si fece più marcato, intriso di ferma e gelida rabbia. «Non ci sta posto per il perdono, non è così che gestisco i miei affari, io. E tu lo sai bene, eh, Leon?»

L'uomo di nome Leon, grasso e senza collo, grazie alle quotidiane e generose dosi di pasta, con la calvizie incipiente e gli occhi sporgenti, fu svelto ad assentire. Sembrava incapace di parlare e questo piacque molto a Capone. «E tu non mi fotteresti mai, eh, Leon?» proseguì Al, fermandosi dall'altro lato del tavolo, proprio di fronte a lui. Una mano scivolò sotto la giacca. «Non come Melvin, qui, eh? Tu e Lucky Manachetti state diventando grandi amici ultimamente, non è vero, Melvin?»

«Ehi, ehi aspetta!». L'uomo che presumibilmente era Melvin sollevò le mani, mentre il viso passava da un bel colorito rubizzo a un bianco spettrale. «Andiamo, Boss non è come sembra...»

Il colpo di pistola risuonò secco e perentorio nella stanza, mettendo a tacere con efficacia le recriminazioni di Melvin e aprendogli un buco rosso in fronte. Dopo, l'unico rumore udibile, fu il respiro affannato di Leon, i cui occhi da triglia parevano ancora più sporgenti mentre fissavano Capone a bocca aperta. Il respiro era tanto pesante che gli tremavano le spalle.

Al ripose il revolver nella tasca interna. «Sono stato chiaro?» disse fissando Leon coi minuscoli occhi nerissimi e continuando a ignorare Macey.

«Per- perfettamente.»

«E ora fuori di qui e spargi la voce con gli altri picciotti. Sedete alla mia tavola, approfittate della mia ospitalità e poi mi sputate addosso. Io non concedo una seconda possibilità. A nessuno. E tu, Leon, stai lontano da tutti quei maledetti falsari. Non credere che non sappia che te ne vai a zonzo a ficcare il naso in certe cose. Non voglio averci niente a che fare, con quelli.»

Leon recuperò la propria dignità e si alzò dalla sedia. Passò accanto a Macey, che notò gli schizzi di sangue sul viso pallido e un vago odore di urina.

Quando Leon si richiuse la porta alle spalle, Macey si alzò dalla sedia e guardò Capone, senza fare niente per nascondere il proprio disgusto, ma riuscendo a non far vedere quanto le tremassero le mani. Quell'uomo era violento e brutale quanto Nicholas Iscariot e aveva fatto chiaramente capire che nessuno era al riparo dalla sua ira, nemmeno quelli a cui teneva. Eppure non aveva alcuna ragione di temerlo. «Tutta questa messinscena serviva a spaventarmi?»

«Spaventarti? Certo che no. Semmai serviva a rammentare a Leon quali ruote deve ungere, per così dire.» Guardò il tavolo pieno di sangue e fece una smorfia alla vista degli schizzi sul decanter. «Peccato per il vino, uno spreco, ma almeno il messaggio è arrivato.»

Macey lo guardò, lo stomaco chiuso in una stretta di rabbia e disgusto. Ancora non riusciva a capacitarsi che quell'uomo fosse un Cacciatore. Indossava l'amuleto benedetto, la *vis bulla*, che accompagnava la sacra vocazione della loro famiglia, era dotato delle sue stesse abilità, di quella forza e quella velocità sovrumane… e le usava per uccidere senza scrupolo, per distruggere i mortali, coloro che i Gardella avrebbero dovuto proteggere, le vite che avrebbero dovuto salvare.

Avrebbe potuto sospettare che quella *vis bulla* non fosse autentica, ma ricordava bene di aver letto il suo nome, *Alphonsus*, sulla Bibbia di famiglia dei Gardella, dov'erano elencati tutti coloro che erano nati o divenuti Cacciatori. Aveva anche visto segni della sua incredibile forza e della sua velocità, a dispetto della mole imponente.

«Tu abusi dei tuoi poteri di Cacciatore» sputò. «Li hai usati per costruirti un impero fatto di illegalità e degli affari della peggior specie, quelli che lucrano sui più deboli, e lo hai creato con morte e violenza. E tutto per avidità. Come *osi* indossare la *vis bulla*?»

Lui si voltò di scatto verso di lei, ma sul suo viso Macey non lesse la rabbia che si sarebbe aspettata: era come se avesse accettato quella sua sfuriata. «Qualunque cosa tu pensi, bambina, io sono ancora un Cacciatore, votato a combattere i non-morti.»

«E a proteggere i mortali su questa terra. Eppure li ammazzi, tagli loro la gola e gli spari mentre sono tuoi ospiti, per puro capriccio. E tutto per una qualche offesa di cui ti è giunta voce. Tu non sei un vero Cacciatore» sogghignò.

«Vuoi dire forse che un Cacciatore non ha il diritto di proteggersi dagli altri mortali, ma solo dai vampiri? È così che fai tu, Macey Gardella? Sei una gran furbona, tu, non provare a farmi credere il contrario»

«E questo lo chiami *proteggersi*?» chiese additando il tavolo ricoperto di sangue. «Nessuno di loro ha alzato un dito contro di te.»

«Ma cosa vuoi saperne tu» ringhiò Capone. «Tu non sai una minchia dei miei affari, né immagini cosa avrebbero potuto fare questi uomini, se non li avessi fermati. Sai quanti cecchini mi hanno preso di mira? Quante pallottole ho scansato? Sai quanti dei tuoi preziosi mortali sono stati coinvolti in sparatorie che avevano *me* come bersaglio? Devo proteggermi.»

«E per quale motivo? Per la tua avidità, per la tua sete di potere. Perché infrangi la legge, perché ti approfitti delle donne e le vendi come prostitute, perché apri case da gioco dove le menti più fragili perdono i loro soldi, quando non li spendono per comprarsi la tua birra illegale. E incoraggi mezza Chicago a infrangere a sua volta la legge e a diventare alcolizzata.»

«Ascoltami bene, Macey Gardella» ringhiò, avvicinandosi tanto da farle sentire l'odore d'aglio del proprio fiato. «Quello che offro io è un *servizio*. Il Proibizionismo non ha mai impedito a nessuno di bere, ma quegli stronzi della Temperanza... lo sai anche tu, no, che tutti i membri del Congresso hanno la loro scorta privata di alcol. Anche gli agenti del Proibizionismo si fanno una birra o un whiskey, di tanto in tanto. E tutti sanno che se entrano in uno dei miei locali, non si beccano dell'alcol metilico e che non moriranno perché qualcuno ha servito loro del dannato etanolo. La mia birra, i miei liquori... sono un servizio che salva la vita a chi si fida di me e dei miei prodotti. È una questione di regolamentazione, Macey. Qualcuno deve gestire i traffici illegali o molta più gente morirebbe.»

Macey si limitò a scuotere la testa. «Questa è una scusa ben misera. Non toglie che tu infrangi la legge e ti prendi gioco delle autorità-»

«*Mi prendo gioco?* Ma di cosa vai blaterando, ma se sono loro... se è quel coglione del capo della polizia a chiamarmi, non io a chiamare lui. È lui che mi succhia l'uccello, che viene da me, a chiedere il mio aiuto, perché senza di me, la mia rete di contatti e i miei picciotti, beh, Chicago sarebbe un posto assai più pericoloso. E non parlo solo dei vampiri.»

«Certo che no. Ti viene mai in mente che dovresti dare loro la caccia? Quando trovi il tempo per ammazzarli se devi gestire un impero finanziario?» ridacchiò. La faceva star male il fatto di condividere la stessa eredità, la vocazione a uccidere malevole e demoniache creature immortali, con il più avido e potente dei criminali di Chicago, qualunque cosa ne dicesse lui. E peggio ancora, metteva in discussione l'intero mondo in cui era stata trascinata, alcuni mesi prima, da Sebastian Vioget e Chas Woodmore. «Quando è stata l'ultima volta che ti sei preso la briga di uccidere un vampiro, eh? Di tenere davvero fede alla vocazione di famiglia?»

«Sei divertente, Macey Gardella, davvero divertente. Sei una spaccona impertinente e, non dirlo a Mae, ma è una cosa che mi piace molto in una donna. Però non mi piacciono quelle che fanno le finte tonte. La prima volta che ci siamo visti, al *Palmer*, sapevi benissimo che c'era cenere di vampiro sul mio completo. Non fingere di non averlo sentito e di non aver visto il mio paletto. Se allora avessi saputo chi eri veramente, non ti avrei mai lasciato uscire dal retro di quel locale senza di me.»

«E quindi hai addirittura ucciso un vampiro settimane fa! E cosa ti aveva fatto, eh? Aveva aperto una sala da ballo che ti avrebbe fatto concorrenza? Era riuscito a ingaggiare Satchmo per una serata prima di te?»

Capone rise di cuore, come se la sua rabbia fosse evaporata all'improvviso.

«Cazzo, bambina, ci divertiremo un mondo insieme, io e te.» Tirò fuori un fazzoletto per tamponarsi il viso.

«È più facile che Nicholas Iscariot entri in una chiesa.»

Rideva ancora, ma smise e si rimise il fazzoletto in tasca. «Non hai alcun diritto di giudicarmi, bambina, quello spetta solo al Signore e se Lui ha ritenuto opportuno che indossassi la *vis bulla*, nessuno su questa terra può azzardarsi a dire che non faccio il mio dovere. Sai quanti soldi regalo ai poveri? Quanti pasti caldi, vestiti, scarpe, case ho dato ai più bisognosi? E non hai idea neppure di quante vite abbia salvato con quello che faccio, impedendo alla violenza di esplodere. Tu non hai alcun diritto di giudicare se io sia degno o meno di indossare l'amuleto. Non è affar tuo e faresti bene a tenerlo a mente.»

«Non ucciderò per te» sibilò. «Non ucciderò delle persone, mai. Non importa in che modo mi minaccerai.»

«Lo vedremo. Per il momento devi solo aspettare fino a quando avrò bisogno di te. Intanto goditi il tuo alloggio di lusso, i bei vestiti e il mio cibo, ascolta della buona musica jazz… anzi, hai avuto un'ottima idea… far venire Satchmo qua, da New Orleans. E aspetta, finché non ti chiamo. Perché i nostri destini sono legati, bambina, a questo non si sfugge.»

Macey fece del suo meglio per mantenere un'espressione neutra e non scoppiare a piangere di rabbia e frustrazione. Era intrappolata lì con Capone, intrappolata nel mondo di quel gangster.

Ho giurato di combattere il male e ora mi ritrovo a proteggerlo.

AL CAPONE controllava il suo impero, e praticamente tutta Chicago, quando era in città, dalla suite 430 dell'Hotel Lexington.

La prima volta che Macey aveva avuto occasione di visitare il lussuosissimo appartamento, ne aveva notato appena le bellezze e le amenità. Quando vi era arrivata, esausta, ferita e affranta, aveva trovato un Sebastian Vioget pesto, legato e pronto per essere lasciato a friggere al sole sul terrazzo. E tutto ciò a cui era riuscita a pensare, era stato come far fuggire entrambi, sani e salvi, dalle grinfie di Capone.

Ma negli ultimi cinque mesi, dopo che Big Al l'aveva portata a quella cena finita in un bagno di sangue, Macey aveva sviluppato fin troppa familiarità col quartier generale di Capone a Chicago. Ogni volta che attraversava la lobby dell'albergo, incontrava i suoi luogotenenti, che credevano lei fosse semplicemente una frivola pupa del boss, amante dei bei vestiti e del cibo che il gangster le passava. C'erano guardie armate anche di fronte a ogni ascensore e, sebbene tutti ormai la conoscessero d'aspetto e di nome, nessuno sospettava che fosse più veloce, forte e di sicuro più intelligente di tutti loro, a dispetto dei revolver calibro ventiquattro che avevano in dotazione.

Più ci si avvicinava al cuore dell'impero di Capone, all'interno del Lexington, più guardie del corpo c'erano. Quando varcava la soglia della famigerata suite 430, doveva far attenzione a scansare le numerose borse di tela chiuse da lucchetti, ognuna contenente chissà quanti soldi, ammucchiate ovunque, in attesa di essere portate in banca. Non c'era da stupirsi se lui non voleva avere niente a che fare coi falsari: di banconote ne aveva in abbondanza, senza bisogno di doverne stampare.

Era sbalorditivo pensare a quanti soldi facesse il gangster noto come Snorky. E davvero ne donava una buona parte ai poveri, oltre a offrire pasti ai bisognosi, per esempio in occasione della Pasqua.

Tuttavia, per quanto Capone facesse il Robin Hood, gli ultimi mesi, non erano serviti a Macey per cambiare opinione sul suo nuovo capo.

«Bambina!» la salutò Al, «sei pronta per stasera?»

Sedeva, imponente e massiccio, dietro a una scrivania ricoperta di fogli, su cui erano poggiati un piatto mezzo vuoto di pasta e un bicchiere di vino. I capelli neri erano pettinati all'indietro, il volto perfettamente rasato, sormontava un collo ampio e tozzo, avvolto dal colletto di una camicia fatta su misura e dalla giacca di un completo. L'immancabile diamante da undici carati brillava attorno al mignolo. Una delle ragazze che ronzavano attorno a Capone le aveva detto che valeva cinquantamila dollari.

«Sfortunatamente sì» rispose, superando un tavolino con sopra una copia aperta del *Tribune*.

Si soffermò a leggere distrattamente i titoli. *Lo sfortunato* Iroquois Theater *riapre i battenti col nome di* The Oriental, diceva uno degli articoli; *Terzo corpo sparito dall'obitorio municipale* un altro; *Due morti vicino a un'industria alimentare*; e ancora *Esplosione vicino ad Hyde Park: due feriti...* quei titoli la dicevano lunga sulla diffusione del crimine in città. E poi c'era un pezzo dal titolo *Grazie a Big Al, stasera al* Music Castle *Louis Armstrong in concerto*, corredato da una foto che ritraeva Al Capone e il famoso jazzista che si stringevano la mano.

E poi vide quello che cercava, pur odiandosi mentre lo faceva: un articoletto dal titolo *Houdini torna a Chicago* e sotto la firma, *J. Grady.*

Macey fece un sospiro di sollievo. Era ancora a Chicago, continuava a scrivere, e sicuramente, a fare indagini. Ed era vivo.

Arrabbiata con sé stessa perché ancora se ne preoccupava, Macey si diresse verso la porta finestra che dava sul terrazzo dalla ringhiera bassa, da cui si dominava Chicago. In quei mesi era a malapena uscita dal Lexington e sempre e solo con Capone.

«Non vedo l'ora di vederti tutta in ghingheri stasera, bambina» disse l'uomo, mentre la sua matita continuava a scorrere rumorosamente su un mucchio di fogli. «Sai, la tua prima uscita pubblica.»

Macey si trattenne a malapena dallo sputare un commento sarcastico. Tipo che se ne sbatteva delle uscite pubbliche. Deglutì: sentiva la gola secca e il vuoto dentro, nonostante avesse appena mangiato un minestrone e delle lasagne eccellenti. *Non era questo che avevo immaginato quando ho detto di sì a Wayren e Sebastian.*

Non mi aspettavo di ritrovarmi sola.

E confusa.

«E assicurati di essere perfetta» aggiunse deciso, posando la matita. «Snorky non si fa mai vedere in giro con donne che non siano le più belle e ammirate. Una ragazza immusonita rovinerebbe la mia reputazione.»

Macey si voltò di scatto. «Perché vuoi portarmi con te, stasera? Non penserai che dei vampiri possano introdursi nel blindatissimo *Music Castle* quando ci sono un sacco di altri posti dove trovare facili vittime. E Iscariot non oserebbe mostrarsi.» Nicholas Iscariot era, comprensibilmente, l'unico vampiro che Capone temeva davvero.

Macey stessa aveva avuto un assaggio della malvagità del figlio di Giuda Iscariota, il primo vampiro, sul sedile posteriore di una limousine, solo pochi mesi prima. Rivedeva fin troppo spesso, nei suoi incubi, Iscariot che le tagliava il vestito con un coltello, lasciandole corpo nudo ed esposto alle sue zanne aguzze come aghi e alla bocca lasciva, mentre altri due non-morti la tenevano ferma. A rammentarglielo c'erano anche una sottile cicatrice attorno all'areola del seno sinistro e un'altra lungo lo sterno.

In quei mesi, Capone non le aveva mai chiesto altro che di partecipare a riunioni segrete che si tenevano o si prolungavano fin dopo il tramonto o che avevano luogo in posti poco sicuri. Le era capitato anche di presenziare nelle stanze private di Capone. Una volta aveva impalato un vampiro appostato in un vicolo all'uscita di una riunione, mentre in un'altra occasione ne aveva percepito uno salire furtivamente le scale di servizio del Lexington e gli aveva presentato volentieri la punta del suo paletto. Ma quelle e le poche altre circostanze in cui aveva dovuto fare appello alle sue abilità, erano state roba da poco, quasi noiose.

Per fortuna, tuttavia, fino ad allora il suo capo non le aveva mai richiesto altri e più *intimi* servizi. Pareva davvero fosse devoto alla moglie Mae: anche le altre ragazze del suo entourage, le avevano confermato, che a nessuna di loro aveva mai chiesto di scaldare il proprio letto.

Almeno quello. Era già abbastanza brutto che la gente la considerasse una sgualdrina di Capone. Specie considerando il fatto che si diceva che lui avesse la gonorrea.

Perché Capone l'aveva tenuta segregata fino a quella particolare sera? Non era che un semplice concerto e non era nemmeno la prima volta che l'astro nascente del jazz, Louis Armstrong, si esibiva a Chicago, e anche se era stato Capone a portarcelo, Macey non vedeva come la sua presenza potesse rivestire una particolare importanza.

A meno che Big Al non temesse qualcosa.

Devi solo aspettare fino a quando avrò bisogno di te… aveva detto quella sera a Cicero. *Aspetta finché non ti chiamo.*

In realtà non voleva solo che lei lo proteggesse. La voleva con sé perché era convinto che la profezia scritta nel XII secolo da Rosamunde Gardella riguardasse loro due:

Dalle recondite viscere
della pazzia e dell'afflizione
sboccerà un intrepido
che estirperà dalla terra
questo male turpe.

L'intrepido sarà solo la metà dell'intero
e l'intero sarà formidabile come l'oceano
e possente come le montagne.

Tu, tesoro, sei l'intrepido, le aveva detto. *E io sono l'altra metà dell'intero.*

Era vero? Perché mai era convinto che la profezia si riferisse proprio a lui? Solo perché si dava un sacco di arie? *Sono un Cacciatore e un uomo molto potente, la profezia deve riferirsi a me.*

Macey avrebbe tanto voluto poter parlare della faccenda con Wayren o almeno con Sebastian. Doveva assolutamente trovare un modo per comunicare con lui, Chas e Temple ma, fino a quel momento, non aveva osato sondare quanto fossero fondate le minacce di Capone, che avevano come oggetto i suoi amici.

Ogni volta che pensava di provarci, di prendere il controllo della situazione, cercare di allontanarsi dall'Hotel Lexington e mollare Capone, le tornava a mente il tavolo dell'obitorio su cui giaceva, a malapena riconoscibile, il corpo straziato e coperto di sangue di Chelle, massacrata proprio a causa del legame che aveva con lei. Ed era sempre per colpa della sua natura, che Flora, la sua migliore amica di sempre, adesso era un vampiro.

Due vite distrutte per il semplice fatto di conoscerla. Come poteva rischiare che succedesse ad altri?

E tanto perché non se ne scordasse, Capone teneva le foto di Macey e dei suoi amici sul pianoforte a coda che troneggiava nel salotto. Incorniciate e minacciose.

Se la ragazza avesse fatto anche un solo passo falso, e contrariato Big Al, certo la rabbia del gangster si sarebbe riversata su qualcuno a cui lei voleva bene. Non si preoccupava molto per Chas e Sebastian, che sapevano difendersi da soli, anche se Chas, come lei, non era certo immune ai proiettili, ma c'erano anche Temple, il dottor Morgan e Dottie…

E Grady.

«Tieniti pronta per le sette, verrà a prenderti Gus. Mettiti il vestito azzurro e argento che ti ho fatto mandare da *Marshall & Field* e il soprabito blu e nero. Ti farò avere anche dei gioielli. E non dimenticare il paletto.» La fissò per un po'. «E non scordare neanche lo speciale corsetto che ti ho fatto fare, meglio se lo indossi. Non si sa mai.»

«Tutto quello che vuoi, *Scarface*» sputò, usando di proposito il soprannome che lui detestava.

E se ne andò.

Uno dei privilegi di essere sul libro paga di Al Capone, era avere un appartamento ammobiliato al Lexington.

Un anno prima, Macey sarebbe rimasta ammutolita di fronte al lusso e alla raffinatezza della sua piccola suite privata, ma ora come ora odiava ogni momento trascorso lì dentro. Sia per quello che quel posto rappresentava, ma soprattutto perché dalla finestra si vedeva l'insegna rossa e bianca del Tribune. E di sera era ancora peggio, perché splendeva nel cielo notturno come un faro accusatorio.

A niente serviva tirare le tende: quella luce restava visibile.

Entrò un attimo, giusto il tempo di recuperare la sua borsetta: erano solo le due del pomeriggio, aveva cinque ore di tempo prima di dover essere pronta e *in ghingheri* per Capone, e che il cielo la fulminasse, se aveva intenzione di passarle a mangiare caramelle e a chiacchierare con le altre ragazze, quel giorno.

Sarebbe uscita, che la seguissero pure.

La mattina si era allenata come sempre in una stanza messale a disposizione dal suo capo (probabilmente avrebbe dovuto usarla anche lui, ma a Macey non era mai capitato di vedere segni che lo facesse davvero) eppure nemmeno l'intenso lavoro fisico aveva dissipato la frenesia, l'insoddisfazione e il senso di disagio che la tormentavano e parevano volerla avvertire di qualcosa.

Stringendo la borsetta, Macey evitò l'ascensore e scese di corsa le dieci rampe di scale con le sue Mary Janes a tacco basso. Era il modo migliore per lasciare il Lexington senza essere notata dagli scagnozzi di Al che avrebbero cercato di seguirla, a piedi o su quelle loro lucide macchine nere. L'ultima volta che aveva tentato una fuga del genere, l'avevano seguita per tutto il tragitto fino alla biblioteca e ritorno. Stavolta non gliene importava, che lo facessero pure.

Era un tiepido e assolato pomeriggio di aprile e gli abitanti di Chicago si godevano l'arrivo della primavera. Macey non aveva in mente una destinazione, voleva solo godersi l'aria aperta e schiarirsi le idee, dopo essere stata rinchiusa per mesi nella gabbia dorata di Big Al.

La guardia di fronte all'entrata segreta sul retro era occupata a flirtare (o più precisamente a *pomiciare*) con una delle ragazze, e Macey riuscì a passare inosservata. Li superò rapidamente e, in un attimo, si trovò in mezzo alla strada affollata.

Camminava a passo svelto, senza avere né una meta né un programma preciso, e si stupì, dunque, di ritrovarsi di fronte a un edificio che le era ben noto. La chiesetta di Old St. Patrick era piccola e modesta, una delle tante intitolate al patrono dell'Irlanda. Nonostante Macey non fosse cattolica, ci era stata diverse volte.

Qualcosa l'aveva già guidata lì in passato, e quel giorno la storia si era ripetuta.

Abbandonata l'andatura svelta e decisa di prima, i passi di Macey si fecero un po' esitanti mentre saliva i gradini che portavano all'entrata. La pesante porta di legno si aprì senza fare rumore e la ragazza scivolò nel buio di quel luogo sacro.

Tutto era immobile e silenzioso. La chiesa era deserta, fatta eccezione per una figura ingobbita, a poche panche di distanza dall'altare, avvolta in uno scialle scuro e con le mani giunte in preghiera.

Dalle cappelline laterali, a fianco delle due serie di panche, le candele proiettavano la loro luce incerta sulle statue dei santi. Altri ceri ardevano sull'altare. La luce del sole filtrava attraverso le grandi vetrate dipinte, poste al di sopra dell'altare stesso, spargendo macchie di luce colorata. Era Pasqua e dunque la chiesa era disseminata di vasi pieni di gigli e altri fiori primaverili, che impregnavano l'aria del loro profumo dolce e fresco.

Macey poteva sentire il battito del proprio cuore mentre percorreva la navata centrale, chiedendosi perché, tra tanti posti, fosse finita proprio lì.

Benvenuta.

Nessuno aveva parlato, eppure aveva percepito quel saluto dentro di sé, nel profondo. Era successa una cosa simile quando era venuta qui, subito dopo aver scoperto della sua eredità di famiglia e dei Cacciatori. Quando non credeva di poter essere un'ammazzavampiri e dubitava della storia raccontatale da Sebastian Vioget, quando era certa ci fosse un errore, e che lei non fosse la figlia di un famoso Cacciatore di vampiri.

Aiutami, disse dentro di sé, ignorando il perché o a chi stesse parlando, ma se i suoi nemici erano dei mezzi demoni generati dal Diavolo, cercare aiuto in un luogo sacro non era poi così folle. Trasse forza dal sacro amuleto, forgiato con l'argento proveniente dalla Terra Santa, che le pendeva dall'ombelico, la *vis bulla*.

Sedette su una delle ultime panche, dalla parte opposta rispetto all'altra persona in preghiera, e chiuse gli occhi.

Cosa sto facendo?

Silenzio. Ma si trattava di un silenzio insolitamente placido, privo di aspettative o curiosità. Solo calma. E pace.

Sì, era una sensazione di pace, che provava per la prima volta da quando Al Capone l'aveva presa nella sua rete. Da quando Dottie era stata massacrata da Nicholas Iscariot e da quando la sua amica del cuore, Flora, era stata trasformata in un vampiro.

Per la prima volta, dal momento in cui aveva realizzato il vero significato della sua natura di Cacciatore e la solitudine, i sacrifici, la vita fatta di violenze che questa comportava, si sentiva apparentemente in pace.

L'aria si tese, Macey udì un fruscio di abiti e percepì il calore di una presenza.

Spalancò gli occhi. «Lei» mormorò fissando la vecchietta. Una rapida occhiata le confermò che si trattava della stessa persona che fino a qualche istante prima pregava inginocchiata ad alcuni metri da lei.

«Sei tornata» le disse. Era così vecchia che Macey non riusciva a dire quanti anni potesse avere. Certo almeno una novantina, forse anche cento. Il volto e il corpo tradivano vecchiezza e fragilità. La pelle sottilissima era segnata da un fitto intrico di rughe e pareva soffice e traslucida. Il viso era incorniciato da qualche riccio bianco che faceva capolino da sotto lo scialle nero, che le copriva la testa e le spalle.

Ma a colpirla furono gli occhi: scuri, impenetrabili che brillavano di intelligenza, comprensione e *vita*. A Macey parvero familiari, come se conoscesse la persona che si nascondeva dietro di essi, eppure non sapeva chi fosse quella donna. L'aveva incontrata solo due volte.

«Io... non so cosa ci faccio qui.» borbottò Macey, presa dall'urgenza di *dire* qualcosa. «Dovevo solo... allontanarmi.»

«Troverai sempre rifugio qui. E forza.» Gli occhi neri e scuri si ridussero a fessure. «Hai ancora il rosario? Quello che ti ho dato?»

Macey si bloccò. Non ci pensava da mesi. Non che quell'oggetto avesse avuto una qualche importanza, o utilità... e invece sì! La prima notte in cui un vampiro l'aveva attaccata, l'aveva usato. Dopo essere avventurosamente riuscita a uccidere il suo aggressore, aveva sistemato il rosario sul davanzale della finestra, sperando sarebbe servito da deterrente per eventuali altri non-morti in agguato.

«Non lo so» balbettò. «Credo... di averlo lasciato nella mia... vecchia casa.» Chiuse gli occhi, mentre le tornava alla mente il ricordo dell'ultima volta che era stata nella sua *vecchia casa*, ovvero l'appartamento nello stabile della signora Gutchinson.

La signora Gutchinson.

Le spuntarono delle lacrime, mentre la nausea le attanagliava lo stomaco, e Maccy dovette sbattere velocemente le palpebre per ricacciare indietro le emozioni. La sua anziana padrona di casa non meritava il trattamento riservatole dai vampiri. Nessuno merita di essere torturato e massacrato in quel modo, specie una povera vecchietta indifesa.

«Per questo devi fare quello che devi» le disse la donna come se le avesse letto nel pensiero.

Macey la guardò perplessa. «Come lo sa... cosa vuol dire?»

Un sorriso tristissimo le incurvò le labbra sottili, stirando per un attimo le rughe profonde che le circondavano la bocca. «Tieni il rosario sempre vicino. Ne avrai bisogno.» Poggiò la mano magra e morbida su quella di Macey, ma anziché essere fredda, come spesso sono quelle degli anziani, era calda e comunicò una breve e piacevole vibrazione a quelle dita più giovani.

La vecchietta si alzò, lentamente e con molta attenzione. Prima di voltarsi, lanciò un ultimo sguardo a Macey: i loro occhi si trovarono alla stessa altezza, sebbene lei fosse in piedi e Macey seduta. «Fa' attenzione e sii forte. In molti aspettano la tua mossa.»

E con quelle parole criptiche se ne andò, trascinandosi lungo la fila di panche, verso la navata, con passo lento ma deciso.

Macey avrebbe voluto chiederle qualcos'altro, almeno il suo nome, ma poi cambiò idea.

È ora di tornare.

Sì, era ora di tornare al suo vecchio appartamento, di riprendere in mano, ancora una volta, la sua vecchia vita.

Forse poi avrebbe potuto trovare un modo per far uscire Al Capone dal suo mondo.

Macey scese dal taxi e si ritrovò di fronte alla casa di mattoni dove la signora Gutchinson aveva la sua pensione. La vernice delle imposte era consumata, ma le ante erano tutte integre. Nessuna finestra era rotta e il giardinetto di fronte si stava vestendo del verde della primavera. Un cartello *Vendesi* era stato appeso con malagrazia dietro uno dei vetri.

Le ginocchia le tremarono e si sentiva come se qualcuno, armato di zagola stesse facendo il burro nel suo stomaco. L'ultima volta che era stata lì, era in compagnia di Grady e una macabra sorpresa li avrebbe accolti all'interno.

Tornavano dall'obitorio, dove aveva dovuto identificare il corpo martoriato di Chelle, una delle sue migliori amiche, che aveva subito chissà quali terribili torture da parte di Nicholas Iscariot. Un avvertimento del malefico e potente vampiro.

Quel giorno, sotto il cappotto prestatole da Chas, anche i suoi vestiti erano a brandelli dopo un incontro con lo stesso Iscariot e il suo coltello. Era riuscita a sfuggirgli solo grazie all'intervento del Cacciatore: una cosa che lui non scordava mai di ripetere, anche a sproposito. Macey aveva imparato la lezione, ma per la signora Gutchinson era già troppo tardi.

Si fece coraggio e risalì con passo deciso il vialetto davanti allo stabile, chiedendosi se qualcuno sarebbe venuto ad aprirle, nel caso avesse bussato.

«Ehi, chi cavolo sei tu?»

Quella voce perentoria la fece sobbalzare e sentire una stupida: bella Cacciatrice di vampiri che era, coi nervi a fior di pelle! Quando si voltò, vide un uomo alto e magro, sulla cinquantina, che se ne stava in piedi vicino alla recinzione che separava i due cortili. Aveva un pomo d'Adamo grande quanto una prugna, un cappellino da baseball dei Cubs e un viso che necessitava disperatamente di una bella rasata. La camicia non vedeva un ferro da stiro da un bel po', ma almeno era pulita. E aveva dei bei denti, anche se macchiati dal tabacco.

«Io vivo qui, ma sono stata via per un po'. Sono appena rientrata.»

«Non sai niente, allora? L'hanno ammazzata là dentro, l'autunno scorso, e nessuno ci è più entrato da allora. Quella Gutchinson, la proprietaria, dico. La casa ora è vuota come un cimitero.» Distolse lo sguardo, e Macey notò un rivoletto di saliva marrone uscirgli dalla bocca, prima che tornasse a guardarla. «Chi vuole viverci, in una casa dove hanno massacrato la padrona? Un po' come quel tizio del South Side che teneva tutte quelle ragazze fatte a pezzi in casa.»

«Devo recuperare alcune cose» spiegò Macey dirigendosi verso il portone e lasciandolo lì a blaterare ancora un po'.

Almeno aveva una risposta alle sue domande: nessuno le avrebbe impedito l'accesso.

L'entrata era serrata, ma aveva la chiave e funzionava ancora. Scivolò dentro e si richiuse la porta alle spalle, quindi si soffermò. Silenzioso *come un cimitero*, come promesso dal vicino.

La moquette consunta attutiva il rumore dei passi sulle scale, mentre saliva le due rampe che portavano al suo appartamento. La casa puzzava di muffa e polvere ed era ancora permeata dell'odore di sangue e morte.

O forse era solo la sua immaginazione.

Anche la porta del suo appartamento era chiusa a chiave e quando fece scattare la serratura, si rese conto di avere, all'improvviso, le mani sudate e il cuore in tumulto. Spalancò l'uscio, maledicendosi: era o non era una Cacciatrice, santiddio?

L'appartamento era esattamente come lo aveva lasciato, le tende accostate, il tappeto chiaro logoro e con un angolo girato all'insù. Sulla scrivania c'erano varie bottiglie, diversi nastri per capelli ornati di fiori e piume, e un piccolo portagioie ricoperto di polvere. C'erano alcune camicette e un vestito poggiati su una sedia. La porta dell'armadio a muro era scostata e lasciava intravedere un mucchietto di scarpe sul pavimento. Il cucinotto era polveroso: nel lavello c'erano un cucchiaio e una tazza ormai incrostati.

Al centro della stanza, con la testata poggiata contro il muro e un tavolino accanto, c'era il letto.

Grazie a Dio, non avevano rimosso solo il corpo della signora Gutchinson, ma anche le lenzuola intrise di sangue e le orribili corde con cui le avevano legato le caviglie e i polsi magri alle colonnine del letto. Macey deglutì a fatica, sforzandosi di guardare il materasso, ora ricoperto da biancheria pulita, e ricordare.

La mia vita è questa. È questo che succede alle persone a cui voglio bene.

Questo è il motivo.

Sentì la rabbia crescere e vide rosso. Non bastava che dovesse temere la brutalità e la violenza dei non-morti, ai danni dei suoi amici e conoscenti, ora ci si metteva anche uno di loro. Un altro Cacciatore, uno che aveva la sua stessa eredità, lo stesso sangue, ma che, per lei, era una minaccia al pari dei mezzi demoni a cui dava la caccia.

Come poteva essere così? Non era giusto! Come poteva sopravvivere?

Per quanto sconvolta, Macey si addentrò nella stanza, guardando il cassettone e l'unica foto che vi era sopra. Era piegata a metà, nella parte visibile c'era l'immagine di sua madre Felicia. Un braccio senza il corpo le cingeva le spalle, mentre lei fissava l'obbiettivo ridendo di qualcosa. Era bellissima e da quei pochi confusi ricordi che aveva di lei, era una donna piena di vita e di energia, bionda e con gli occhi azzurri, così diversa da sua figlia, seriosa e scura di occhi e di capelli.

Le mani non tremarono mentre prendeva la cornice, l'apriva e toglieva la parte posteriore per vedere l'altra metà della foto. Si lasciò cadere sulla sedia coperta di vestiti e, mentre spostava quelli scivolati dalla spalliera, guardò quell'immagine con occhi nuovi.

L'uomo, conosciuto come Max Denton, aveva un fascino scuro e diabolico. In quella foto, insieme alla donna che amava e madre della sua unica figlia, sorrideva disinvolto, mostrando i denti bianchissimi e delle evidenti fossette sulle guance ben rasate. Con quel bel completo sartoriale e la posa sbarazzina, sembrava più un rampollo di buona famiglia che non un temibile ammazzavampiri. Eppure, a quanto pareva, suo padre era una specie di leggenda fra i Cacciatori.

Soprattutto dopo che i non-morti avevano brutalmente ucciso sua moglie Felicia.

Macey guardò di nuovo il letto, con una stretta allo stomaco: era stato già abbastanza orribile rinvenire il corpo martoriato della sua padrona di casa, una gran ficcanaso ma innocua, e ancora peggio trovarsi davanti lo scempio fatto dai vampiri sul corpo di Chelle.

Chissà cosa doveva aver provato Max Denton nel trovare sua moglie in quelle condizioni.

La perdita lo aveva distrutto. Il dolore e la rabbia lo avevano fatto impazzire.

E aveva allontanato da sé la figlioletta di otto anni, mandandola a vivere da una serie di parenti, prima in Inghilterra, poi a New York, e infine in una cittadina fuori Chicago.

Non aveva avuto più notizie da lui. Non le aveva mai scritto, né per avere informazioni su di lei, né per farle sapere che le voleva ancora bene. Che sapeva della sua esistenza.

Fissò a lungo la foto, passando in rassegna memorie ed emozioni, crogiolandosi nel ricordo della rabbia, della solitudine e della confusione.

L'aveva abbandonata, dimenticata, ignorata.

Fino a quel momento, Macey non aveva mai capito. Si asciugò gli occhi con le mani, poi cercò un fazzoletto nel cassetto della scrivania.

Non avrebbe mai più esposto qualcuno a un simile pericolo. Non importava quanto si sarebbe sentita sola, quanto le avrebbe fatto male. E quanto ne avrebbe fatto agli altri. Non sarebbe finita come suo padre. Un rumore la fece girare di scatto verso la porta e drizzare le orecchie. Un topo? O qualche altro animaletto che aveva preso possesso della casa disabitata?

E poi di nuovo, un rumore leggerissimo.

Macey si alzò, guardandosi intorno alla ricerca di un'arma. Non un paletto: era pieno giorno, c'era il sole… non poteva essere un vampiro. E niente e nessuno la spaventava a parte loro, certo una pallottola ma anche in quel caso-

La porta dell'appartamento si aprì silenziosamente e lui era lì. *Grady.*

«C HE CI fai qui?»

Grady non rispose, si limitò a fissarla come se avesse davanti un fantasma.

Neanche Macey, comunque, riusciva a distogliere lo sguardo. Leggere il suo nome stampato era ben poca cosa rispetto a rivederlo in carne e ossa. A una prima occhiata, le parve che non fosse cambiato di una virgola, ma non c'era da stupirsene: in fondo, erano passati solo cinque mesi, da quando si erano congedati di fronte alla sede del *Tribune*. I capelli castani, folti e morbidi, avevano lo stesso taglio alla moda, corto sul collo e attorno alle orecchie e più lungo sopra, che faceva sì che alcune ciocche gli ricadessero sulle tempie e, a volte, sulla fronte. Aveva una camicia bianca, la cravatta, un cappotto marrone, pantaloni scuri e le ghette. Le dita strette a pugno e la tesa del borsalino erano macchiate di inchiostro.

Ma quello che la colpì di più di quell'uomo, ritto sulla soglia di casa sua, furono gli occhi. Gli occhi blu erano quel giorno scuri e tempestosi come il lago Michigan in una mattina d'inverno, parlavano di sollievo e confusione, ma c'era anche qualcos'altro… rabbia, forse? Delusione?

«Macey» mormorò infine. «Sono così felice di vederti, maledizione. E di vedere che stai bene.»

Stringendo ancora in mano il fazzoletto e poggiando sulla scrivania la foto spiegazzata dei genitori, Macey ripeté: «Cosa ci fai, qui?»

Aveva il cuore in tumulto e si sforzava di mantenere un'espressione neutra.

«Non torni a casa da mesi.» La voce trasudava rabbia. «E chiedi a me cosa ci faccio qui?»

E allora Macey realizzò.

«Spiavi il mio appartamento?»

Annuì, entrando nella stanza e chiudendosi la porta alle spalle. «Immaginavo che saresti tornata, prima o poi. Avevo chiesto al signor Talbot, il vicino, di farmi sapere se fossi arrivata e infatti mi ha chiamato. Fortuna ha voluto che mi trovassi in ufficio, così sono potuto venire subito.»

«Perché?»

Faceva un'enorme fatica a mantenere quel tono calmo e distaccato.

«*Perché?*» Si avvicinò, gli occhi che brillavano mentre gettava il cappello sul letto. «Come puoi farmi una domanda del genere? Dopo quello che hai passato, dopo quello che è successo *qui* e a te, dopo che noi… Gesù, Macey, noi abbiamo… siamo andati a letto insieme! Abbiamo fatto l'amore. Tu… noi…» Scosse il capo come a tentare di schiarirsi le idee. «E dopo tutto questo, ti ho vista salire sulla limousine di un gangster e sei scomparsa per cinque mesi… e *tu* mi chiedi *perché io sia qui*? Perché volevo così disperatamente vederti?»

Macey non fu abbastanza svelta a spostarsi e lui la prese per le spalle: era lì, il viso così vicino da poter scorgere l'accenno di ricrescita della barba sul mento. «Davvero non capisci? Credi davvero che non mi importi niente?», l'accento irlandese colorò la sua voce, mentre le dita, calde e forti, parevano marchiarle a fuoco la pelle al di sotto del cotone leggero della camicetta.

Macey faceva di tutto per mantenere il respiro regolare e l'espressione neutra. Aveva il cuore in gola e sperava lui non se ne accorgesse. Grady era così vicino, così vicino. Profumava di pino, di fresco, di lana pettinata umida, di inchiostro e di qualcos'altro, un odore familiare che le ricordava qualcosa e la faceva sciogliere dentro.

«Macey» proseguì, il tono addolcito mentre la guardava e le si avvicinava. Ora la piega dei pantaloni le sfiorava la gonna e le punte delle scarpe si toccavano. «Di' qualcosa, bambolina.»

«Io-» la voce le morì in gola e, prima che potesse riprovarci, lui chinò la testa.

Le labbra di Grady erano morbide e calde e carezzarono dolcemente le sue.

Oh.

Macey chiuse gli occhi e poggiò le mani su quel petto ampio e forte. Sentiva sotto i palmi il calore del suo corpo e il battito del cuore. Lui inclinò di più il capo, il bacio si fece più profondo e lei si lasciò andare, premendo il proprio corpo contro quello slanciato e muscoloso dell'uomo. Umide e lisce, le lingue e le labbra si fusero, mentre Macey dimenticava ogni pensiero ed esitazione. Il piacere si fece largo in lei, dolcemente, come un calore che le si diffondeva nel petto, nel ventre e ancora più giù. *Oh, oh, sì.*

Dimenticò chi era, cosa era e si perse in lui, in quell'uomo che le era tanto caro e che aveva quel tocco sapiente, quella bocca sensuale e quegli occhi pieni di tempesta e desiderio. Si sentiva calda, umida e viva e…

Sì. Sentiva qualcosa, non era morta e vuota come aveva temuto. Non era fredda e impassibile come suo padre.

Il pensiero di Max Denton fu come una secchiata d'acqua gelida: Macey si bloccò e si staccò da lui. Grady la lasciò andare e lei mosse un passo indietro, facendo di tutto per non ansimare, sebbene, dopo quell'impeto di passione, fosse a corto di fiato.

Grady la guardava dalla distanza che lei aveva messo fra loro, le labbra piene e tumide, gli occhi scuri, caldi e circospetti. Le guance erano arrossate per il desiderio e la cravatta storta, dopo che lei l'aveva toccata.

«Basta così.» Furono le uniche parole che Macey riuscì a dire, la mente che vorticava, divisa fra desiderio e paura. *Maledizione,* le mani le tremavano mentre le alzava per tenerlo lontano. Le abbassò ritrovando il controllo del proprio respiro, mentre le guance si raffreddavano.

Grady la guardò come fosse un animale feroce. «E sia, bambola. Niente più baci… per adesso» soggiunse, la voce esitò un attimo. «E se andassimo a prenderci un caffè? Così mi racconti dove sei stata e cosa hai fatto in questi mesi.»

«*No.*» Una sola sillaba atona, dura, arrabbiata. Macey dovette sforzarsi di trovare in sé rabbia e determinazione. E nient'altro. Doveva imporsi di non provare niente.

L'attenzione di Grady passò alla foto spiegazzata sulla scrivania e la prese. «Chi sono?» La lisciò con le dita e poi guardò Macey.

«I miei genitori.»

«I tuoi *genitori.*»

«In luna di miele» volle aggiungere. «Mia madre fu uccisa dai vampiri alcuni anni dopo. Un omicidio brutale che distrusse mio padre. Non l'ho più visto da allora. E poi lui è morto durante la Grande Guerra.»

«Mi dispiace.» Grady parve sul punto di aggiungere qualcosa, ma a Macey non andava di parlare dei suoi genitori né di proseguire quella conversazione con lui. Più si tratteneva lì, più difficile sarebbe stato ricordare cosa doveva fare.

Gli strappò la foto dalle mani. «È stato bello parlare con te, ma devo andare. Ero passata solo per prendere delle cose» spiegò, ricordandosi all'improvviso il motivo per cui era venuta: ritrovare il rosario datole dalla vecchietta della chiesa. «E poi vado. E non tornerò più. E noi non… ci vedremo più, Grady, puoi smettere di sorvegliare la casa.»

«Ma perché, maledizione? Dimmi *perché* Macey, dimmi almeno cosa è cambiato! Sei praticamente scappata dal mio letto e scomparsa! Si tratta di lui? Stai insieme a lui? È questo il motivo? O qualcos'altro? Non dimenticare che conosco il tuo segreto e non può essere quello.»

«Sì, sto con lui. Lavoro per Capone adesso.» Sapeva l'effetto che quelle parole avrebbero avuto su Grady: lui odiava i gangster, odiava il loro modo di farsi beffe della legge, comportandosi come star del cinema, godendosi l'adorazione della gente di Chicago.

Senza contare la violenza e il controllo che avevano su tutto. Macey sapeva che quelle parole avrebbero posto fine a qualsiasi cosa potesse esserci tra loro. Per sempre.

E per questo doveva usarle per erigere un muro.

«Capone?» chiese confuso. «Stai con Capone?» sogghignò. «Sapevo che Woodmore era un gangster. Ti ci ha portata lui, vero?»

«Chas?»

Chissà perché le ci era voluto tanto a capire, forse erano gli strascichi di quel bacio caldo e sensuale, ma quando realizzò, scosse vigorosamente il capo. «No, non sto con Chas Woodmore. Lui non c'entra niente. Non è un gangster, te l'ho detto lui è un-»

«Cacciatore di vampiri, me lo hai detto, e anche tu lo sei. Ricordati che io ho letto quel libro che parla della tua famiglia, *I Cacciatori*. Il che mi riporta a... che diavolo ci fai con uno come Capone?»

Nella sua voce c'era tanto odio, ma anche, sottesa, una lieve supplica. Non voleva credere che si fosse davvero alleata coi gangster. Ma avrebbe dovuto farlo per forza.

«Lavoro per lui, sono la sua guardia del corpo personale.» Fece di tutto per sembrarne felice e mantenere la voce ferma e distaccata. «La paga è migliore che in qualsiasi altro posto... sapessi in che lusso mi fa vivere! Sai com'è, non ti pagano per fare il Cacciatore.»

Grady sbiancò. Continuava a fissarla ma ora gli occhi erano ridotti a fessure ed erano pieni di disgusto e rabbia. «Non ti credo. O meglio, non *voglio* crederti.»

Fantastico. C'eravamo quasi. Pose l'ultima fila di mattoni. «Sei troppo idealista tu, Grady!». La risata che seguì suonò davvero derisoria. «Io mi sto facendo posto nel mondo, ecco tutto, e ho smesso di vivere in questa topaia, comprare roba di seconda mano, rassettare i vestiti e mettere da parte i soldi per potermi comprare un nuovo paio di scarpe.»

La guardò a lungo e lei si impose ancora di mantenere quell'atteggiamento pratico e arrogante. Le tremavano le ginocchia e si sentiva morire dentro, ma questo lui non poteva saperlo.

«Nessuno mi aveva mai deluso così tanto in vita mia» sputò lui infine. Parlava a voce bassa, ma quelle parole rimbombarono potenti nelle orecchie di Macey, e dentro di lei, come un tamburo.

Col volto tirato, Grady le voltò le spalle e fece per andarsene. «Abbi cura di te, bambolina. E se mai avessi bisogno di qualcosa… beh, sai dove trovarmi.» Uscì prima che Macey potesse ribattere.

Riuscì a non piangere e a non lasciarsi cadere sulla sedia tremante, finché non lo sentì uscire dal portone al piano terra. Solo allora si avvicinò alla finestra e sbirciò da dietro le tende per vederlo andare via in macchina.

No, non stava andando via: era stata lei a mandarlo via.

Ora sei al sicuro.

Oddio, fa' che sia così.

Il corsetto speciale, che Capone aveva fatto confezionare per lei, era scomodissimo. Pesante e rigido, le impediva i movimenti ma era, in teoria, a prova di proiettile.

Lo indossò e subito se lo tolse. «Non me lo metto» disse al proprio riflesso nello specchio. Se fosse successo qualcosa, come avrebbe potuto intervenire se non riusciva a muoversi?

Correrò il rischio.

C'era da dire però che il vestito azzurro e argento era strepitoso. Capone era molto ricercato nel vestire e, a quanto pareva, era altrettanto bravo a scegliere i vestiti da donna.

L'abito in questione era fatto di un sottile tessuto garzato blu acciaio, che ricadeva morbidamente dalle spalle fino ad appena sopra il ginocchio. Era senza maniche e lo scollo, lungo e stretto, formava una V che le arrivava fino allo sterno. Sopra ogni spalla, il tessuto era elegantemente plissettato e trattenuto da fiori azzurri, grandi quanto una mano, arricchiti da cristalli e perline nere. L'intero vestito era decorato con una fantasia di fiordalisi disegnati da perline argentate, azzurre, bianche e trasparenti, che brillavano e cangiavano a ogni movimento, come il riflesso della luna sull'acqua.

Sotto portava una sottoveste di seta marezzata, con lo scollo tondo e che le lasciava scoperto il petto. Il seno era trattenuto da un corsetto di pizzo con allacciatura laterale, che le permetteva maggiore libertà di movimento ma, soprattutto, le consentiva di piegarsi, girarsi e persino di respirare. Il soprabito che Capone aveva abbinato al vestito era blu mezzanotte e a sua volta ricamato di perline nere, cobalto e blu. Aveva maniche lunghe e ampie che ricordavano un kimono e terminava con delle punte che scendevano fino ai polpacci. Il davanti era aperto come quello di una vestaglia.

Macey si appuntò un fiore azzurro tra i corti ricci nerissimi, dietro la punta dell'orecchio sinistro. Mise anche una collana da cui pendeva una croce filigranata, ma la nascose sotto il vestito, preferendo usarla come arma segreta, più che come segno di riconoscimento. Il suo capo le aveva mandato anche un paio di luccicanti orecchini di cristallo blu, un bracciale con veri zaffiri e dei lunghi guanti color tortora, a completare l'insieme.

Le calze erano semplici ma intessute di fili argentati e le arrivavano sopra il ginocchio, trattenute da giarrettiere nere, che avrebbero fatto capolino ogni qualvolta fosse salita o scesa da un'automobile. In una delle due aveva infilato un paletto speciale, ovale e schiacciato, simile a un portamina e largo quanto due dita. La punta era lunga e affilata. Nell'altra giarrettiera aveva sistemato un coltello protetto dalla sua guaina. Su un lato del vestito, c'era poi una fessura che sembrava una tasca, ma che era in realtà una sorta di asola dove poter appendere un paletto: poiché il vestito era svasato, non si sarebbe notato niente.

E infine la borsetta a busta, lunga e stretta, ideale per tenerci un altro paletto. Oltre al rossetto, qualche dollaro e una minuscola pistola tascabile.

Quando bussarono alla porta, aveva appena infilato le scarpe blu scuro, con un fiore rosa e brillante sul lato e il cui tacco era, per ovvie ragioni, più basso di quanto dettasse la moda.

Le sette in punto. In perfetto orario.

Non era la prima volta che vedeva Gus: era stato lui ad accompagnarla in auto a Cicero e in altri posti, per assecondare i capricci del loro capo. Nessuno dei due aprì bocca mentre l'uomo le faceva cenno di precederlo, ma a Macey non sfuggì il modo in cui il suo chaperon l'aveva squadrata da capo a piedi. Prese mentalmente nota di quell'apprezzamento, che in futuro avrebbe potuto tornarle comodo, e si infilò nell'ascensore.

«Sei uno splendore» commentò Capone quando Macey gli andò incontro nella hall del Lexington. La afferrò per un braccio e si avvicinò per sussurrarle, in modo che solo lei sentisse. «E nessuno dei picciotti immagina quanto *tu* sia letale, non solo per la tua bellezza, bambina.»

I *picciotti* erano schierati nella hall e lungo tutti i corridoi che Capone usava per entrare e uscire, affinché fosse sempre protetto. Tutti quegli uomini in completo scuro erano armati fino ai denti, e lo si capiva dalla postura e dalle armi che spuntavano proprio da sotto le camicie e le fusciacche, e da altrettanto eloquenti rigonfiamenti sotto le giacche.

Uno di loro aprì la portiera della lucida limo nera, che sostava tra altri due veicoli di scorta.

«Non ho messo il corsetto» esordì Macey sedendosi di fronte a Big Al. «Mi impedisce troppo i movimenti.»

Capone sembrò sul punto di rispondere: non amava molto essere contrariato, ma serrò le labbra. «Allora immagino dovrò provvedere a farlo modificare. Non mi sei di alcuna utilità se non puoi combattere quando serve.»

Macey non era mai salita sulla limousine personale di Capone e si guardò intorno, notando quanto fosse lussuoso il suo interno, e lui dovette accorgersene, mentre il motore vibrava e il veicolo si allontanava dal marciapiede.

«Non corri alcun pericolo qua dentro, bambina» la rassicurò, credendola preoccupata, e forse avrebbe dovuto esserlo visto che, come gli aveva detto in precedenza lui stesso, nell'ultimo anno Capone era stato più volte bersaglio di attentati da parte di nemici. «Gli sportelli sono rinforzati e i vetri tanto spessi che nessuna pallottola del cazzo può romperli. Mi è costata ventimila bigliettoni. La General Motor l'ha fabbricata apposta per me, un pezzo unico. Ho fatto mettere anche delle serrature con una speciale combinazione, in modo che nessuno possa ficcarci dentro una bomba. E Johnny e gli altri ci stanno davanti e dietro. Arriveremo al *Castle* sani e salvi, non ti preoccupare, bambina.»

«Cosa devo fare stasera?»

Non parve né sorpreso né infastidito dalla domanda. «Stare all'erta e fare tutto quello che deve essere fatto» rispose, con un gesto impaziente della mano. «Ma con discrezione, senza disturbare lo spettacolo, intesi?»

«Ti aspetti che ci siano dei vampiri? E che possano superare i tuoi *picciotti*?»

«Sono sempre pronto a ogni evenienza, perciò conta poco cosa mi *aspetto* o meno. Stasera abbiamo Satchmo nostro ospite, mia cara e l'ultima cosa che voglio è dovermi preoccupare che ci sia qualche vampiro del cazzo che se ne va in giro. Quello è compito tuo, capito?»

«Capito.» Macey si lasciò sprofondare nel comodo sedile e si rese conto di quanto quella macchina fosse incredibilmente silenziosa e di come non si sentisse il minimo sussulto dovuto alle irregolarità nella strada. Guardò Chicago sfilare oltre il finestrino, sistemandosi la gonna e il fiore tra i capelli e cercando di leggere i nomi di strade e negozi per orientarsi.

«Certo che hai proprio delle belle gambe, bambina» sentenziò Al in tono obbiettivo, come stesse parlando del sapore del caffè. «Hai a tua disposizione un arsenale ben diverso da quello dei miei picciotti. Fanne buon uso.»

Macey non si dette la pena di rispondere e, di lì a poco, la limousine si fermò, silenziosa, di fronte al *Music Castle*. C'erano luci ovunque: dai lampioni che costellavano il marciapiede a quelle colorate dell'insegna, ai tre riflettori che si agitavano come lucciole impazzite attorno all'ingresso del locale. *Al Capone dà il benvenuto a Louis Armstrong* annunciava a lettere cubitali un cartello incorniciato da un rettangolo fatto di lucine dorate in movimento. Una gran folla era radunata davanti all'entrata, ma otto energumeni dall'aria truce avevano il compito di tenerla a distanza di sicurezza dai nuovi arrivati.

Macey seguì il suo capo fuori dalla limo e i flash dei fotografi la colpirono come fossero proiettili. Uno dei *picciotti* l'aiutò a scendere dalla vettura e Capone le offrì il braccio, ma anziché accompagnarla dentro, si fermò a salutare la folla assiepata sul marciapiede.

Macey rimase lì, con l'afosa brezza di aprile che le agitava i boccoli e l'orlo del vestito, mentre Big Al s'intratteneva coi suoi ammiratori, gioviale ed espansivo come sempre quando appariva in pubblico: rispose ad alcune domande, disse qualche battuta e si fece accendere il sigaro da uno dei suoi gorilla.

«Ehi, Snorky! Chi è la signorina?» chiese qualcuno, il cui viso rimaneva in ombra a causa dei riflettori e dei continui flash.

«È la mia accompagnatrice per stasera» rispose Al, stringendole più forte il braccio, come se temesse che fuggisse. «Un bel bocconcino, vero?»

Dalla folla si alzarono fischi e acclamazioni e qualcuno gridò: «Di certo ha un bel paio di gambe!»

«E che dirà Mae, Snorky? Ti manderà di nuovo a farti confessare?»

Si udirono delle risate: era noto a tutti il fatto che Capone andasse a confessarsi ogni settimana. Lui stesso ridacchiò agitando il sigaro. «Beh, Mae non lo verrà a scoprire, a meno che qualcuno di voi non vada a dirglielo. E poi lo sa che il mio cuore le appartiene, tuttavia fa bene un po' di varietà, di tanto in tanto, no?». Lanciò uno sguardo in tralice a Macey e dalla folla si alzarono grida di approvazione, ma anche qualche fischio di biasimo.

Macey aveva le guance in fiamme per la rabbia e si tratteneva a stento dallo scrollarsi di dosso quell'uomo odioso, e mostrare davvero a lui e a tutti gli altri la sua idea di *varietà*.

Quasi avesse percepito la sua ira sobbollire, Capone si ficcò il sigaro in bocca e, con uno sguardo, fece capire ai suoi scagnozzi che le domande erano finite. Si tolse il borsalino, sistemò il garofano bianco che aveva all'occhiello e insieme a lei attraversò la doppia porta spalancata.

Appena dentro il teatro, Macey si liberò dalla sua presa e si voltò di scatto verso Capone. «Io non sono né la tua accompagnatrice, né la tua pupa, né la tua bambina o qualsiasi altra cosa.» Tremava e, benché fosse un terzo della sua stazza, grazie ai tacchi, riusciva a guardare occhi negli occhi il più pericoloso gangster di Chicago. Sentiva il suo odore, un misto di vino, aglio e costosa colonia al sandalo e vetiver. «Sono qui per combattere i vamp-»

«Taci!» la redarguì lui con voce bassa e irosa. Con un gesto secco della mano tenne tutti a distanza, poi le prese un polso tra le dita forti e con uno strattone la costrinse ad avvicinarsi a lui. «Lo so. Ma hai un ruolo da recitare e mi aspetto che tu lo faccia bene. O la gente finirà per chiedersi che ci fai con me.»

«Non fingerò mai di essere la tua puttana» sibilò. Erano così vicini che riusciva a scorgere i pori sulla pelle, la barba che iniziava a ricrescere sul volto rasato e un minuscolo grumo di brillantina sulla tempia. «Ti terrò a braccetto e sarò la tua accompagnatrice, ma se solo proverai a riferirti a me come qualcosa di più, ti sputtano davanti a tutti. Io non ho niente da perdere, Scarface, ma tu sì.»

Un'ira fredda e violenta gli balenò negli occhi. La strattonò di nuovo portandosela tanto vicino che Macey sentì il revolver, che lui teneva nascosto, premerle contro il bacino. «Non azzardarti a minacciarmi, Macey Gardella, io ti tengo in pugno-»

«Tu hai *bisogno* di me, per la profezia» sputò. «Non credere che non lo sappia.»

«È vero, che Iddio m'aiuti. Ma questo non vuol dire che non abbia qualche freccia al mio arco per costringerti a comportarti come si deve. Tu credi di potermi minacciare e mancarmi di rispetto, bambina, ma hai ancora tanto, tanto da imparare. Conosco svariati modi per indurre la gente a collaborare e non mi faccio problemi a usarli.»

Lei lo fissò, gelida e furente, eppure profondamente consapevole di essere sull'orlo del precipizio. Sapeva che era capace di tutto, quel pezzo di merda.

Pensa a Dottie. E al dottor Morgan e a Grady.

E Sebastian, Chas, Temple.

Sollevò il mento e girò i tacchi, dandogli le spalle. Ancora su tutte le furie, si guardò intorno nel foyer del *Music Castle*, stipato di gente ricoperta di pellicce, gioielli e altre raffinatezze.

E poi lo vide.

Al pari di tutti gli altri presenti, anche se molti fingevano il contrario, li stava osservando da lontano, dalla sua posizione, appoggiato contro una delle tante felci in vaso che creavano angoli appartati ai lati del salone.

Senza tradire alcuna emozione, Macey incontrò il suo sguardo e gli rivolse un breve cenno. Poi accettò di nuovo il braccio che Capone le offriva.

«I nostri posti ci attendono» mormorò il suo cavaliere. «Ora vedi di fare la brava bambina, Macey.»

«Certo» sibilò a denti stretti. Si sarebbe seduta buona buona. Avrebbe recitato la sua parte per un po'.

Poi con una scusa si sarebbe allontanata e avrebbe fatto in modo di scoprire cosa ci faceva lì Chas Woodmore.

Alla guida della sua Model T, Grady passò di fronte al *Music Castle* e riconobbe la limo di Capone accostata al marciapiede. La folla accalcata davanti al locale indicava che il gangster era appena arrivato o stava per scendere dall'auto.

Le dita strinsero convulsamente il volante, accelerò un po' più di quanto fosse prudente, in presenza di tanti pedoni, e superò rombando e senza rallentare quella fiera delle vanità. Non ce la faceva proprio a immaginarsi Macey Denton a lavorare per quel criminale, prendere parte alla sua sordida vita, circondata da contrabbandieri. Lo feriva pensarla come una di quelle ochette giulive che guardano i gangster con occhi adoranti e si eccitano di fronte ai soldi, alla violenza e al potere.

Mentiva, mentiva di sicuro.

Di certo nascondeva qualcosa… ma cosa? Lui conosceva il suo segreto, era a parte dell'esistenza dei vampiri, pur non avendone mai incontrato uno di persona, e sapeva della famiglia di Macey. Sapeva quant'era bello il corpo che nascondeva sotto i vestiti, cosa faceva quando veniva e come i suoi capelli ricci fossero ancora più sexy e arruffati quando si svegliava. Sapeva quanto fosse fiera e intelligente e anche un po' sfrontata.

Beh, molto sfrontata.

E coraggiosa. Cacciatrice o meno, doveva esserlo per aver affrontato dei vampiri in più di una occasione.

Ma qualcosa era cambiato in lei, le si leggeva sul volto. Qualcosa si era… chiuso. E a parte quei brevi momenti di passione quando, poche ore prima, l'aveva tenuta di nuovo tra le braccia, quando aveva sentito il suo profumo, il suo sapore, l'aveva toccata, felice che fosse sana e salva… a parte quel breve attimo in cui l'aveva colta alla sprovvista, si era reso conto che, dietro i suoi bellissimi occhi scuri, si nascondeva qualcosa.

Fanculo. Doveva togliersela dalla testa, almeno per quella notte. Non poteva permettersi distrazioni: aspettava quell'occasione da due settimane. Ad alcune miglia dal roboante *Music Castle*, in una zona anonima e cadente, Grady parcheggiò l'auto in un angolo buio, presso una fila di magazzini, al riparo dalla luce dei lampioni e della luna. In tasca aveva un taccuino, diverse matite, una torcia (o una *pila elettrica* come dicevano negli Stati Uniti, una cosa che ogni tanto gli tornava a mente), e una serie di altri arnesi.

Non procedeva lungo la strada, ma camminava radente a quel grosso edificio rettangolare, nell'ombra, evitando la luce dell'unico lampione dell'isolato. Il rumore ritmico dell'acqua che lambiva i pontili vicini si mescolava all'eco lontana delle automobili e dei clacson e persino, forse, a quella di qualche sparo. L'aria puzzava di spazzatura lasciata a marcire e del fumo di carbone rigurgitato da una fabbrica, qualche isolato più in là.

«Sicuro di volerci andare da solo?» gli aveva chiesto Linwood quando, alcune ore prima, gli aveva spiegato i suoi progetti per quella notte. «Se aspetti fino a domani, posso venire con te. In due è meglio, no?»

Farsi accompagnare dallo zio poliziotto poteva non essere una cattiva idea, ma Grady era determinato ad agire quella notte stessa. Un po' perché il suo direttore voleva una storia e lui sperava nello scoop. Un po' perché voleva fare qualcosa che non fosse starsene seduto da una parte a rimuginare su Macey.

Senza contare che qualsiasi posto di Chicago era meglio delle strade puzzolenti dei bassifondi di Dublino: per quanto gli seccasse ammetterlo, i contrabbandieri come Capone e quelli della sua risma, avevano un certo codice e, per lo più, erano violenti solo fra loro. Senza contare che, per certi versi, i loro traffici aiutavano ad alleviare le difficoltà economiche che il *Volstead Act* aveva involontariamente creato nel Paese.

Grady aveva dovuto cavarsela da solo fin da quando aveva solo dieci anni e sapeva fronteggiare i nemici, almeno quelli mortali. Ma, avendo letto quasi per intero il libro *I Cacciatori*, avrebbe saputo anche come tenere a bada un non-morto. Non a caso aveva una croce d'argento nella tasca del soprabito e un paletto infilato nella cintura. Probabilmente ai vampiri non interessavano le banconote, da cinque o da dieci, false o autentiche che fossero, ma era meglio essere preparati.

Il magazzino verso cui era diretto aveva le finestre rotte e i vetri scheggiati intrappolavano frammenti di luce lunare. Su uno dei muri di mattoni c'era una vecchia insegna sporca, scalcinata e appena visibile nell'oscurità, che prometteva *Stivali Speedman: i migliori stivali chiodati sul mercato.* Tutto intorno era immobile e deserto.

Ma Grady non ci sarebbe cascato.

Quell'edificio ospitava il cuore di un'operazione geniale ed efficiente in cui le banconote da cinque dollari venivano cancellate e ristampate come pezzi da dieci. Quello che rendeva l'idea geniale era che una delle cose più difficili da riprodurre, quando dovevi stampare delle banconote false credibili, era proprio la speciale fibra di carta intrecciata usata dalla zecca degli Stati Uniti. Quegli imbroglioni, dunque, avevano pensato bene di utilizzare la base originale aumentando il taglio della banconota.

Grady seguiva la pista dei pezzi da dieci falsi da circa un mese, cercando di capire da dove venissero. Era stato Linwood a indirizzarlo, sapendo che il nipote giornalista non solo amava fare indagini, ma era anche, al pari dello zio, uno dei pochi che rifiutava mazzette e tentativi di corruzione.

La pazienza e l'ostinazione di Grady avevano dato i loro frutti perché era riuscito, infine, a conquistare la fiducia di uno degli uomini chiave del giro di falsari. Non essendo un poliziotto, era stato abbastanza semplice infiltrarsi e aveva potuto origliare una conversazione fra quello che sospettava essere uno dei capi e un suo probabile complice, e capire che quella notte, in quel magazzino, c'era qualcosa in ballo.

Camminò rasente al muro di mattoni finché non trovò un buon punto per entrare: una finestra d'angolo che rimaneva in ombra e a cui mancava una larga porzione di vetro. Si trovava al terzo piano, ma quello non era certo un problema. Si tolse le scarpe, le legò tra loro e se le mise intorno al collo, coi calzini infilati dentro. Quindi indossò degli speciali guanti con delle punte metalliche in cima a ogni dito. Si allungò il più possibile e fece presa su una fuga tra i mattoni: a piedi nudi, ficcando le dita nel cemento cedevole, cominciò a scalare cautamente il muro. Se qualcuno lo avesse visto, gli sarebbe sembrato una sorta di mosca gigante, attaccata alla parete dell'edificio e che rischiava di cadere in ogni momento. Ma grazie ai suoi piedi agili e alle mani forti, aiutate dai guanti con le punte di metallo e dai comodi appigli creati dalle fughe fra una fila di mattoni e l'altra, Grady salì con relativa facilità.

In fondo, faceva cose del genere da quando era bambino. Allora si trattava di scendere nei camini per pulirli o anche, se si presentava l'occasione, per infilarsi in qualche casa e rubacchiare oggetti di valore. E allora non aveva neppure quei guanti speciali.

Raggiunta l'agognata finestra, si prese un attimo per riposarsi, radunare le idee e drizzare le orecchie. Ora veniva la parte più difficile: attraversare la finestra rotta senza tagliarsi o, peggio ancora, far cadere dei pezzi di vetro, all'interno o all'esterno, rivelando così la propria presenza. Sapeva che là dentro c'era qualcuno: quando aveva fatto il giro attorno all'edificio, aveva visto il bagliore di una luce all'interno.

Nonostante la posizione precaria, la scelta di quella finestra si rivelò felice poiché, si rese conto, non avrebbe dovuto infilarsi attraverso il vetro rotto: bastò introdurre la mano e ruotare la maniglia all'interno, il tutto stando aggrappato con l'altra mano al davanzale e con le dita dei piedi a un mattone scabro.

Trattenendo il fiato e badando a mantenere l'equilibrio, aprì l'anta, pronto all'evenienza che cigolasse o scricchiolasse tradendo la sua presenza. Era un po' incastrata, ma si aprì emettendo solo una specie di gemito quasi inudibile. Quando fu abbastanza scostata, Grady si infilò all'interno.

Atterrò su un pavimento scuro e polveroso e si fermò di nuovo. Doveva trovare i delinquenti e coglierli sul fatto. Solo dopo aver visto chiaramente cosa stavano facendo avrebbe potuto chiamare qualcuno dei detective o anche solo un poliziotto di quartiere. Magari a quel punto, con un po' di fortuna, avrebbe trovato proprio Linwood.

Silenzioso come un gatto, si mosse per quell'edificio cadente e scese due rampe di scale fino al piano dove, attraverso una finestra polverosa, aveva scorto la luce. Man mano che si avvicinava, gli giungeva, attraverso le pareti e il pavimento, il familiare e ritmico rumore di una macchina da stampa e il clangore di altri marchingegni meccanici. Sorrise nel buio. *Bingo.*

Il pianterreno aveva al centro un'apertura che si innalzava per due livelli ed era suddiviso da pareti in cartongesso: era uno spazio molto ampio disseminato di vecchi pallet e casse lasciate lì a prendere polvere, un vecchio motore meccanico e altri rottami. La luce e il rumore della pressa venivano da un lato nascosto da una fila di box. Un telo cerato era abbandonato in un angolo assieme a delle casse scheggiate.

E poi delle voci. Decisamente troppo vicine.

Grady si arrestò, nascondendosi nell'ombra, allungando le orecchie e facendo qualche passo avanti senza staccarsi dal muro, per cercare di carpire qualche brandello di conversazione.

«... stanotte. Io non rischio...»

«... tutte le prove. Se la polizia ficca il naso...»

«... non punteranno il dito contro di noi.» Una risata e poi ancora: «Portiamo via la merce e diamo fuoco a tutto.»

«Giusto, capo.»

Col cuore che gli martellava in petto per l'emozione e la determinazione, Grady seguì con attenzione lo scambio: venire lì quella notte era stato davvero un bel colpo. A quanto pareva, la banda si sarebbe presto spostata chissà dove.

Il che significava che doveva chiamare subito la polizia, prima che quelli dessero fuoco a tutto. E già quello era un progetto assai pericoloso: quel vecchio magazzino, per quanto avesse la struttura in acciaio e fosse fatto di mattoni, era pieno di legno. Asciutto, polveroso e pieno di cianfrusaglie com'era, l'interno sarebbe andato in fumo in un attimo.

Ma non aveva ancora visto nessuno da poter identificare, né niente di quello che stavano effettivamente facendo. Aveva tempo: la macchina era ancora in funzione e di certo non avrebbero portato via i macchinari prima di terminare il ciclo di stampa. Poi avrebbero dovuto smontare tutto…

Doveva vedere meglio e coi propri occhi, in modo da poter testimoniare e avere la storia per il giornale. Avrebbe tanto voluto poter scattare qualche foto, ma il flash avrebbe smascherato prima lui dei falsari.

Sempre silenziosissimo, girò attorno a una pila di casse, facendosi strada, rapido e agile, verso l'angolo dello stanzone dove si trovavano i malviventi. Sentiva i loro discorsi e le battute oltre al rumore di carta spaginata e di oggetti pesanti che venivano spostati e impilati.

Ora riusciva a vederli, sbirciando oltre una sottile parete in cartongesso. Aveva il cuore in tumulto. *Sì!* Era esattamente quello che si era aspettato: una piccola pressa che stampava una banconota alla volta, che poi veniva inserita in un'altra macchina simile che ne imprimeva l'altro lato. C'erano dunque due macchinari al lavoro e, accanto a ognuno, due uomini impegnati a prendere le banconote e passarle da uno all'altro.

Una quinta persona, il tizio che Grady sospettava essere il capo, aiutava un sesto compagno a stendere le banconote ad asciugare come fosse bucato.

Grady stava per ritirarsi e guadagnare l'uscita quando udì un rumore alle proprie spalle.

Si voltò e fece appena in tempo a vedere un uomo con un braccio sollevato prima che qualcosa lo colpisse in testa.

Un forte dolore e poi tutto si fece nero.

N ON AVETE scelto un buon posto per il vostro battibecco fra fidanzatini.»

Macey, che fingeva di contemplare delle silhouette di jazzisti dipinte sul muro, non si voltò, nonostante la sensazione di formicolio alla base del collo nudo.

«Non qui, Chas. Al guardaroba. Fra cinque minuti» gli sussurrò, proseguendo il suo tragitto verso il bagno delle signore, conscia dei tanti uomini di Capone di guardia nella hall e a ogni entrata del club. Si sistemò meglio il fiore dietro l'orecchio, mise un altro po' di rossetto, si pizzicò le guance e lasciò la toilette.

Era un aprile piuttosto caldo e chi aveva la pelliccia preferiva, per lo più, tenerla con sé, ragion per cui il guardaroba era deserto.

Macey si dette un'occhiata intorno per accertarsi che nessuno dei picciotti la vedesse. Poi, con un movimento fluido, fece leva con una mano sul muretto, da dietro il quale le guardarobiere ritiravano e restituivano i cappotti, e lo scavalcò, atterrando con sicurezza dall'altra parte. Mentre sistemava di nuovo il fiore birichino tra i capelli, scorse un'ombra muoversi fra gli appendiabiti vuoti.

«E allora, Chas, cosa ti porta al *Music Castle*?» chiese mentre si spostava verso una delle pareti interne per non essere vista da fuori.

«Ho sentito dire che stasera si sarebbe esibito Louis Armstrong. L'idea era di venire a sentire un po' di buona musica jazz.» Persino la sua posa trasudava sarcasmo.

Sebbene la sola luce venisse dalla hall poco distante, il viso e l'espressione di Chas erano ben visibili. Era sempre il solito: l'incarnato e i capelli scuri tipici degli zingari, duro, riservato e affatto felice di trovarsi lì. Come quasi tutti gli uomini presenti indossava cappotto e completo, il suo era antracite. Sotto portava una camicia scura, che certo non era alla moda, ma di sicuro lo aiutava a confondersi meglio nell'ombra rispetto a una bianca. I capelli spessi e ondulati erano decisamente troppo lunghi, un taglio che, come il suo modo di parlare, talvolta, sembrava venire da un'altra epoca.

«Mi hanno assicurato che sarà bellissimo» rispose lei. Poi decise che era l'ora di andare al sodo. «Come sta Sebastian?»

«Sebastian? Ma guarda! Allora te ne frega qualcosa! Almeno di come sta *lui*. Beh, bellezza, la vecchia volpe è scaltra e impaziente come sempre. Ma sai, non può farsi una passeggiata sotto il sole, poveraccio.»

«Andiamo, Chas» proseguì a voce più bassa. «La gelosia non ti si addice. È ovvio che mi interessa sapere come state tutti... tu, Sebastian, Temple... ma l'ultima volta che ho visto lui, ha rischiato seriamente di friggere al sole.»

«E questo è stato... quando? Cinque mesi fa? Lo scorso autunno, dico bene? Per quanto tu ti interessi, non sembri molto propensa a comunicare... specie da quando sei la pupa del boss. Dimmi un po'... com'è vivere nel lusso, al soldo di uno degli uomini più perfidi di Chicago, a parte Nicholas Iscariot s'intende, mentre la città pullula di non-morti e il resto di noi si spacca il culo per tenere a bada quei ratti rabbiosi?»

Si trattenne a stento, la sua mano era già scattata per colpire una di quelle guance ossute. Chas la fissò con sguardo di sfida, come avesse compreso tutto. «Ottima decisione, Macey. Trattieni la tua stizza per Snorky. A giudicare dal siparietto di poco prima nella hall, ti piace fare i capricci.»

Inspirò a fondo e cercò di placare la furia che la attraversava. Chas aveva tutto il diritto di essere arrabbiato e porre domande, ma non c'era bisogno che facesse lo stronzo. Tuttavia non poteva dargli torto: quella sera aveva i nervi a fior di pelle...

«Scusami.»

«Per cosa, di preciso?»

Fece il broncio. «D'accordo, sì, un po' me lo merito.»

«Te lo meriti e parecchio. Forse ti meriteresti anche di peggio. Ascoltami bene, Macey, l'ultima volta che ti ho vista, eravamo appena usciti da un covo di vampiri, e ti hanno fatto salire a forza su quell'enorme automobile nera, impedendomi di seguirti. Poi Sebastian mi ha raccontato che stava quasi per morire e lasciare gli Anelli di Jubai nelle mani di Capone, e che tu sei *rimasta con lui*. Con quel bastardo? Vuoi dirmi che caz-»

«Parla piano! I suoi sono ovunque ed è per questo che non ho potuto contattare né te, né Sebastian, né nessun altro negli ultimi mesi. Capone mi ha tenuta praticamente agli arresti domiciliari e, se non lo avessi capito, sono felicissima di vederti, maledizione.»

Finalmente Chas parve calmarsi. «In effetti me ne sono accorto. Giurerei che sei quasi svenuta per la felicità quando hai alzato lo sguardo e mi hai scorto.»

Sospirò, sollevata: sempre il solito Chas! Un attimo prima cupo e irascibile e quello seguente pronto a sparare una delle sue battutacce. «Ora non esagerare. Non devi salvarmi, ma ti devo parlare.»

«E allora sputa il rospo. Cosa vuole Capone da te, bellezza?»

«Che sia la sua guardia del corpo personale o meglio la sua *Cacciatrice personale*. Ma soprattutto vuole avermi a portata di mano, perché è convinto che una delle profezie di Rosamunde Gardella si riferisca a me e a lui.»

«Tu... lui... una profezia di Rosamunde Gardella? E perché cazzo pensa una cosa del genere? Ma soprattutto... come cazzo fa a sapere delle profezie?»

«Forse non lo sai ma... lui è un Cacciatore.»

L'uomo la fissò con gli occhi spalancati e scoppiò in una risata forte, derisoria, sonora: sussultava così tanto, che dovette appoggiarsi al muro per non cadere.

Cavolo. Quando quel dolore cupo, l'angoscia che pareva permearlo sempre scomparve per lasciar posto a quell'accesso di allegria, Chas divenne bellissimo. Così affascinante che le ginocchia di Macey tremarono appena, per l'emozione di ritrovarsi al cospetto di un tale pezzo d'uomo.

Un uomo possente, misterioso. Bellissimo.

«Shh» lo ammonì di nuovo, allontanandosi appena da quella specie di angelo. Sperava vivamente che riprendesse a fare lo stronzo.

Perché un uomo meraviglioso come Chas era così solo e vuoto? Certo non doveva aver problemi a trovare compagnia... o persino l'amore. Ma dentro di lui covavano sempre rabbia e cinismo.

Chas si ricompose, ma gli brillavano ancora gli occhi per il ridere. «Insomma, Capone ti ha detto di essere un Cacciatore e tu gli hai pure creduto?» Ricominciò a ridere. Stavolta di lei. «Che scema-»

Quello era troppo. Stavolta non si trattenne, e non fu la mano di Macey a scattare verso il bel viso dell'uomo, ma il suo gomito e l'avambraccio, che descrissero un arco e poi lo colpirono in pieno diaframma, con tanta forza da lasciarlo senza fiato. E riavere la sua attenzione.

Chas rantolò e scattò indietro, piegato in avanti nel tentativo di riprendere fiato.

«Ho visto la sua *vis bulla*» spiegò.

«Come... no...» sibilò. Quello gli sarebbe valso un altro colpo, ma stavolta riuscì a bloccarle il pugno col palmo aperto. Glielo strinse forte tra le dita mentre si tirava su. «Mi piace fare la lotta con te, bellezza, ma rischiamo di combinare un disastro in questa stanzetta. Poi come glielo spieghi al tuo nuovo capo?» La voce vibrò di scherno, ma poi tornò salda. «E poi, è coi vampiri che dobbiamo sfogarci.»

Ritrasse la mano. «Il suo nome è nella Bibbia dei Gardella. Controlla pure. Alphonsus.»

«Cazzo!» esclamò Chas, facendo un passo indietro mentre l'espressione sul suo viso da allegra si faceva sconcertata. «Davvero?»

«Già… non vedo perché non dovrei credergli, a parte per il fatto che è un bastardo avido e violento che usa a sproposito le proprie abilità. Come dire… *vorrei tanto* non credergli ma…»

«Cazzo» ripeté. Le labbra sensuali si storsero in una smorfia orribile. «Scommetto che quel bastardo di Vioget ne era a conoscenza. Sapevo che mi nascondeva qualcosa… e forse non si tratta solo di questo, dannazione» borbottò, gli occhi accesi di una luce violenta che fece intendere a Macey che, se Sebastian fosse stato lì, avrebbe assistito a una rissa da manuale, con annessa devastazione del guardaroba.

«Puoi lasciare a dopo le fantasie sul piantargli un paletto nel cuore, Chas. Quello che dobbiamo fare ora, è trovare un modo per comunicare una volta che ci saremo separati. Non so di quanta libertà potrò godere e io…»

Si bloccò e si voltò, mentre Chas faceva altrettanto. La nuca le formicolava: quella sensazione gelida, orribile e fastidiosa che annunciava la presenza di un non-morto.

«C'è del lavoro da fare» disse Chas e, con un movimento rapidissimo, si fece scivolare un paletto in mano dall'interno di una manica.

«Lo sentirà anche Capone. Devo prima andare da lui.»

«Fa' quello che devi» disse in tono fin troppo cerimonioso. «Va' a prenderti cura del tuo capo, sia mai. Io intanto riduco in polvere un paio di vampiri, prima che combinino qualche danno.»

«Se non dovessimo rivederci stasera-»

Ma se n'era già andato, prima di potergli spiegare dove e come comunicare con lei in futuro. *Coglione.* Macey scosse la testa e uscì dallo stanzino.

Sebbene sia lei sia Chas fossero ben consci della grave minaccia costituita dalla presenza di vampiri, nessun altro avventore del *Music Castle* ne aveva la più pallida idea. Quando, dopo essere uscita dal guardaroba, Macey era tornata nella hall, tutto era come prima: capannelli di persone che conversavano, gangster che se ne stavano lì all'erta, nell'inconsapevole attesa di guai contro cui non avrebbero potuto combattere e di cui, con ogni probabilità, non si sarebbero neppure accorti. Come a sottolineare l'atmosfera rilassata, dalla doppia porta che conduceva alla sala vera e propria, veniva il suono allegro e ritmato di un clarinetto jazz.

«Signorina Macey» la salutò uno dei gorilla di Capone mentre le apriva la porta. Attraversare la soglia ed entrare in quella sala traboccante di musica e spettatori, fu come ritrovarsi in un altro mondo. Un'esperienza che coinvolgeva tutti i sensi, circondata com'era da quel nuovo stile musicale così potente, specie perché suonato da uno dei più dotati artisti del Paese.

Grazie alle basse luci blu e viola poste qua e là ai margini della sala, ai tavolini rotondi vicini gli uni agli altri e al palco, il club di Capone dava subito una sensazione di intimità. Se a ciò si aggiungeva la voce calda e ruvida del signor Armstrong che, accompagnato dal suono morbido del pianoforte, del trombone e del clarinetto, cantava di un bacio su cui fantasticare, l'esperienza risultava intensa e sensuale.

L'odore pungente di sigari e sigarette permeava l'aria, mescolandosi a quello floreale delle colonie e a quello mentolato o agrumato della brillantina. Si indovinavano sagome di donne con acconciature corte, che lasciavano la nuca scoperta, impreziosite da piume, fasce e fermagli glitterati. Colli eleganti e spalle delicate facevano bella mostra di sé grazie agli abitini senza lacci e agli scolli profondi. Pietre preziose brillavano come stelle qua e là nella sala, emanando raggi di luce ogni volta che un collo, una mano o un polso si muovevano. Gli uomini che le accompagnavano, ostentavano a loro volta anelli coi brillanti e capelli lucenti e tirati all'indietro, tanto da sembrare congelati dalla luce della luna, quando i riflettori del palco glieli illuminavano.

Macey sentiva la musica pulsarle dentro, andandosi a mescolare col battito del cuore nel petto, e si rammentò di una sensazione simile, provata quando, per la prima volta, aveva incontrato i non-morti. Quando un vampiro ti fissava e usava il potere ammaliatore dei suoi occhi rossi, avevi la sensazione che il ritmo del tuo respiro e del tuo cuore seguissero i suoi. Quella musica la prese allo stesso modo, forse perché mai prima di quel momento aveva avuto occasione di ascoltare un artista tanto talentuoso, una musica tanto perfetta e sensuale eseguita da così grandi musicisti.

Ma durò solo un attimo, perché quella sensazione strana e sgradevole le raggelava ancora il collo scoperto.

Appena varcata la porta aveva esitato, ma quando Armstrong finì la sua canzone e il pubblico esplose in un fragore di applausi, fischi e grida, guadagnò rapidamente il tavolo dove aveva lasciato Capone.

Non era centrale, di fronte al palco, ma più spostato sulla destra, dal lato dei musicisti. Satchmo si stava ancora inchinando e godendo le acclamazioni del pubblico, ma poi prese la sua cornetta e cominciò a battere il tempo per dare l'attacco ai suoi Hot Five e passare alla canzone successiva, che Macey riconobbe come *Gut bucket blues*.

«Dove diavolo eri?» sibilò Capone afferrandole saldamente il polso non appena gli fu vicina, senza neanche darle il tempo di sedersi. «Tutto sotto controllo?»

Ignorò la prima domanda e con uno strattone si liberò il braccio. «Provvedo subito.» Ne approfittò per girarsi e osservare la sala da quell'ottima angolazione, in prima fila. Da dove veniva la sensazione? «Sono tornata proprio per accertarmi-»

Individuò un tavolo in fondo alla sala. Il leggero brivido pruriginoso divenne intenso e le si propagò per tutto il corpo, come se l'avessero gettata nel lago Michigan in un giorno freddo.

Oh no.

Ignorò l'ennesimo sibilo di Capone mentre si alzava e, rigida e confusa, cominciò a farsi largo fra il pubblico.

No.

Non è possibile.

E invece lo era.

Raggiunse il gruppetto di uomini e donne, riunito attorno a un tavolino in un angolo buio, ottimo per avere un po' di privacy e darsi alla pazza gioia senza che gli altri ospiti del club potessero vedere. E perfetto per avere una visuale completa non solo degli artisti, ma anche del pubblico. E per scegliere con cura, e a ragion veduta, la preda da cacciare.

Al centro del gruppetto sedeva una donna dai capelli rossi, alta e dinoccolata, della stessa età di Macey.

Flora. Un tempo la sua più cara e fidata amica. Ora, un vampiro immortale.

Gli oscuri strali del rimpianto

MACEY STRINSE forte il paletto fra le dita, ma aveva lo stomaco in subbuglio e le mani sudate. Inspirò a fondo.

Era Flora, la sua amica, che ora era una specie di mezzo-demone immortale.

Uno di quelli che lei aveva giurato di uccidere.

Le veniva da vomitare ogni volta che ci pensava.

Tuttavia si avvicinò alla combriccola di vampiri con ostentata spavalderia. Quantomeno era quasi certa che tutti gli occupanti del tavolo fossero vampiri, anche se non era facile determinarlo, essendocene così tanti. Di quei sei, uno o due avrebbero potuto essere mortali.

Una cosa però era sicura: sentiva la sua nuca come se le avessero poggiato sopra un blocco di ghiaccio e quella sensazione inquietante le dava la nausea.

O forse a dargliela era il pensiero di stare per uccidere la sua migliore amica.

Aggiustò la presa attorno al paletto, nascondendolo fra le pieghe dell'ampio cappotto mentre raggiungeva alle spalle uno degli uomini: fra lui e Flora sedevano altre due persone.

«Ciao Flora.»

La rossa si voltò verso la voce, ma non parve stupita. «Ciao Macey, che bella sorpresa.» Quelle parole non parvero né spudoratamente false, né dette per affettazione. Gli occhi erano normali e non c'erano zanne in vista.

Per un attimo, un brevissimo attimo, Macey si chiese se non si fosse sbagliata. Se qualcosa l'avesse fregata o tratta in inganno e Flora non fosse ancora la vecchia Flora: simpatica, allegra, goffa e chiassosa. Ma quel barlume di speranza si spense in fretta. Sapeva bene quale fosse la verità.

«Devo chiedere a te e ai tuoi amici di andarvene. Subito» le intimò Macey, una mano poggiata sulla sedia che aveva di fronte.

«Neanche per sogno» intervenne una donna che sedeva al medesimo tavolo, era bassa e scura di pelle, con un fermaglio rosso che le teneva i capelli lontani dal viso. «A noi piace il jazzzz.» Sorrise storpiando l'ultima parola, ma era un ghigno privo di ogni calore. Un lampo di rosso le attraversò gli occhi, Macey sentì una fitta allo stomaco, ma distolse subito lo sguardo.

L'uomo sulla sedia di cui stringeva la spalliera si voltò pigramente e sollevò lo sguardo per fissarla. «E dai non rompere» biascicò, «siediti con noi, piuttosto, bambola.» Indicò le proprie gambe mentre lo sguardo si faceva rosso, caldo e invitante e la attraeva come una corda stretta attorno ai fianchi. «Non essere timida. Non mordo mica.» La risata che seguì fu coperta dalla musica. Posò una mano su quella di Macey che ancora tratteneva la sedia. «Coraggio, bambola. Scaldami un po'.» La sua stretta era decisamente troppo forte.

«No, grazie.» Con un rapido gesto della mano libera, piantò il paletto poco sotto la spalla più vicina dell'uomo, dritto verso il cuore. *Poof.* Il vampiro scomparve in uno sbuffo di cenere puzzolente e il resto del tavolo la guardò con gli occhi rossi e spalancati per lo sgomento. «Ve l'ho detto di andarvene. Preferirei non dare spettacolo, ma lo farò se non mi date retta.»

«Va bene.» Flora si alzò e fece il giro del tavolo per raggiungerla. Alzò le mani come a impedire che la sua vecchia amica colpisse di nuovo. «Va bene, ce ne andiamo.» Dette un'occhiata alla sala, quindi tornò da quelli che Macey presumeva fossero i suoi *nuovi* amici.

Non conosceva nessuno di loro e, a una prima rapida analisi, sembravano tutti vampiri giovani e privi di esperienza, almeno se paragonati all'ormai polverizzato Conte Alvisi e al terribile Nicholas Iscariot.

«Andiamo. O questa ci rovina la serata» mugugnò Flora.

«E chi diavolo è?» chiese uno degli altri, mentre si alzavano in piedi.

«Sbrigatevi» li ammonì Flora, dando una spinta a uno dei suoi amici.

Macey guardò a sua volta la sala, seguendo lo sguardo di Flora, e vide Chas farsi largo tra i tavolini. Era per quello che avevano capitolato tanto in fretta? La prima volta che aveva incontrato Flora dopo la trasformazione e aveva tentato, senza successo, di impalarla, c'era anche Chas.

Forse Flora si era accorta che non era sola e aveva pensato che lei e la sua combriccola non potessero farcela contro due o più Cacciatori?

Nessuno degli astanti pareva aver notato che un vampiro era appena stato ucciso, ma se fosse nata una zuffa, se ne sarebbero accorti di sicuro. E se scoppiava una rissa poi, tutti quelli in possesso di una pistola, il che voleva dire almeno il novanta per cento degli uomini presenti e probabilmente anche un numero insospettato di signore, non avrebbero esitato a estrarla e sparare. Non avrebbero avuto idea di chi o *cosa* fossero i loro bersagli, né che le pallottole sarebbero state inutili contro un vampiro. E chissà quanta gente sarebbe rimasta ferita per errore.

Aveva imparato che i gangster hanno il grilletto facile.

Qualunque fosse stata la causa di quella decisione repentina, Macey era più che lieta di lasciare che i vampiri abbandonassero il locale, senza che nessuno si facesse male. A parte il loro amico appena impalato, naturalmente. Scrollò la polvere dalle perline della giacca, realizzando che non sarebbe mai venuta via completamente da tutti quegli anfratti, e che non l'avrebbe più potuta mettere, a meno di non voler puzzare di vampiro morto.

Si soffermò un attimo per testare se la sensazione di freddo alla nuca fosse passata e notò Chas, che prima stava venendo dalla sua parte e ora invece aveva virato a destra e stava di nuovo girando attorno alla sala.

Dato che la sensazione era ancora lì, Macey sapeva che non aveva finito. Tolse della cenere dal tavolino e si diresse verso la porta che conduceva alla hall. Chas poteva cavarsela da solo là dentro, mentre lei si assicurava che non ce ne fossero altri fuori dalla sala.

Dovette sbattere gli occhi per la luce accecante che la colpì, una volta lasciato l'ambiente fumoso e semibuio. Seguendo lo strano formicolio voltò a destra, verso le porte secondarie che portavano dietro le quinte e accelerò il passo. Il freddo si fece più intenso e insistente.

Non appena girò l'angolo che portava agli accessi del backstage, qualcuno la afferrò per un braccio. Macey si voltò di scatto brandendo il paletto e si trovò faccia a faccia con Flora.

L'amica sgranò gli occhi e arretrò di qualche passo, alzando ancora una volta le mani. «No!»

Macey si fermò, aveva il fiato corto, e la mano che stringeva il paletto tremava.

«Per favore» la implorò Flora, «per favore, non farlo. Lasciami parlare e dopo…»

Si morse il labbro e attese.

Macey abbassò l'arma e la guardò con sospetto.

Flora era ancora alta e dinoccolata. Aveva i capelli color carota e lentiggini ovunque, dal nasino schiacciato alle spalle e alle gambe. Aveva sempre avuto la pelle chiara, ma ora era ancora più pallida e, su quell'incarnato diafano le lentiggini erano ancora più evidenti, mentre le labbra erano ormai di un tenue color melone.

«Cosa vorresti dirmi?» le chiese, mantenendo un tono freddo. Doveva rammentarsi di continuo che quella non era più la sua amica Flora.

Era pronta a tutto: che snudasse le zanne e le si avventasse contro, che la minacciasse con lo stesso sogghigno dell'altra volta o persino che la accusasse di essere lei la causa di quella trasformazione. Ma rimase di sasso quando gli occhi azzurri dell'amica si riempirono di lacrime e lei incrociò le braccia al petto, stringendosi nelle spalle in gesto protettivo.

«Aiutami» esalò, «per favore, Macey, puoi aiutarmi?». La guardava con gli occhi chiari e acquosi: non c'erano né malizia né bagliori rossastri in quelle iridi.

Eppure Macey mantenne salda la propria posizione, sia fisicamente che psicologicamente. «Che vuoi dire?»

Flora tirò su col naso, stringendosi ancora di più tra le braccia, senza smettere di fissarla. «Ho... paura... io...»

Aveva il respiro corto, quasi affannoso: si vedeva che stava male. «Io... non...» balbettò. Poi chiuse gli occhi, come a ricomporsi per farsi coraggio. Scosse la testa facendo oscillare i ricci sciolti. «Non far caso a me» disse, con voce più ferma. «Ho fatto quello che ho fatto e... quello che voglio dirti è che sei in pericolo, Macey.» Era seria e allungò persino un braccio per sfiorarla, con affetto.

Macey si ritrasse, l'espressione ancora diffidente. Flora parve delusa da quel rifiuto, ma annuì gravemente. «Mi pare giusto. Ti capisco.»

«Perché dici che sono in pericolo?» fu tutto quello che riuscì a dire per non sbuffare. E quando mai *non* lo era, in pericolo?

«Conosci Nicholas Iscariot, giusto?»

«Sì.»

Flora pareva delusa dalla reticenza dell'amica, ma proseguì: «È ossessionato da te, non fa che parlare di te e ti dà la caccia. E poi parla sempre di certi anelli...»

«Credevo stessi con il clan di Alvisi» replicò, gelida. «E, a quanto ho capito, gli uomini di Alvisi non vanno tanto d'accordo con quelli di Iscariot.»

«Politiche sociali vampiresche» commentò, stiracchiando un sorriso. «Ma da quando Alvisi non c'è più, e tutti sanno che sei stata tu a farlo fuori, il suo clan inizia a sfaldarsi: qualcuno si è avvicinato a Iscariot mentre qualcun altro se ne tiene alla larga.»

«Se Iscariot lo odiava così tanto, dovrebbe essermi grato per averlo liberato da Alvisi.»

«Beh, sai come sono i maschi... quanto sanno essere volubili.» Gli occhi di Flora risero e Macey sentì una dolorosa fitta al cuore, per quanto quell'espressione le era cara. Dovette metterci tutta se stessa per non rispondere alla battuta.

Decise di mettere le proverbiali carte in tavola. «Ti ho quasi uccisa e ora vieni qui a chiedermi aiuto. Sei un po' volubile anche tu, mi pare.»

Qualcosa baluginò nel profondo di quegli occhi, non un bagliore rosso, bensì qualcosa di oscuro, forse persino triste. «Avevi gli occhi chiusi quando mi colpisti. Lo sapevi, Macey? Mi hai mancata perché non volevi davvero uccidermi.»

«Potrei farlo ora.»

Annuì gravemente. «Potresti. E lo sai, vero, cosa mi succederebbe? Dove andrei a finire? Cosa diventerei? Ed è per questo che non lo hai fatto prima. Non hai potuto.»

Il paletto parve farsi pesantissimo, tanto che dovette sistemare la presa e lo fece, sollevandolo in modo che Flora capisse che non avrebbe esitato a usarlo. «Devo farlo. È la mia vocazione. La tradizione di famiglia.»

Gli occhi azzurri, dove ancora non brillavano né cattiveria né bagliori vermigli, rimasero fissi su di lei. «*Lo so*» rispose, la voce ridotta a un sussurro. «Macey ho paura. So che non dovrei chiedertelo, che non ne ho alcun diritto ma, ti prego, puoi aiutarmi?»

«Aiutarti come?»

Di nuovo gli occhi le si riempirono di lacrime. «Non voglio morire, non voglio essere dannata, non voglio essere *questo*… ho *sbagliato*. Ti prego, tu di sicuro conosci un modo per sistemare le cose. Per sistemare *me*. Ti prego, Macey, *aiutami!*» Allungò di nuovo la mano e, stavolta, Macey non si mosse. Mani calde e amiche le strinsero le braccia mentre Flora la implorava, gli occhi umidi, pieni di paura e dolore.

Realizzando all'improvviso quanto fosse vulnerabile, Macey si divincolò e fece qualche passo indietro. Si guardò rapida intorno per assicurarsi che fossero sole. La sensazione sulla nuca era rimasta la stessa, non era una trappola, non c'erano inganni.

Flora l'aveva aspettata da sola.

Ma questo non significava che Macey potesse aiutarla. La guardò, la sua più vecchia, cara, intima amica, e le disse la verità. «A quanto ne so, non c'è niente che si possa fare.»

Flora annaspò e barcollò all'indietro. «Davvero?» Gli occhi parvero farsi più grandi, sconvolti e spaventati. «Niente di niente?»

«Non che io sappia» ripose Macey con voce ferma e grave. «Ma questo non vuol dire che non sia possibile.»

Flora la guardò con rinnovata speranza. «Cercherai di scoprirlo?»

«Sì. Se è quello che vuoi davvero.»

«Certo che lo voglio. Se solo avessi saputo…» La voce le morì in gola. «So che è difficile credermi dopo quello che ti ho fatto e detto. Lo capisco, Macey, davvero. Ma se tu potessi aiutarmi.» Le rivolse il suo sorriso di sempre, quello che non mancava mai di illuminarle gli occhi, colorirle le guance e riscaldare il cuore di Macey.

E lo fece anche stavolta, a dispetto di tutte le cose che erano successe fra loro.

«Se vieni con me al *Silver Chalice*, sono sicura che Sebastian ti accoglierà e ti terrà al sicuro.»

Flora la guardò allibita.

«Lo faresti davvero? Per me? Mi terresti con te?»

«Non con me. Io ecco… vivo da un'altra parte. Ma con Sebastian Vioget sarai al sicuro.»

E se qualcuno poteva capire come ci si sentisse ad essere un vampiro, senza volerlo essere, quello era lui.

Era anche vero però, pensò Macey con una fitta al cuore, che se Sebastian avesse conosciuto una qualche *cura*, certo l'avrebbe usata su di sé almeno un secolo prima. Poi però le tornò a mente qualcosa che Chas aveva detto a proposito di Sebastian: *ha una possibilità di redenzione. E, per questo, ha bisogno del tuo aiuto.*

Forse, dunque, una possibilità esisteva.

«Andiamo.» Le fece cenno di seguirla. In qualche modo doveva riuscire a portare Flora fuori dal *Music Castle*, fino al *Silver Chalice*, senza che Capone e i suoi s'intromettessero.

Stavano per entrare nella hall quando ebbe un'idea. Un po' opinabile ma geniale. E la espose: «Se qualcuno tentasse di fermarci tu... potresti... come dire... *dissuaderlo?*»

Flora parve sorpresa da quella richiesta, ma poi un sorrisetto le piegò le labbra smerlate. «Certo.» Rise e dette una pacca sulla schiena di Macey, mentre si chinavano per sbirciare nella hall da dietro un angolo.

Come ai vecchi tempi, quando spiavano Lillie Bentley e il suo fidanzatino Royal Yates.

Stabilito che fra loro e l'uscita c'erano solo due ostacoli, e cioè due energumeni che stavano di guardia alla porta più vicina, Macey attraversò l'atrio con passo deciso, seguita da Flora. Quando arrivarono alla porta, come previsto, i due le fermarono.

«Dove vorreste andare, signorina Macey?» chiese il più basso dei due, che era comunque più alto di lei di tutta la testa.

«Volevo solo accompagnare la mia amica a prendere una boccata d'aria» rispose, accennando a Flora.

«Fa un caldo qua dentro» sussurrò lei con voce flautata. Quindi li guardò negli occhi, uno alla volta. «Abbiamo bisogno di aria fresca.»

«Avete bisogno di aria fresca» ripeté il più basso, gli occhi vacui. «Apri la porta per queste signorine, Bart.»

L'aria frizzante e primaverile era davvero piacevole, ma Macey non aveva ancora messo un piede fuori, che sentì un rumore alle sue spalle. Un grido, poi uno strillo.

E poi un colpo di pistola. Seguito da altri spari.

Spinse Flora fuori, e disse: «Devo tornare dentro». Sentiva ancora la sensazione di gelo sul collo, ma se a provocarla fosse la presenza della sua amica o altro, non sapeva dirlo.

«Resta qui. Non rientrare.»

Macey non aspettò la risposta ma si fiondò nella hall, diretta alla sala. Riuscì a fare solo qualche passo, che una porta si spalancò e ne uscirono barcollando due uomini, che ne trasportavano un terzo con una grossa macchia rossa sulla camicia bianca. Il ferito pareva morto o moribondo, e i due che lo sorreggevano erano uomini di Capone.

«Chi è quello?» chiese Macey a Bart, una delle due guardie di prima. «L'uomo a cui hanno sparato?»

«Sembrerebbe Fanalucci» disse, socchiudendo gli occhi per guardarlo meglio. Sembrava tranquillissimo, come se stesse scegliendo, fra le proprie camicie, quella da indossare. «Quello odia Big Al. Strano che abbia avuto le palle di farsi vedere qui, stasera. Beh, a quanto pare quel bastardo ha scassato la minchia a Snorky per l'ultima volta.»

Macey scosse il capo, colpita da quell'abitudine alla violenza, come se fosse normale che si sparasse a qualcuno durante un concerto *jazz*. E gli altri spettatori non stavano né urlando né correndo verso l'uscita. Ma che razza di persone erano? Erano così avvezzi alla violenza da fregarsene del tutto?

Aveva ancora la nuca gelida, troppo perché la causa fosse solo Flora. Si precipitò nella sala: dalle porte aperte le giungevano voci concitate e nervose, ma nessuno pareva intenzionato ad andarsene.

«È tutto a posto, ora, tutto a posto» stava dicendo Capone mentre Macey attraversava l'entrata. «Chiedo scusa a tutti per questo contrattempo. Torniamo alla musica, adesso. Vogliamo o non vogliamo far fruttare quest'investimento, eh? Satchmo mi ha chiesto dei bei soldi per riportare il suo culo nero qui a Chicago e non al *Cotton Club* di New York.»

Una risatina nervosa percorse il pubblico, che però tornò a sedersi. Louis Armstrong, che durante la sparatoria doveva essersi accucciato dietro al palco, tornò alla ribalta accompagnato da un fragoroso applauso. Recuperò la cornetta e fece cenno al pianista che attaccò una canzone che Macey non conosceva.

Osservò attentamente la sala ma il brivido pareva essersi placato: se c'erano dei vampiri in giro, non erano nelle immediate vicinanze.

«Dove cazzo eri?»

Ma stavolta non era Chas a sussurrarle all'orecchio, bensì Capone che le teneva letteralmente il fiato sul collo. Sembrava fuori di sé dalla rabbia quando l'afferrò per un braccio e la trascinò in un angoletto buio, al riparo da sguardi indiscreti.

«A fare il mio lavoro» rintuzzò lei, senza allontanare il viso dal suo.

«Il tuo lavoro» sibilò a denti stretti, il mento sollevato in gesto di sfida, «è di proteggere *me* sopra tutto e sopra tutti. Non so dove fossi tu ma-»

«Mi sono occupata di una tavolata di vampiri» rispose, atona.

«Beh, te ne sei persa qualcuno. Fra cui uno che mi ha quasi piantato una cazzo di pallottola in fronte.» Aveva gli occhi fuori dalle orbite e le tempie madide di sudore. Tirò fuori un fazzoletto e si tamponò il viso alla bell'e meglio.

Macey si ritrasse appena. E va bene, forse aveva ragione a essere un po' irritato… tuttavia… «Sei un Cacciatore. Lo hai impalato?»

Capone aveva l'aria di essere sul punto di esplodere. «Qui davanti a tutti? Non posso farlo, lo sai. Perché cazzo pensi che ti abbia assoldata, eh, cretina? Non posso piantare paletti nel petto dei vampiri, nel bel mezzo di uno dei miei locali. Come lo spiegherei, poi?»

«E dunque dov'è?»

Doveva ammettere che le ginocchia un po' le tremavano di fronte all'accesso di rabbia che aveva causato al più pericoloso gangster di Chicago, ma non lo avrebbe mai dato a vedere.

«Gli ho sparato. Hai appena visto Rudy e Sam che lo trascinavano via. Ora devi andare a finirlo.»

Macey lo guardò confusa. «Ma i vampiri sono immuni alle pallottole…»

Capone digrignò i denti e rispose, secco: «Non se le pallottole sono d'argento. Con quel metallo in corpo rimangono immobili, in uno stato di morte apparente, e tu puoi finirli col paletto. Niente polso, niente di niente. Ma se togli la pallottola si riprendono subito.»

Le ci volle un attimo per registrare l'informazione, ma, si rese conto, rispondeva a una serie di domande che le erano venute in mente, e che non aveva mai osato porre. Quindi era così che Capone si sbarazzava dei suoi nemici vampiri. Chissà quanti dei rivali morti erano in realtà *non*-morti colpiti dalle sue speciali pallottole?

«Dove lo portano?» Macey inclinò il capo mentre, in lontananza, si udivano delle sirene: il loro suono era abbastanza penetrante da sentirsi al di sopra della cornetta di Armstrong.

«Dove vuoi che lo portino uno stramaledetto cadavere, cretina? All'obitorio, naturalmente. E ora la polizia verrà a ficcare il naso nel mio club, maledizione-» S'interruppe e tornò a guardarla dritta negli occhi. «Un'altra cazzata come questa e ti-»

«Cosa?» rispose, piccata. «Che cosa mi farai, eh? Non ti scordare che io conosco il tuo segreto, Scarface. Forse dovresti smetterla di minacciarmi così.» Le dita le fremevano dalla voglia di piantargli un paletto nel petto, anche se non era un vampiro.

Il suono delle sirene della polizia era così forte che, probabilmente, erano già fuori dal locale.

Al fece un passo indietro e una luce gelida gli illuminò lo sguardo. «Non metterti a giocare a questo gioco con me, Macey Gardella. Io non perdo mai. E non mollo. E per finire sono molto più intelligente di te.

«Questo lo vedremo» borbottò Macey guardandolo allontanarsi.

ALL'ARRIVO DELLA polizia, Macey riuscì a uscire non vista attraverso una delle porte laterali del *Music Castle*. Tanti curiosi, si assiepavano, sia fuori sia dentro il locale, per vedere chi fosse stato ferito o arrestato, e affollavano il marciapiede.

Il traffico era intenso e le insegne illuminavano di rosso, giallo e blu le automobili, i passanti e gli sparuti cespugli che sopravvivevano lungo la strada. Più in alto, uno spicchio di luna brillava nel cielo cobalto, circondato da una spruzzata di stelle e da qualche stralcio di nube. Le strade erano piene di gente che rideva e chiacchierava, e dalle porte aperte di un bar vicino usciva odore di caffè.

Macey si guardò intorno alla ricerca di Flora, fermandosi di tanto in tanto per capire se il senso di freddo sul collo fosse dato dalla brezza notturna o se si trattasse di quella sgradevole sensazione di gelo che annunciava la presenza della sua amica non-morta. Non vedendola pensò, in un primo momento, che fosse fuggita.

Ma perché comportarsi in quel modo, allora? Le era già stata data l'opportunità di scappare, tanto da Macey quanto da Chas, ma era rimasta… e perché farlo se non avesse voluto davvero parlare con la sua vecchia amica, metterla in guardia e invocare il suo aiuto?

Fu presa dal dubbio. Poteva davvero fidarsi di lei? Aveva capito chiaramente che, quando un mortale veniva trasformato, cessava di essere la persona che era stata fino a quel momento. L'anima era persa e, a prendere il sopravvento sulla sua vita, erano il bisogno e l'ossessione per il sangue e la violenza.

Eppure Sebastian Vioget era un vampiro da oltre un secolo e non aveva mai bevuto una sola goccia di sangue umano. Combatteva a fianco dei Cacciatori, era un Cacciatore lui stesso, così come lo era stato prima della trasformazione-

Un vampiro poteva cambiare? Controllare i propri istinti? Essere salvato?

«Macey!»

Il cuore le rimbalzò in petto mentre si voltava e vedeva la figura alta e sottile di Flora emergere dall'ombra. «Va tutto bene?» le chiese, guardandola nervosamente.

«Tutto ok. Ma ho un lavoretto da sbrigare quindi andiamo subito al *Silver Chalice* così poi posso tornare al lavoro.»

«Temevo avessi cambiato idea» disse Flora mentre prendevano lo stesso passo, «e deciso di non aiutarmi. Non voglio tornare da quelli.»

«Che hai fatto dopo la morte di Alvisi?»

Era stato il conte stesso a trasformare Flora, dopo averla assunta per lavorare al *Blood Club*, un locale notturno che offriva a vampiri e mortali la possibilità di godersi la reciproca compagnia, succhiare sangue, fare sesso e darsi ad altri edonistici piaceri. Purtroppo, i vampiri consideravano sia quello sia altri luoghi che offrivano quel genere di intrattenimento, alla stregua di mangiatoie o mattatoi e un buon numero dei mortali che vi entravano, non ne uscivano più. Alcuni venivano uccisi, altri reclutati per unirsi a una società votata a servire e proteggere i vampiri, chiamata Tutela, e alcuni prescelti venivano mutati in vampiri a loro volta.

Nella sede originale di Londra del *Silver Chalice*, invece, Sebastian Vioget non aveva mai permesso tanta violenza e promiscuità. Ai tempi, la sua clientela era composta sia da mortali sia da vampiri ma, a suo dire, non aveva mai favorito nessuna delle due fazioni. Nel suo locale non avvenivano violenze, il sangue non veniva né versato, né sparso, né succhiato, se non dalle bottiglie di sangue animale che lui teneva per uso personale. Questo non valeva per il nuovo locale che gestiva a Chicago, dove l'unico vampiro era lui.

«Diciamo che sono finita dalle parti di Iscariot» rispose, mentre aspettavano presso un incrocio trafficato. «Sa di me e di te… che ci conosciamo. E vuole arrivare a te con tutti i mezzi possibili.»

«Te inclusa.»

«Sì.» Si voltò di lato mentre attraversavano la strada. Qualcuno suonò il clacson e rivolse loro un fischio da playboy che entrambe ignorarono. «È per questo che volevo metterti in guardia. Iscariot ha in mente qualcosa di grosso e vuole uccidere sia te sia Sebastian Vioget. Parla sempre di quegli anelli e del fatto che l'unico modo per averli è uccidere Vioget.»

Macey ridacchiò, mentre svoltavano in una stradina secondaria.

«I vampiri provano a ridurlo in polvere da oltre un secolo. Non è molto facile farlo fuori.» Scorse qualcosa muoversi nell'ombra di fronte a loro e aguzzò la vista. Sentiva freddo alla nuca, naturalmente, perché Flora era lì. Ma stava aumentando?

«Beh, ho sentito dire che è molto bello e sexy. Se fossi con lui tutto il giorno, saprei bene come divertirmi un po'.» Flora la guardò di nuovo in tralice e anche nella scarsa luce dei lampioni, Macey vide nei suoi occhi un lampo di ironia e genuina curiosità e di nuovo sentì una fitta al cuore per la perdita della loro amicizia.

«C'è qualcuno» sussurrò. «Più avanti, oltre quella macchina parcheggiata. Sono in due o tre.»

Uno strano sogghigno si allargò sul volto di Flora. «Penseranno che siamo prede facili, eh? Due ragazze tutte sole… facciamogli una sorpresina.» Accelerò il passo con aria cospiratoria.

Macey sorrise a sua volta: sarebbe stato un gioco da ragazzi per lei e la sua amica, dotata della velocità e della forza sovrumana dei vampiri, affrontare chiunque volesse aggredirle.

Purché non si tratti di Iscariot.

Macey cercò di mettere da parte quel pensiero, ma quello tornò, più forte di prima, e si bloccò, in preda all'improvviso a un'orribile sensazione che le fece guardare Flora con sospetto. E se l'avesse portata lì, lontano da Chas e da chiunque altro per consegnarla a Iscariot?

Anche Flora si fermò e si voltò per guardarla. «Non dirmi che hai paura!»

«No» rispose Macey cercando di concentrarsi e percepire l'eventuale presenza di altri vampiri nelle vicinanze o di minacce di altro tipo. Ma anche se non ci fossero stati altri non-morti, potevano esserci dei membri del Tutela ad aspettarla per costringerla a entrare in una macchina scura, ficcarla in nuovo abitacolo dell'orrore, come quando si era ritrovata impotente alla mercé delle zanne e delle mani brutali di Iscariot.

Ma niente, non sentiva niente. Nessuna paura, nessun presentimento. Riprese a camminare, i sensi tesi e gli occhi che scandagliavano attentamente ogni ombra, veicolo parcheggiato e portone. A scanso di equivoci, tirò fuori anche la croce d'argento che celava sotto il vestito e sfilò un paletto dalla giarrettiera, che avrebbe potuto usare anche contro un mortale: era pronta a ogni evenienza.

Quando si accorse che aveva ripreso a camminare, Flora partì con quella che Macey non poteva che definire una pantomima: una ragazza sola e spensierata che cammina lungo una strada deserta e male illuminata, ignara del pericolo che incombe.

La rossa allampanata sembrava quasi ballare lungo il marciapiede, voltandosi verso di lei, con salti e piroette, parlando di cose senza senso, come di quanto fosse carino il garzone che le portava il latte ogni mattina, o della loro vecchia insegnante di piano a Skittlesville, o di qualsiasi altra cosa le venisse in mente per sembrare distratta.

E funzionò, perché quando Flora, seguita a distanza da una Macey ancora sospettosa, raggiunse la macchina parcheggiata, tre uomini uscirono dall'ombra.

Macey strinse le dita attorno all'arma, ma non vedeva bagliori rossi nei loro occhi, né aveva la sensazione di gelo alla nuca. E quando riuscì a sbirciare all'interno della macchina dietro la quale si erano nascosti, non scorse nessuno. Iscariot non era lì ad attenderla e certo non avrebbe mandato solo quei tre gonzi per catturare una Cacciatrice.

La cosa la tranquillizzò, ma intanto uno degli uomini afferrò Flora per un braccio. L'amica lanciò un convincentissimo grido di sorpresa, soffocato dalla mano dell'uomo che andò a tapparle la bocca. «Che ne dici di farci un giro, bambola?»

Prima che Macey potesse reagire, un altro le si parò davanti, con le mani sui fianchi: incombeva su di lei, bloccando il vicolo buio.

«Ehilà, carina» biascicò. «Ora tu e la tua amica ci farete divertire un po'. Ci volevano proprio due pollastrelle per *riscaldare* l'atmosfera.» Allungò una mano verso il braccio di Macey, con un sorrisone lascivo.

Non fece in tempo a rispondere, che un terzo uomo le si piazzò alle spalle e Macey si ritrovò stretta fra i due. Una rapida occhiata a Flora le disse che il suo avversario la stava strattonando (o almeno così credeva lui) verso la macchina parcheggiata.

Macey lasciò che quella mano bramosa le stringesse il braccio, soffocando a sua volta un grido stupito, mentre faceva scivolare il paletto nella borsa e tirava fuori la pistola tascabile.

«No grazie» ribatté quando ebbe fra le dita quell'arma poco più grande del suo palmo. «Abbiamo altri programmi.»

Si mosse rapidamente, confidando nelle sue doti da Cacciatrice, estraendo dalla borsa la mano che stringeva la pistola, e usandola per colpire l'uomo che le stava dietro e aveva avuto l'ardire di toccarle un seno.

Questo grugnì e barcollò all'indietro, mentre l'altro, quello che teneva il braccio di Macey, la strattonò con forza verso la macchina. Macey si aspettava quella mossa e la usò a proprio favore, come le aveva insegnato Temple: si voltò di scatto e si abbassò, passandogli rapida sotto il braccio. L'uomo incespicò mentre lei lo faceva girare e annaspò per la sorpresa quando fece leva e lo scaraventò a terra con un tonfo secco.

«Tieni le mani a posto» gli disse piantandogli un piede sul petto ansante e premendo contro il diaframma il tacco squadrato

(e basso quella sera, proprio in previsione di situazioni del genere).
«E impara le buone maniere.»

Con la coda dell'occhio, vide il terzo compare, quello che aveva colpito con la minuscola pistola, correrle incontro. Senza smettere di trattenere a terra l'altro uomo ansimante, grazie alla sua super-forza, si voltò lentamente e spianò la pistola. «Non ti è bastato il colpo di prima?» disse, ironica. «O vuoi che ti scarichi nella pancia tutti i proiettili che ho? Saranno anche piccoli, ma ho sentito dire che, quando si viene colpiti allo stomaco, la morte sopraggiunge lenta e dolorosa.»

L'aggressore parve capire in fretta e si fermò in tempo. «E va bene, sta' calma» biascicò sollevando le mani in segno di resa.

«Vattene e porta con te i tuoi amichetti.» Macey indicò con la pistola l'uomo su cui teneva ancora saldamente puntato il piede, che spostò.

Non persero tempo e si allontanarono rapidi nella notte, lasciando Macey da sola, mentre realizzava che anche Flora e il suo aggressore erano scomparsi, forse proprio nel vicoletto buio.

Ebbe un attimo di incertezza e si chiese se la sua amica, per quanto dotata di forza e velocità sovrumane, nonché del potere ipnotico dei vampiri, non fosse stata comunque sopraffatta da quell'uomo. Sentiva ancora il gelo sulla nuca e quindi non poteva essere lontana.

In quell'istante la figura sottile e slanciata dell'amica spuntò dalle ombre dei due edifici di mattoni che formavano la viuzza. Quasi barcollò ritrovandosi alla luce dei lampioni e Macey raggelò quando si accorse che si stava passando una mano sulla bocca.

Aveva appena bevuto.

E infatti subito le giunse l'odore del sangue, come se fosse stato lì ad aspettare di essere riconosciuto. Pungente e metallico, sovrastava la puzza di gas di scarico e spazzatura e persino quella di urina, tipica dei vicoli e delle stradine secondarie del genere.

Le venne un conato di vomito ma riuscì, seppur con qualche difficoltà, a respingere quell'ondata putrida e bruciante. All'improvviso, non poté pensare ad altro che non fosse il fatto che la sua amica aveva bisogno di nutrirsi del sangue di esseri viventi per sopravvivere. Un pensiero che spazzò via quei brevi momenti di spensieratezza, amicizia e stupidera.

Non riusciva a distogliere l'attenzione dalla bocca di Flora: per quanto non fossero visibili né zanne, né tracce di sangue, sapeva quello che aveva fatto. Aveva affondato i canini nella carne di un uomo, succhiando, leccando, privandolo di qualcosa.

E che ne era stato di quell'uomo?

Era morto? Lo sarebbe stato presto? Era forse riuscito, miracolosamente, a scappare? Lo stomaco le si contorse.

«Ti sei liberata di quei due senza battere ciglio!» esclamò Flora, chiassosa e allegra come sempre. «È stato divertente! Siamo ancora una bella squadra, non è vero, Macey?»

Macey si sentiva confusa. «Dov'è?» riuscì a balbettare, nonostante la bocca secca e irrigidita.

«Dov'è chi- Oh!» Fece una pausa e poi puntò con noncuranza il pollice alle proprie spalle. «Là.»

Senza aggiungere altro, Macey la superò di corsa, l'orlo sfrangiato della gonna le svolazzava attorno ai polpacci. Si addentrò nello stretto passaggio fra i due edifici scuri, ingombro di spazzatura e rifiuti. L'odore di sangue era forte e sentiva il respiro affannato dell'uomo accasciato contro il muro.

Mentre si avvicinava per controllarne le condizioni, sentì una presenza alle proprie spalle. La strana sensazione di gelo alla nuca crebbe, mentre l'ombra sottile di Flora si allungava fra loro.

Incapace di affrontare l'amica, Macey si concentrò sull'uomo: lo sollevò e se lo caricò in spalla. Quel peso aggiuntivo la fece vacillare un attimo ma, recuperato l'equilibrio, non ebbe alcun problema a trasportarlo fuori dal vicolo verso la strada.

«Dovevo mangiare» mugugnò Flora, sulla difensiva.

Macey chiuse gli occhi per un attimo, poi superò l'amica, tornando verso la strada affollata. Il sangue dell'uomo le impregnò le spalle e la stoffa sottile del soprabito, fino a bagnarle la pelle. Lo sentiva colare, caldo e umido, e l'odore metallico le riempiva le narici. La vittima tremava e annaspava, le braccia che ciondolavano e una gamba, di quando in quando, si tendeva, come in un blando tentativo di liberarsi.

Raggiunto il marciapiede, Macey lo lasciò scivolare finché i piedi non toccarono terra e poi lo sorresse con il braccio possente, mentre aspettava di veder passare un taxi. Nell'attesa tirò fuori una fiala di acqua santa salata dalla borsetta e la versò sulle ferite dell'uomo, che tremò e si inarcò mentre il liquido sfrigolava nell'aria notturna, ma Macey lo tenne stretto.

Per fortuna non dovettero aspettare molto e, quando scorse il taxi, la ragazza fece un forte fischio.

La vettura accostò e lei fu svelta a ficcare il ferito sul sedile posteriore. Si sfilò una calza e gliela avvolse attorno al collo per tamponare un po' il sangue. Poi, anziché salire a sua volta, si avvicinò zoppicando sul piede nudo verso il tassista e gli disse: «È ferito, lo porti subito al St. Joe Hospital.»

L'autista fece per ribattere ma Macey lo fissò con aria impassibile e gli gettò due dollari sul sedile del passeggero: una mancia molto, molto generosa. «Fallo. O Al Capone ti troverà. Ho il numero del tuo taxi.»

Con quella minaccia, si allontanò dalla vettura che ripartì stridendo.

Ora doveva decidere cosa fare con Flora.

Col cuore pesante e lo stomaco in subbuglio, tornò verso il punto in cui l'aveva lasciata.

Ma quando arrivò, la sua amica dai capelli rossi non c'era più.

Grady riprese i sensi all'improvviso e si rese conto di essere seduto sul pavimento, appoggiato contro un muro e con le braccia immobilizzate dietro la schiena. Una specie di pulsazione sembrava scuotere tutto, riverberando sia attraverso il pavimento su cui sedeva, sia attraverso la parete a cui era appoggiato, sia nelle sue tempie.

Si sforzò di aprire gli occhi e realizzò che, in realtà, erano solo le sue tempie a pulsare e non tutto il resto.

La stanza era buia ma scorgeva un bagliore giallo alla sua destra. Le ombre danzavano rapide, ora appiattendosi, ora allungandosi e suggerendo la presenza di oggetti voluminosi.

Capì subito di trovarsi nel magazzino dove aveva scovato i falsari. Quello a cui volevano dar fuoco una volta portati via i macchinari.

Maledizione.

Dato che il rumore delle presse non si udiva più, significava che avevano finito e che forse stavano facendo fagotto…

Provò a muovere un polso e il risultato fu un tintinnio metallico e la sensazione del ferro che gli graffiava la pelle. Manette. Sempre meglio che una corda, sebbene in entrambi i casi ci si poteva lavorare.

Con espressione risoluta, provò ad alzarsi in piedi aiutandosi col muro e si accorse che le manette erano fissate attorno a un tubo che scorreva lungo la parete. Un brivido gli corse giù per la schiena: volevano forse lasciarlo lì a bruciare assieme al magazzino? Così si sarebbero macchiati di omicidio, oltre che di contraffazione di denaro.

Stringendo i denti per il dolore, riuscì ad alzarsi in piedi: il tubo gli era stato d'aiuto poiché aveva potuto usarlo per fare leva. Una volta in posizione eretta, passò a liberarsi dalle manette.

Si chinò in avanti e, prima ancora di far scorrere le mani dietro le gambe, si sfilò le scarpe. Coi soli calzini fu più facile far passare, sopra le mani legate, prima una gamba poi l'altra. Essendo attaccato al tubo, per farlo dovette accoccolarsi a terra ma, una volta scavalcate le mani ed essersi voltato, si ritrovò mani e tubo davanti.

Il resto fu un gioco da ragazzi.

Ben conscio che non si sentivano più rumori né movimento, Grady portò le mani fino a terra e recuperò una scarpa. Erano calzature speciali, create da Mokana e avevano i tacchi cavi e pieni di una serie di oggetti utilissimi, inclusi dei grimaldelli.

Quando il grande Houdini si liberava di manette e altre trappole, che fosse in uno show pubblico o in uno di quelli che aveva tenuto in privato per i membri delle forze dell'ordine, di solito era in mutande e non poteva, dunque, ricorrere a scarpe speciali come quelle, e aveva perciò altri stratagemmi per nascondere sulla propria persona gli indispensabili attrezzi da scasso. Ma, nel caso di Grady, i malfattori che lo avevano legato, non avevano avuto ragione di sospettare che avesse con sé un intero armamentario da mago illusionista.

In men che non si dica Grady aprì prima una manetta e poi l'altra. Naturalmente si cronometrò, dal momento in cui ebbe il grimaldello tra i denti, e fu fiero di sé stesso perché ci mise meno di diciotto secondi: un record personale su quel tipo di serrature.

E fu libero. Si rimise le scarpe e ficcò le manette in tasca.

E ora diamo la caccia a questi falsari e aspiranti assassini.

Fu in quel momento che si accorse del fumo e, guardando meglio, scorse il baluginare di fiamme che danzavano laddove, fino a pochi minuti prima, si trovavano i malviventi.

Maledizione.

Aveva due opzioni: rincorrerli o cercare di raccogliere le prove che, nelle loro intenzioni, il fuoco avrebbe dovuto cancellare. Ma in nessun caso il risultato era certo, né gli garantiva di trovare qualcosa che sarebbe tornato utile alla polizia.

Si diresse verso le ombre danzanti proiettate dalle fiamme e, una volta vicino al fuoco, si accorse che era piuttosto piccolo, poco più di un bel falò. Lo avevano avviato incendiando un mucchietto di detriti, ma ben presto le fiamme avrebbero raggiunto un'intelaiatura di legno e delle casse. A giudicare dall'odore, non sembrava avessero usato alcun accelerante.

Le eventuali *prove* si trovavano sicuramente nei pressi del fuoco... fu allora che si ricordò dell'enorme telo cerato. Si voltò di scatto, infischiandosene che qualcuno potesse udirlo anche perché, con ogni probabilità, non c'era nessuno, tornò verso il punto da cui era entrato e ritrovò il telo. Era grandissimo, pesante e polveroso ma faceva esattamente al caso suo.

Nonostante fosse ponderoso e ingombrante, Grady lo prese e lo portò verso il fuoco che, nel frattempo, era cresciuto di dimensioni, avendo cominciato a bruciare il legno vecchio e secco.

Spiegò il telo e lo gettò sulle fiamme. Con un fruscio, il tendone calò a smorzarle. Grady attese qualche secondo, ansimando, ma era tutto finito. Il fuoco era spento, non restava che qualche colonnina di fumo che filtrava dalle pieghe del telone.

Ancora una volta, il ragazzo si trovò a ringraziare il cielo di avergli fatto conoscere, all'inizio della Grande Guerra, Harry Houdini.

In caso contrario, in quel momento si sarebbe trovato a patire una morte prematura.

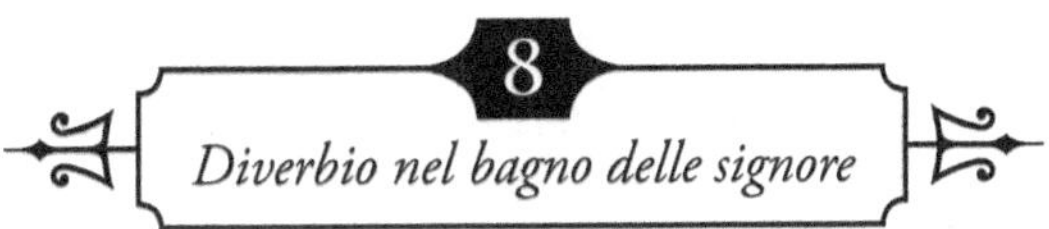

ESSENDO VENERDÌ sera, il *Silver Chalice*, era pieno di gente. Macey poteva sentirne le voci allegre già al livello della strada, dove una colonnina sormontata da un pomello a forma di calice, decorava un cancello di ferro battuto che si apriva sulla scalinata che dal marciapiede conduceva all'ingresso. Quella decorazione era l'unica insegna del locale: dovevi sapere che c'era, per trovarlo.

Un bar il cui proprietario e gestore era un vampiro non aveva bisogno di finestre. La posizione sotto il livello della strada garantiva sicurezza e riservatezza, e l'ingresso si trovava in una zona tetra e squallida, circondata da una severa cancellata in ferro battuto.

Macey scese la scaletta buia e stretta, i tacchi massicci che rimbombavano sui gradini. Dalla porta socchiusa filtravano luci e rumori e una figura corpulenta se ne stava a braccia conserte nella piccola nicchia vicino all'ingresso sotterraneo. Fumava una sigaretta ed emise un lungo sbuffo di fumo quando la vide.

Macey ignorò quell'uomo e spinse per aprire la porta. Il suo sguardo andò subito al bancone dietro a cui si ergeva Sebastian Vioget, un capolavoro fatto d'oro, miele e bronzo, dalla punta dei capelli fulvi folti e spettinati, all'incarnato ancora baciato dal sole che pareva brillare, fino agli occhi color topazio. Uno degli uomini più belli, una delle creature più angeliche che Macey avesse mai visto e che era, in realtà, un vampiro.

Sebastian stava versando alcuni drink, il colletto della camicia sbottonato e le maniche arrotolate fino ai gomiti. Lasciava cadere nei bicchierini un liquido ambrato, sicuramente illegale e, conoscendo Sebastian, giunto con ogni probabilità direttamente dalla Francia. Il *Silver Chalice* non rischiava raid della polizia: se anche gli sbirri fossero arrivati fin lì, a Vioget sarebbe bastato guardarli per un po' negli occhi e loro sarebbero caduti ai suoi piedi.

Macey oltrepassò la soglia, sentì la porta chiudersi alle proprie spalle e fu avvolta dai suoni e dagli odori del pub: conversazioni ad alta voce, risate, fischi, musica di pianoforte e odore di alcol, fumo, pop-corn e noccioline.

Sebastian si bloccò di colpo, interrompendo quello che stava facendo e voltandosi verso di lei. I loro occhi si incontrarono al di sopra delle teste degli avventori, seduti ai tavolini tondi sbeccati o lungo l'imponente bancone lucente.

Macey sentì tutto il peso e il potere di quegli occhi felini dal punto in cui si era fermata, presso la porta d'ingresso. Negli occhi di Sebastian brillò una luce dorata che poi si fece arancio e infine rossa e caldissima. La donna sentì un'attrazione potente, una sensazione così forte e improvvisa che le parve di cadere in una tenebrosa polla d'acqua tiepida. Il mondo attorno parve rallentare e farsi ovattato: luci, colori suoni... era in trappola, ci stava cadendo. Arrossì e si sentì venire meno e-

«Guarda, guarda cos'ha portato il gatto.» Le parole, tese, furono accompagnate dall'arrivo di una figura alta e sottile che si frappose fra lei e Vioget, interrompendo quell'incantesimo tanto potente da stregarla nel giro di un attimo.

Macey scosse la testa, il cuore in tumulto. Come era successo? *Cosa* era successo? Sbatté con decisione le palpebre e il mondo parve ricomporsi un altro po'.

«Temple.» Macey salutò la donna elegante che le si era parata davanti.

«Mi chiedevo dove fossi finita negli ultimi cinque mesi» disse guardandola dall'alto in basso coi suoi scuri occhi a mandorla, in cui si leggevano preoccupazione e una certa dose di rabbia.

«Ma più tardi mi aggiornerai.» Parve calmarsi. «Non è tuo quel sangue.»

Macey rammentò d'improvviso l'aspetto che doveva avere e che spiegava quella strana reazione da parte di Sebastian. Forse. Aveva il collo e la gola macchiati del sangue della vittima di Flora che si era caricata in spalla. Rabbrividì perché l'oscura intensità che aveva colto in quello sguardo, aveva fatto sentire perduta e senza controllo persino lei, una Cacciatrice esperta, oltre che sua amica e collega.

Sebastian era, a quanto pareva, potente quanto Nicholas Iscariot, forse persino di più perché indossava la *vis bulla*, quindi dotato di poteri malefici e divini al contempo.

«Comunque» proseguì Temple arpionandole il braccio con le dita scure e magre, «dobbiamo darti una ripulita.»

Macey si sentiva ancora un po' scombussolata mentre la seguiva verso una toilette riservata.

«Cos'è successo prima?» Non poté fare a meno di chiedere all'altra, mentre questa le porgeva una pezza bagnata.

Temple incontrò il suo sguardo nello specchio. «Sei entrata tu, nel bar, avvolta dall'odore di sangue fresco.»

Macey scosse la testa, pulendo il sangue che aveva iniziato a seccare in alcuni posti, ma era ancora appiccicoso in altri. Le aveva macchiato il vestito: fra quello e la polvere di vampiro incastrata fra i pizzi e le perline, avrebbe dovuto buttare via l'intera mise. «Una reazione piuttosto potente per uno che si è astenuto dal sangue umano per cento anni. Sono certa che non si comporti così ogniqualvolta vede un umano insanguinato.» Sapeva che, per nutrirsi, aveva da parte una scorta di sangue di mucca che si procurava presso degli allevamenti.

«Proprio non lo capisci, eh, sorella? Ho detto che sei entrata *tu* nel bar ricoperta di sangue fresco. Nessun altro avrebbe potuto avere un tale effetto su Sebastian Vioget a parte te, Macey Gardella Denton.»

Sentì il sangue defluirle dalla faccia per poi tornarci, prepotentemente, riscaldandole le guance. «Ah.»

Temple non sembrava arrabbiata, quanto piuttosto intenzionata a spiegarle bene la situazione. «Sei l'immagine sputata di Victoria Gardella, con gli occhi di Giulia Pesaro, una perfetta sintesi delle due donne che ha amato. Le due donne per cui ha sacrificato ogni cosa, compresa la sua anima. È stato per loro che ha accettato di farsi trasformare in un vampiro.»

Il gelo e l'incertezza l'avvolsero. Aveva la nausea. Chas le aveva detto qualcosa di simile una volta…

Non farti vedere da lui così, coperta di sangue. Ti sarebbe addosso in un attimo. Tra il sangue e il fatto che tu sei l'immagine sputata della tua bis-bisnonna…

«Capito» riuscì a rispondere, a dispetto del groppo che le serrava la gola. Il vero problema era che, quello che aveva visto negli occhi di Sebastian, era stato tanto spaventoso quanto allettante. Si sentiva ancora palpitare, sentiva ancora il fremito del desiderio…

O forse, più semplicemente, era per via della solitudine, era stata isolata e arrabbiata per mesi, e aveva finalmente capito cosa significasse davvero essere un Cacciatore: non avere legami. Rivide nella propria mente il viso di Grady, lo sbigottimento, il rifiuto di alcune ore prima. Scacciò via quell'immagine con decisione.

Temple le porse un vestito ripiegato. «Tieni. Ti starà un po' lungo e un po' stretto sul seno, ma sempre meglio di quello che hai indosso, che puzza di sangue e vampiro. Il che lascia presagire tu abbia qualcosa da raccontarci, ora che ti sei degnata di onorarci nuovamente della tua presenza.»

Prima che Macey potesse rispondere, Temple riprese: «Quanto a Sebastian… devi sapere, sorella, che sono preoccupata per lui. E tu mi conosci, non sono tipo da preoccuparmi tanto per gli altri. Ma ultimamente Sebastian è stato-»

La porta si spalancò «… incasinato da *morire*, se mi passate il gioco di parole.»

«Gesù, Chas!» sbuffò Temple, un po' sorpresa e un po' stizzita. «Macey è mezza nuda e tu entri come un guardone!»

«Sebbene fare il guardone non fosse nelle mie intenzioni» rispose unendosi a loro in quello spazio ristretto, e portando con sé una ventata di fumo, cenere di vampiro e lana bagnata, «come si suol dire, a caval donato non si guarda in bocca.»

Macey, che nel frattempo era arrossita di nuovo, era impegnata a trovare i buchi per la testa e le braccia nel vestito che Temple le aveva dato, e se ne stava dunque ritta là in mezzo con indosso soltanto il corpetto allacciato sul fianco, che la copriva dal seno alle cosce, comprese le mutande.

Si voltò sbuffando a sua volta, per nascondere tanto il rossore delle guance quanto il resto del corpo e trafficò con la stoffa sottile per trovare quei maledetti buchi. «Vattene, Chas.»

«Assolutamente no. Io e te dobbiamo parlare, bellezza.»

Riuscì infine a infilare la testa e a trovare le maniche del vestito, e si voltò mentre la stoffa scivolava giù lungo il corpo. In effetti era un po' stretto sul seno e lo sarebbe stato ancora di più se non avesse indossato il bustino che glielo comprimeva un pochino.

«Grazie, Temple» disse voltandosi verso l'amica e ignorando Chas. «Proprio non ci avevo pensato al sangue che avevo addosso. La prossima volta starò più attenta.»

Incredibile ma vero, aveva ancora il suo bel fiore fra i capelli, ciondolava di traverso, appeso a una ciocca, ma era ancora lì. Si chinò verso lo specchio per sistemarselo.

«Quindi ci sarà una prossima volta» constatò Chas. «Meglio tu vada a dare un'occhiata a Vioget, Temple» soggiunse indicandole la porta.

La donna lo guardò storto. Era alta quanto lui e le braccia e le gambe color caffellatte erano snelle, ma con muscoli tonici e allungati, a differenza di Flora, i cui arti lentigginosi erano solo magri e dinoccolati, eppure molto più forti. Temple sembrava pronta ad attaccare briga, ma qualcosa nell'espressione di Chas dovette farla desistere, perché gli lanciò un ultimo, rapido sguardo sprezzante, e allungò la mano verso il pomello della porta.

«Meglio io che tu, no?» borbottò e uscì con una folata di rabbia repressa.

Macey fece per seguirla ma, con un movimento fluido, Chas le bloccò il cammino. «Come mai hai tutta questa fretta di scappare? Credi sia qui per concludere la scazzottata che avevamo iniziato nel guardaroba? Prima parevi morire dalla voglia di darmi un pugno.» Nei suoi occhi brillò un pericoloso lampo di sfida.

Macey serrò i denti. «Che vuoi, Chas?»

«Dobbiamo finire di parlare.»

«Non so cos'altro potrei dirti. Lavoro per Capone e-»

«Eppure ora sei qui. Hai blaterato che per cinque stramaledetti mesi ti è stato impossibile, e invece sei riuscita, diciamo così, a dartela a gambe piuttosto facilmente. Verrebbe da pensare che ti sbagliavi circa la possibilità di allontanarti dalle grinfie di Capone.»

Ancora una volta le venne in mente il volto di Grady e poi quello minaccioso e determinato di Al Capone. Forse era più furba del gangster, ma quello aveva le mitragliatrici, i suoi *picciotti* e una rete di contatti sconfinata.

«Infatti non posso trattenermi. Devo rientrare.»

«Maledizione Macey, ma cosa sei? Una Cacciatrice o una ragazzina impaurita? Non dirmi che hai paura di lui, *vis bulla* o meno!»

«Non ho paura per me, pezzo di idiota!» Macey era così arrabbiata che le salirono le lacrime agli occhi, irritandola ancora di più.

«Beh, dato che non è per me e Vioget che ti preoccupi, quindi chi diavolo- oh! Gesù. Il bastardo irlandese? Ti sei innamorata di quel mangiapatate, eh? Cazzo, Macey. E così Capone ha potuto prendere all'amo la sua puttanella Cacciatrice, agghindarla a piacimento e costringerla a obbedire a ogni suo ordine.»

La vista di Macey si tinse di rosso, lo afferrò per il bavero del cappotto, lo strattonò di lato e sbatté, più forte che poteva, le sue spalle ampie in un angolo. I pannelli di legno della parete si scheggiarono per la forza dell'impatto, ma intanto Macey aveva già raggiunto e aperto la porta.

Non aveva messo neanche un piede oltre la soglia, che Chas la afferrò da dietro, e la riportò dentro, richiudendo la porta e lasciandola senza fiato.

«Non ho ancora finito» ansimò, inchiodandola contro la parete con la mano aperta, le dita premute appena sotto la gola. Sentiva il cuore di lei martellare sotto il proprio palmo.

«Toglimi le mani di dosso» ringhiò Macey. Non le faceva alcuna paura, tanto era piena di rabbia. Rabbia ma non solo, sentiva qualcosa sotto la pelle che lottava per liberarsi. Qualcosa che sfrigolava, fremeva, bruciava.

«Ne hai soltanto una addosso» la schernì, mostrando l'altra mano libera. Si mosse rapidamente di lato quando il ginocchio di Macey scattò verso l'alto, e sogghignò nel vederla mancare il bersaglio, ma il sorrisetto scomparve quando il piede di lei gli arpionò il ginocchio strattonandolo, grazie a un'ottima mossa che Temple le aveva mostrato mesi prima. Chas non cadde, ma perse l'equilibrio e le rovinò addosso. Finirono entrambi contro il muro e, girando su se stessa, Macey si liberò dalla stretta dell'uomo e si rimise in piedi. Ansimando, le mani sui fianchi, lo ammonì: «Non toccarmi mai più.»

Ancora quel sorrisetto derisorio: «Te l'ho già detto altre volte, quella del Cacciatore è una vita solitaria.» Era abbastanza spompato da far pensare a Macey che, per quella volta, aveva vinto lei. «Non puoi stare con l'irlandesino, Macey. Sai bene che non puoi esporlo a un pericolo del genere, venga esso da Iscariot e simili o da quel pezzo di merda di Capone. Sei sola, bellezza.»

Le zanne ci misero più tempo del solito a tornare a posto, e così il ritmo del suo cuore. La vista di Macey, scarmigliata e coperta di sangue, lo sguardo acceso e determinato, le labbra piene, voluttuose e allettanti… il suo odore gli era arrivato attraversando tutta la stanza e facendolo precipitare in un vortice di desiderio e lussuria.

Aveva dovuto conficcare le dita nel bancone per impedirsi di scavalcarlo e lanciarsi su di lei. E non perché non la vedeva da mesi, solo perché era *lì*.

Pronta per lui.

Eh no, cazzo, no. *Quello* no. *Che Iddio mi aiuti.* Sudava freddo al solo pensiero.

Ma erano settimane, ormai, che i sogni su di lei lo tormentavano… e ora era lì, in carne e ossa. Era tornata, finalmente.

No.

Grazie a Dio, Temple si era accorta di quello che stava succedendo e aveva interrotto il loro contatto, coi suoi modi poco delicati, ma efficaci. Era in debito con lei.

Non poteva dire lo stesso di Chas Woodmore. Se ne stava seduto alla fine del bancone, dopo essere appena rientrato da chissà dove e particolarmente di cattivo umore, persino per i suoi standard, quando Macey era entrata.

Sebastian si sentiva ancora scosso e instabile. Si era versato una dose fin troppo abbondante del bourbon che aveva importato. Dire che lo aveva fatto di contrabbando sarebbe stata un'esagerazione: si era limitato a ordinarlo dalla Francia e *convincere* i doganieri che si trattava di un'innocente cassa di vino da messa. Talvolta i poteri ipnotici da vampiro potevano tornare utili.

Mise da parte il bicchiere: l'ultima cosa di cui aveva bisogno era stordirsi ulteriormente.

Sollevò la testa e vide arrivare Temple, ma con lei non c'erano né Macey né Woodmore. I loro sguardi si incontrarono e la donna parve sollevata nel vedere che era riuscito a mantenersi calmo, almeno in apparenza.

Ma era anche arrabbiata e Sebastian non faticò a capirne il motivo: Chas era ancora più stronzo di quanto non lo fosse stato, ai suoi tempi, Max Pesaro. Ed era tutto dire.

«Stiamo chiudendo» annunciò il vampiro a voce alta, udendo strani colpi venire dalle stanze private adiacenti al locale. «Siete pregati di uscire.»

Il mormorio contrariato che si levò fu subito messo a tacere dallo sguardo severo con cui spazzò la stanza. Non ebbe nemmeno bisogno di far brillare gli occhi. «Potrete saldare i conti nei prossimi giorni» aggiunse, ben sapendo che metà dei clienti non lo avrebbe mai fatto. Ma servì a sgombrare il locale più velocemente di qualsiasi altra cosa che non fosse gridare «Al fuoco!» o «Ci sono gli sbirri!».

Gli ultimi clienti sciamarono fuori proprio mentre Macey riemergeva dalla stanza sul retro, seguita da Woodmore. Per fortuna si era ripulita e non aveva più l'aria di essere stata attaccata da un vampiro voglioso.

Sebastian si calmò ulteriormente e si versò un altro dito, soltanto uno, di bourbon in un bicchiere. Quindi, a mente sempre più lucida, aggiunse al drink una dose abbondante di sangue di mucca e lo sorseggiò.

La tensione latente e la sete scemarono ancora, nonostante la luce fosca e dorata del locale avesse fatto apparire Macey ancora più simile a Victoria, mentre attraversava la sala. Anche la sua ava aveva portato i capelli corti per un certo periodo, quando si trovavano a Praga per recuperare il secondo anello di Jubai, e anche i suoi si arricciavano allo stesso modo attorno alle guance, folti e nerissimi, lasciandole scoperto il collo lungo e sottile.

Sebastian sentì le zanne premere per schizzare di nuovo fuori e si affrettò, furtivo, a sfiorare la *vis bulla* che gli pendeva sotto la camicia. La scossa datagli dall'argento benedetto che sentì sulla punta delle dita, servì a rammentargli la sua promessa e a dargli forza cosicché, quando Macey prese posto su uno sgabello di fronte a lui, fu in grado di sorriderle tranquillamente.

«Ma bene! A cosa dobbiamo il piacere, *ma chérie*?»

«Mi dispiace di non essermi fatta viva prima» si scusò immediatamente.

Notò un'insolita ritrosia in lei e si rese conto che evitava di guardarlo negli occhi. *Maledizione.* Era stato lui a spaventarla o ci aveva pensato Woodmore? Non aveva raccontato a nessuno dei suoi sogni, di quello era sicuro. Macey non sembrava molto loquace e una specie di rabbia circondava, come un alone, sia lei che Woodmore.

Un po' incerto a sua volta, Sebastian pensò bene di non ribattere, prese invece altri bicchieri e versò da bere a tutti i presenti seduti attorno all'angolo del bancone, due su un lato e uno sull'altro.

Woodmore e Temple non esitarono a servirsi, mentre Macey guardava il bourbon come fosse veleno.

«Suvvia, non essere timida, *petite*» sussurrò dolcemente Sebastian. «Sappiamo che questo atteggiamento bacchettone non ti appartiene più e mi pare chiaro che hai bisogno di qualcosa per risollevarti. Non lo verrà a sapere nessuno. Fatti un goccetto e poi raccontaci tutto.»

«Sono certa che Chas sarà più che lieto di aggiornarvi. Io... non posso restare.» Sembrava stesse per cadere dallo sgabello da un momento all'altro.

Woodmore emise una specie di grugnito per attirare l'attenzione di Sebastian che, con gesto automatico, gli riempì il bicchiere. «Macey sostiene che Capone sia un Cacciatore» sputò guardando Sebastian con odio. «E scommetto che per te non è una novità.»

Vioget scrollò le spalle. «Non ne ero certo ma lo sospettavo. Nella Bibbia un Alphonsus risulta.»

«Questo sì che è un affronto! Non che da te mi aspettassi di meglio…» sbottò Woodmore.

«Non capisco come possa essere uno di noi e non fare il proprio lavoro» intervenne Macey che, a quanto pareva, aveva deciso di trattenersi e di bere qualcosa. Sebastian fu sollevato nel vederle le guance riprendere colore, ma evitò di fissarla negli occhi troppo a lungo, non voleva correre rischi.

Non mentre si sentiva vulnerabile come in quel momento.

«Perché non chiedi a Vioget qualche informazione sui Cacciatori che non fanno il proprio dovere?». Era chiaro che Chas fosse ancora di pessimo umore e stava facendo tutto quello che era in suo potere per condurre Sebastian nello stesso baratro, il bastardo. «Sono sicuro che ti illuminerà.»

Sebastian si trattenne. «Si riferisce a un periodo in cui mi sono rifiutato di impugnare il paletto. Per una serie di ragioni che ora, a distanza di un secolo, non sono più rilevanti. Ma per rispondere alla tua domanda, Macey, si può dire che non sia così inusuale che qualcuno cui sono stati dati gli stessi nostri poteri e abilità, li usi per fini personali anziché per il motivo per cui gli sono stati donati. Usare la *vis bulla* per altri scopi è assai più facile, e certo meno pericoloso, che andarsene in giro a caccia di vampiri. Abbiamo il libero arbitrio, come ben sai.»

Macey annuì. «Ci sono stati altri Cacciatori che sono diventati, per così dire, *cattivi*? E che hanno usato i poteri a proprio vantaggio?»

«Purtroppo sì. Non li ho mai conosciuti di persona, ma ci fu Frederick, per esempio, e di sicuro anche altri, però la storia non è il mio forte. Ma torniamo alla questione principale: perché credi che Al Capone sia così interessato a te?»

«È convinto che una delle profezie di Rosamunde Gardella si riferisca a noi, a me e a lui.»

Un'idea tanto assurda da suonare incredibile. «Addirittura? E ti ha per caso detto quale, in particolare?». Sebastian non fece niente per nascondere il suo sarcasmo: se pure Capone era uno di loro, nutriva forti dubbi sul fatto che potesse essere un esperto della storia di famiglia. Quel bastardo sembrava avere ancora meno tempo di quanto ne avesse lui per occuparsi di argomenti banali come la storia.

«Me la sono appuntata» rispose Macey. «È qualcosa circa un *intrepido*, e lui sostiene che questo intrepido sia io, e che lui sia l'altra metà del tutto. Ma non ho idea del perché sia arrivato a pensare una cosa del genere… che la profezia di riferisca a lui.»

Sebastian si voltò verso Temple, che annuì e scese con grazia dallo sgabello. «Vado a fare qualche ricerca. Non mi aspettate alzati.»

Quasi meccanicamente, lui si mise a osservare la figura alta ed elegante, mentre attraversava la sala. Come facevano le donne a camminare con quei tacchi alti e massicci e apparire sensuali e aggraziate allo stesso tempo? I fianchi di Temple si muovevano sinuosi e il vestito di seta scivolava sul culetto ben fatto a ogni passo. Era una donna molto sexy e sapeva che era attratta da lui. Ma non era lei che voleva.

Diavolo, non voleva neppure Macey, non proprio. Non fino in fondo.

E neppure Victoria, se fosse entrata in quel momento nel pub… oddio, forse quello non era del tutto vero, in fondo c'era stato un tempo in cui l'aveva *amata*. Anche se, dopo un secolo di rimuginamenti, era giunto alla conclusione che, forse, quell'amore era stato in buona parte dettato dalla volontà di far imbestialire Max Pesaro.

Chi riempiva i suoi sogni era Giulia, il suo cuore apparteneva a lei, ed era per lei che aveva fatto tutto.

Solo che, per Dio, Sebastian non sapeva quanto ancora avrebbe potuto resistere, se quella storia non si concludeva alla svelta.

E se ci fosse voluto un altro secolo prima di poter tenere fede alla sua *lunga promessa*? Che sarebbe accaduto se la volta successiva

Macey fosse arrivata lì, ricoperta del *proprio* sangue? Sollevò il bicchiere e tracannò un generoso sorso del suo drink.

Che Iddio mi aiuti. Non ce la faccio più. Non so quanto ancora potrò resistere.

MACEY BEVVE un altro sorso del drink che Sebastian le aveva versato, qualunque cosa fosse. Il freddo e la tensione si erano attenuati, sebbene si sentisse ancora inquieta: il tempo passava… che cosa avrebbe fatto Capone, quando si fosse accorto che era andata via?

Quanto tempo le restava, prima che il gangster tenesse fede alle sue minacce? Forse credeva che fosse andata all'obitorio, a fare quello che doveva con Fanalucci? Questo significava che aveva più tempo, no?

Chas, che sembrava meno arrabbiato e rissoso di prima, la fissava attentamente. «Cosa è successo con la tua amica Flora al *Music Castle*? L'ho riconosciuta, cosa credi?»

Macey annuì, cercando di fare ordine fra i propri pensieri. In fondo, era il motivo per cui si trovava lì quella sera. La sua amica non l'aveva seguita, ma Macey aveva comunque delle domande da fare. E aveva bisogno di parlarne con Chas e Sebastian, gli unici che potevano comprendere appieno la situazione. Anche Temple, forse, ma non del tutto, non essendo una Cacciatrice.

Stavolta Macey prese un bel sorso di whiskey, o quel che era, svuotando il bicchiere. Lo sentì bruciarle la gola e dovette soffocare un colpo di tosse ma, seppur con gli occhi annebbiati, posò rumorosamente il bicchiere vuoto sul tavolo. «Ancora.»

Mentre Sebastian, senza battere ciglio, procedeva a rifornire sia lei sia Chas, Macey prese la parola, contenta di poterlo fare con delle persone tanto fidate.

Se solo Wayren fosse stata lì...

«Flora vuole che la aiuti, che la salvi dalla sua... *vampiraggine* o come diavolo si dice. Ha capito che lasciarsi trasformare è stato un errore...»

Chas emise un verso poco garbato ma Macey lo ignorò «... e vuole lasciare Iscariot e la vita da vampiro. Dice che quel demone la spaventa.»

«Lo credo bene» bofonchiò Chas.

«E ha aggiunto, ma la cosa non mi ha meravigliato affatto, che Iscariot dà la caccia a me e agli anelli di Jubai.» Lo sguardo le cadde sulle cinque fascette di rame che brillavano attorno alle dita di Sebastian. «Avevo pensato di portarla qui, stanotte, ho pensato potesse stare qui con te» proseguì, guardando Sebastian. «Ho pensato che tu avresti ben compreso la sua situazione.»

Chas sbatté il bicchiere sul tavolo, gli occhi neri e intensi parevano in fiamme. «No che non *comprende la sua situazione*, lui. Vioget ha deciso in piena coscienza di rinunciare alla propria anima, nel tentativo di salvare quella di Giulia Pesaro che, non so se lo sai, ma era una vampiressa, la cui anima era, dunque, dannata. Non ha lasciato che lo trasformassero per un capriccio, perché desiderava l'immortalità o il potere, né per puro divertimento o per una lite tra amiche.» Rivolse un cenno a una Macey sorpresa dal fatto che lui sapesse che, uno dei motivi per cui Flora si era lasciata affascinare dai vampiri, era per farle una ripicca. «Quindi no, cara mia, Sebastian non comprende affatto la *sua situazione*» concluse con quella sua voce dura e bassa, scimmiottando una seconda volta le parole di Macey.

«Sta' calmo, Woodmore» disse Sebastian dopo un primo attimo di sbigottimento, «chi l'avrebbe detto che da qualche parte nascondessi un briciolo di empatia. Alle sorprese!» brindò versando a tutti un altro giro. «*Santé!*»

I suoi occhi incontrarono quelli di Macey, incatenandoli col suo sguardo di fuoco che stavolta, tuttavia, non era infuso del potere dei vampiri. «E come mai alla fine non l'hai portata con te, *ma chérie?*»

«Mentre venivamo qua, tre tipacci ci hanno aggredite… o meglio… ci hanno provato. Naturalmente li ho… li abbiamo respinti ma quando, dopo la rissa, sono andata a cercarla, Flora era sparita.» Esitò e bevve un altro sorso.

Temeva che, se avesse detto loro quello che era successo, Chas ci sarebbe andato giù ancora più pesante. E poi cosa avrebbe pensato Sebastian?

«Capisco. Ha colto l'occasione per farsi uno spuntino con l'uomo che aveva avuto la malaugurata idea di aggredirla, dico bene?» chiese Chas ancor prima che Macey avesse deciso sul da farsi. Quando lei lo guardò allibita, l'uomo rispose con un gesto stizzoso. «È per quello che sei arrivata coperta di sangue non tuo. È ancora vivo?»

«Lo era quando l'ho caricato su un taxi per farlo portare all'ospedale. Non sapevo cos'altro fare.» Le tremò la mano quando tornò a sollevare il bicchiere. Quanto era che non metteva qualcosa sotto i denti? Il whiskey le bruciò di nuovo la gola, ma cominciava ad apprezzare quel calore che, allo stesso tempo, acuiva i sensi e rendeva tutto ovattato.

Bevve, vagamente conscia degli sguardi interessati degli altri.

Alla fine, con un gesto di stizza, sbatté di nuovo il bicchiere vuoto sul bancone e lo indicò. Immaginò che, fatto trenta, poteva fare trentuno. A come la sua vita fosse diventata impossibile, avrebbe potuto pensarci l'indomani. Non mancava poi molto.

«Esiste un modo per aiutarla?» si rivolse a Chas. «Una volta mi hai detto che lui» proseguì additando Sebastian, «aveva bisogno del *mio* aiuto per salvarsi l'anima. Se può farlo lui perché non Flora?»

«Sempre che la tua amica voglia davvero salvarsi e non stia invece lavorando per Iscariot» osservò Chas, ovviamente.

Macey sbottò: «Credi che non ci abbia pensato? Io-»

«Non sono sicuro che sia possibile» intervenne Sebastian in tono grave. Un'emozione indefinibile colorava la sua voce… paura? Disperazione? «Salvare un'anima che è stata… com'è che dicono i

Draculiani, Chas? Danneggiata? Sì, è così che dicono, *danneggiata*. Io mi baso sulla fede e la speranza e sull'interpretazione di una profezia, ma la stessa Wayren non può o non vuole dirmi quale sarà l'esito. Lo vedremo solo alla fine.»

«Alla fine di cosa?» chiese Macey. Non ne poteva più di profezie, domande senza risposta e risposte che preferiva non sentire, né prendere in considerazione. E certo non voleva andarsene da lì e tornare da Capone.

«Questo. La mia vita così com'è.» Sebastian esibì quel suo meraviglioso, seducente sorriso di sempre. «E credimi se ti dico che sono più che pronto.»

Macey non sapeva bene cosa dire. Conosceva Sebastian, e anche Chas, da meno di un anno e già non sapeva immaginare la sua vita, e il suo ruolo di Cacciatrice, senza di loro. Le mancavano conoscenze, esperienza… e certo non avrebbe mai fatto affidamento su Alphonsus per avere un sostegno.

E il pensiero di dover affrontare Iscariot da sola le faceva rizzare i capelli.

«Siamo in due» soggiunse Chas con la sua voce graffiante. «Intendo dire che anche io mio auguro che la mia esistenza terrena finisca presto, non certo che tu e il tuo bel faccino ci abbandoniate.»

«Bello sapere che le due persone di cui mi fido di più, non desiderano altro che morire.»

«Tu… ti fidi di noi?» Chas afferrò il commento al volo come un cane farebbe con un osso. «Non l'avrei mai detto. Credevo che la tua fiducia fosse passata a quel grassone bastardo di un italiano.»

Forse la stava stuzzicando, anzi era quasi certa che lo stesse facendo, ma stavolta lei non avrebbe abboccato, non se la sarebbe presa per quei commenti. Si limitò ad avvicinarsi a lui, abbastanza da sentire l'odore di whiskey, lana, fumo e di una nota speziata, sbattendo le ciglia. Sì, le sbatté davvero. Non si diceva forse che si prendono più mosche col miele che non con l'aceto?

«Certo che no, Chas, mio caro. Non potrei mai perdere la fiducia in te. In fondo, sei tu che mi hai tirato fuori dall'automobile di Iscariot, no?»

Il pomo d'Adamo scattò, le labbra ebbero un fremito e un bagliore oscuro balenò nei suoi occhi. «Sta' attenta, bellezza. Bada che so giocare anche io a codesto gioco.»

Sollevò la mano che stringeva il bicchiere e le sfiorò la guancia con le nocche, era vicinissimo, e la fissava da sopra il bordo di vetro mentre sorseggiava il suo whiskey.

Macey era più accaldata e confusa del dovuto, quando tornò a voltarsi verso Sebastian che, da parte sua, aveva osservato lo scambio precedente con un mezzo sorriso e gli occhi che brillavano di complicità. Era un assoluto estimatore dell'arte del flirtare.

«Forse dovresti chiedere al qui presente signor Woodmore qualche delucidazione sulla vita interessante che ha condotto, *ma petite*. Sai, non sono l'unico qui che non appartiene a questo tempo. Lui ha il suo ruolo in questa storia, ma è sempre stato molto reticente a riguardo. Non te lo aspetteresti mai.» Socchiuse gli occhi, divertito.

A Macey girava un po' la testa, mentre guardava prima l'uno poi l'altro… forse era colpa dell'alcol. «E sia. Ci racconti qualcosa, allora, Chas?»

Lui poggiò i gomiti sul bancone fissando il bicchiere che continuava a riempirsi. «Colpa di Wayren. È stata lei a darmi l'opportunità di andarmene-»

«Sarebbe più corretto dire di *fuggire, n'est ce pas?*» lo incoraggiò Sebastian.

Chas gli lanciò uno sguardo d'odio e riprese a parlare, ma le parole uscivano a fatica e dure dalle mascelle serrate. «È stato molto tempo fa e ho smesso di fare quello che… facevo, ecco.»

«Ovvero?» chiese Macey per pura curiosità, pur avendo intuito che Chas non fosse affatto propenso a spiegarlo.

In suo aiuto intervenne Sebastian.

«Era una sorta di Cacciatore, ma si occupava di una particolare specie di vampiri, i Draculiani che, a differenza di quelli come me e Iscariot, possono essere redenti. Almeno qualcuno di loro.» Il sorriso si fece triste. «Quello che Woodmore non dice è che aveva il cuore spezzato e che correva-»

«Avevo appena portato a termine un difficile incarico a Parigi» intervenne Chas di malavoglia, proseguendo il racconto, «e le cose non erano affatto andate come volevo. La donna che- vabbè, insomma la situazione era spiacevole, ecco.»

«Spiacevole? Stando a quanto diceva Corvindale, ti comportasti da bastardo senza cuore, ancor peggio di adesso. E detto da lui…» Sebastian era intervenuto di nuovo in suo aiuto, ma stavolta il commento era stato accompagnato dall'aggiunta dell'ennesima dose di whiskey nei tre bicchieri. «Ahimè è a questo che arriva un uomo dal cuore infranto, *n'est ce pas?*»

«Dovresti saperlo bene, tu» ribatté placido.

«Non lo nego.»

Macey scosse il capo: pareva parlassero un'altra lingua. Senza contare che il whiskey di certo non l'aiutava a seguire la conversazione. Quindi intervenne: «Insomma mi stai dicendo che è stata Wayren a portarti qui? Da *dove?*»

«Dal 1803. E da Londra, per essere precisi. Anche se ho trascorso molto tempo anche a Parigi» soggiunse con amarezza, «tra i bassifondi in cui davo la caccia al famigerato Cezar Moldavi e a sua sorella.»

«Cioè Wayren ti ha fatto viaggiare *nel tempo?* Ne è capace?». Forse era colpa dell'alcol ma quella storia le sembrava davvero incredibile. O forse aveva letto troppi romanzi di Giulio Verne.

«A quanto pare sì» sospirò Chas tornando a fissare il proprio drink. «Non so e non voglio sapere come funziona. So solo che ero pronto a… passare oltre. Così, grazie a Max Pesaro-»

«Diamine, quella scena avrei proprio voluto vederla!» esclamò Sebastian malizioso. «Tu e Pesaro nella stessa stanza. Sarebbe stato uno spasso vedere voi due che-»

«… e il suo addestratore Kritanu» proseguì Chas a denti stretti. «Affrontai la Prova per diventare Cacciatore e fui insignito della *vis bulla*. Poi Wayren mi ha condotto qui. Non è mai stata molto chiara sulle ragioni della mia presenza, forse voleva solo che facessi da balia al nostro Vioget. Per proteggere il suo bel faccino e il suo fisico prestante dai vampiri cattivi» sogghignò.

«Balia un cazzo» ringhiò Sebastian, riempiendo ancora una volta i bicchieri.

«Sennò perché mi avrebbe offerto di venire qui?» rispose Chas allegramente sollevando il bicchiere e rimettendolo giù vuoto. Quindi si rivolse a Macey. «Sono qui a Chicago a tenere d'occhio il qui presente tizio con le zanne, da cinque anni, ma ho viaggiato per centoventi, se ti attieni al normale computo del tempo e al movimento di stelle e pianeti.»

«Insomma, eri innamorato di una tipa a Parigi e poi cosa? Davi la caccia ai vampiri e poi? L'hanno uccisa?» Macey non poté fare a meno di pensare alla storia di suo padre. E di sua madre.

È quello che succede quando un Cacciatore ama qualcuno. Sentì lo stomaco contorcersi e d'improvviso il whiskey non le andava più.

Come se le avesse letto nel pensiero, Sebastian le sbatté davanti una ciotola di noccioline. «Mangia qualcosa, *chérie.*»

Chas fece una breve risatina amara. «Oh, no. È molto più complicato di così» disse e Macey sentì che quelle parole grondavano autentico veleno. Era chiaro che, dietro l'atteggiamento da duro covava un dolore vivo, una ferita aperta. «Narcise era una vampiressa, una Draculiana. Capito, mia cara, quanta tragica ironia c'è nelle vite delle due persone di cui, parole tue, *ti fidi di più?* Noi due siamo la personificazione dell'ironia, cazzo. Il cacciatore di vampiri che è diventato un vampiro e il cacciatore di vampiri innamorato di una vampiressa.» Aveva lo sguardo stanco mentre la fissava. «E tu ti stupisci del fatto che siamo stufi di questo mondo?»

In quel preciso istante, qualcuno fece tremare la porta.

«Siamo chiusi» gridò Sebastian.

La porta tremò ancora di più e qualcuno da fuori urlò di rimando.

Sebastian alzò gli occhi al cielo e uscì da dietro il bancone. «Lo so che servo roba di prim'ordine, ma siamo chiusi, maledizione, *chiusi!*»

Macey guardò Chas. «Mi dispiace.»

Lui stiracchiò un sorriso e sollevò il bicchiere. «Beh, tutto è andato per il meglio. Ora sono qui e non solo per starmene in vetrina, come dicono da Marshall & Field. Quella furbacchiona di Wayren mi ha detto solo che c'era bisogno di me.»

«E quando avrai... come dire... portato a termine la tua missione, tornerai indietro?»

«Spero bene di no.»

«Macey» c'era tensione nel tono asciutto di Sebastian. La ragazza alzò lo sguardo e lo vide farsi da parte per far entrare un gruppetto di persone.

Erano tre donne e cinque uomini dall'aria allegra e rude. Poi riconobbe due di loro: erano scagnozzi di Capone.

Guardò meglio le donne, che parevano ubriache perché si sorreggevano ai rispettivi accompagnatori come stessero per annegare.

Sentì un tuffo allo stomaco e tutto il whiskey ingerito ondeggiò minacciando seriamente di tornare su.

«*Dottie*» esalò, scattando in piedi con tanta veemenza da rovesciare lo sgabello su cui sedeva. Conosceva bene anche le altre due, Mandy e Clara.

Sembravano godersi la serata, ma i *picciotti* non facevano mistero delle armi che avevano nei pantaloni.

Il messaggio di Capone era chiarissimo: la ricreazione era finita. Era tempo di rientrare.

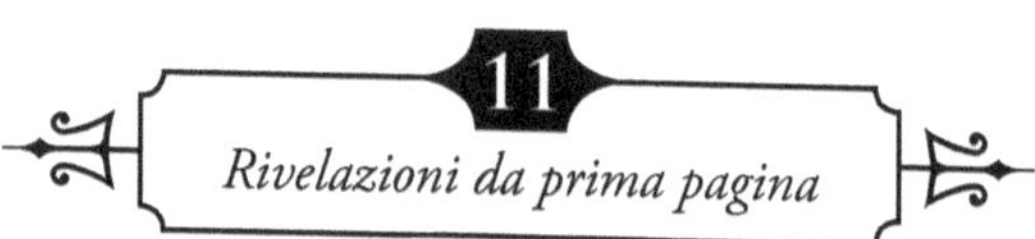

Rivelazioni da prima pagina

«**P**RIMA DI prendermi il colpo in testa, li ho visti in faccia» raccontò Grady ai tre poliziotti, uno dei quali era Linwood. «Posso identificarne cinque.»

Dopo essere riuscito a domare le fiamme, Grady aveva chiamato gli sbirri e li aveva mandati al magazzino, mentre lui si era fiondato in ufficio per buttare giù la storia, sperando in un'edizione straordinaria e magari nella prima pagina.

Un *falco* non si smentisce mai.

L'alba era passata da poco e si trovava coi poliziotti negli uffici del *Tribune*. L'enorme edificio era stato finito solo l'anno prima ed emanava ancora odore di pittura fresca e intonaco.

«Hai proprio nove vite, tu» commentò lo zio scuotendo il capo, mentre un rapido sorriso gli incurvava la bocca.

Il tenente Linwood e Grady erano tutto ciò che rimaneva della loro famiglia. Quando il giovane aveva lasciato Dublino per andare a Londra, poco prima che l'Inghilterra fosse coinvolta nella Grande Guerra, non sapeva di avere uno zio. Da parte sua, Linwood, che aveva appena una decina di anni più del nipote, non aveva idea della disgrazia occorsa a quella sorella molto più grande, che era scappata di casa quando lui era appena un bambino.

Mentre lavorava per un commerciante di tessuti, Linwood aveva conosciuto una ragazza americana e si erano sposati. Si era trasferito nella città di sua moglie, Chicago, dove si era arruolato in polizia e dove, da allora, aveva vissuto.

Aveva i capelli di un rosso pallido, accompagnati da un discreto numero di lentiggini che gli punteggiavano principalmente le braccia e le spalle muscolose, con qualche spruzzatina sulla fronte e sulle mani. Sebbene fosse di corporatura media, aveva le spalle ampie e la struttura possente di un pugile peso massimo. Pur portando lo stesso nome, si somigliavano solo per il colore blu degli occhi, anche se quelli dello zio erano appena più chiari.

«Dimmi di nuovo com'è che non sei bruciato vivo» borbottò l'agente Trudell, uno dei pochi poliziotti di cui Grady e Linwood si fidavano ciecamente. «Ti avevano ammanettato a un tubo. Chi cazzo sei, Houdini?» rise battendo i palmi sulle cosce fasciate dalla divisa. Grady si limitò a fare un sorrisetto e lanciare un'occhiata allo zio, uno dei pochi a sapere che il famoso mago escapologo era stato effettivamente suo mentore. «Questo al momento non ha alcuna importanza. Avete le prove e io posso identificarli: uno degli uomini aveva una deformazione al lobo dell'orecchio, sarà facile diramare l'informazione alla polizia.»

«Ristampare le banconote e cancellare i pezzi da cinque per trasformarli in pezzi da dieci! Non dovrei dirlo ma, porca puttana, se questi falsari non hanno avuto un'idea geniale!»

Grady si girò verso quella voce e riconobbe Robert McCormick, ex eroe di guerra e ora proprietario e direttore del *Tribune*. Il giornalista, che era persino più alto di Grady ed esibiva un bel paio di baffi neri, era a buon diritto noto come *il Colonnello*. Fra le dita macchiate d'inchiostro stringeva un giornale che profumava di stampa. «Sono lieto che tu sia riuscito a salvarne qualcuna dalle fiamme, campione: la fotografia delle banconote e la tua storia sono in prima pagina.»

«Come prima notizia o come seconda?» chiese Grady con un sorriso, afferrando la copia ancora calda di stampa, senza badare all'inchiostro che gli macchiava le mani, erano i rischi del mestiere, e si rispose da solo. «Uhm, come seconda. Vabbè, prima o poi il titolo di apertura sarà mio» disse girando il giornale piegato, per vedere cosa ci fosse effettivamente sopra il suo articolo.

«Avrai il posto d'onore quando verrà eseguito qualche arresto» ribatté McCormick.

Ma Grady non lo ascoltava più: tutto quello che lo circondava all'improvviso si era fatto lontano e anche le parole dei suoi interlocutori erano diventate indistinte, mentre guardava l'articolo di punta, quello che non solo aveva preso il posto che avrebbe potuto essere suo, ma lo aveva anche colpito come una coltellata.

Sulla prima pagina troneggiava infatti l'immagine di Capone a braccetto con una Macey sorridente ed elegante. *Il talento di Satchmo e le conquiste di Big Al: il grande ritorno di Armstrong al Music Castle di Capone*, recitava il titolo. Grady proseguì la lettura:

Mentre Louis Armstrong e i suoi Hot Five *si esibivano nel locale gremito di gente, Big Al si è presentato con una nuova, misteriosa accompagnatrice. Alle richieste di delucidazioni circa la signorina, Capone si è limitato a sorridere e a raccomandare: «Non ditelo a Mae!». Nel corso della serata, lo spettacolo è stato momentaneamente sospeso a causa di una sparatoria, ma il dolce suono della cornetta non si è fatto attendere molto ed il musicista è tornato presto a deliziare il suo pubblico dal palco, mentre il ferito, Danny Fanalucci, veniva portato via dal locale. Interrogato sull'accaduto, Capone ha risposto: «Se qualcuno si azzarda a tirar fuori un'arma in uno dei miei locali, poi non è più il benvenuto.» È risaputo che tra i due non corre buon sangue. Non è dato di sapere in che condizioni versi attualmente il Fanalucci, ma secondo alcuni testimoni aveva riportato una ferita al petto.*

Nonostante la tempesta di emozioni che gli si agitava dentro, Grady apparve calmo mentre restituiva la copia a McCormick. «Andrà meglio la prossima volta» scandì lentamente, come se le parole dovessero farsi strada fra un denso vapore.

Gli altri non parvero notare la reazione, sebbene Linwood l'avesse fissato per un attimo. Poi Trudell rammentò a Grady che doveva formalizzare la sua deposizione, nonché collaborare con un ritrattista che lavorava per la polizia, per fornire gli identikit dei criminali.

Grady era ben lieto di tenersi la mente occupata con altro. In fondo, era quello che aveva fatto negli ultimi cinque mesi: cercare di dimenticare Macey Denton. E adesso aveva ancora più ragioni per farlo.

Se mai ci fosse riuscito.

Macey era già stata un'altra volta all'obitorio della contea di Cook e non era un ricordo che le andava di rivangare. In quell'occasione, infatti, le era toccato l'ingrato compito di riconoscere il corpo di una delle sue migliori amiche.

Chelle era stata rapita da Nicholas Iscariot che le aveva succhiato il sangue senza ritegno e con brutalità. E Macey aveva dovuto andare all'obitorio per confermare che quello scaricato in un vicolo, era proprio il cadavere della sua amica. Era accaduto la mattina dopo aver subito a sua volta un assalto da parte di Iscariot e si sentiva stravolta, dolorante e affranta.

Era dunque tutt'altro che ansiosa di varcare di nuovo la soglia della gelida costruzione di cemento, ubicata nel piano interrato di un edificio accanto alla stazione di polizia. Per ovvie ragioni, aveva aspettato che fosse passata la mezzanotte, prima di lasciare la suite del Lexington per avventurarsi in quelle macabre stanze.

Big Al non era stato affatto contento della sua fuga dal *Music Castle* durante la performance di Louis Armstrong e, a riprova di ciò, una serie di nuove fotografie, debitamente incorniciate, si erano andate ad aggiungere, a mo' di sottile monito, alla galleria di quelli che lei ormai vedeva come ostaggi, le cui vite dipendevano da come lei si sarebbe comportata. Quindi, quando il gangster le aveva suggerito, con voce carezzevole, di andare quella notte stessa a finire Danny Fanalucci, il vampiro sospeso in uno stato di morte apparente a causa di un proiettile d'argento piantato nel petto, Macey non aveva potuto far altro che pensare a Clara, Mandy e Grady... e accettare.

L'androne sotterraneo era illuminato da sole due luci: una alla fine delle scale e un'altra a metà strada, tra il portone d'ingresso e la sua destinazione. Il corridoio avrebbe necessitato di una bella ripulita, ma almeno non c'erano ragnatele, né segni della presenza di topi, ratti o altre creature. Man mano che procedeva verso la sala mortuaria, una strana sensazione di gelo le avvolse la nuca. Fanalucci c'era ancora, in qualche modo.

Sulla porta di vetro satinato campeggiava la scritta *County Morgue*. Usò la chiave datale da Capone e girò la maniglia, fredda e sgradevole sotto le dita.

La stanza era buia e silenziosa e la nuca le pizzicava ancora per la vicinanza di un vampiro. C'era odore di morte ma era ben diverso da quello nauseabondo tipico dei vampiri e della loro cenere, e si mescolava a quello pungente di prodotti chimici e alcol industriale (che ovviamente era legale). C'erano poi un'altra puzza decisa, che non seppe identificare, e odore di terra e umidità.

Cenere alla cenere… polvere alla polvere.

Forse qualcuno dei cadaveri aveva iniziato a decomporsi, preparandosi a tornare alla terra.

I morti venivano portati lì per l'identificazione ufficiale e vi rimanevano finché la famiglia o un'impresa di pompe funebri non li reclamava. A volte venivano sottoposti ad autopsia per determinare la causa della morte.

Un silenzio di tomba, pensò Macey ridacchiando fra sé per il gioco di parole: certo non era stata la prima a dirlo o pensarlo, in quel posto. Accese la luce. Quello stanzone inquietante era privo di finestre, e quindi nessuno avrebbe notato le luci accese a quell'ora insolita.

Le mura e il pavimento erano di cemento grezzo, e una parete era costellata di raccapriccianti porticine di metallo, tre in verticale e quattro in orizzontale: i cassetti per i cadaveri che nascondevano macabri carrelli estraibili. C'erano poi quattro tavoli messi in fila, costituiti da un massiccio piano d'acciaio che, grazie a un congegno, poteva, alla bisogna, alzare, abbassare o inclinare il corpo steso sopra. Solo uno era vuoto.

Sempre conscia dell'onnipresente brivido alla nuca, osservò i tre cadaveri stesi sui tavoli e coperti da teli. Tanto valeva cominciare da quelli. Sfilò il paletto dal fodero che nascondeva sotto il vestito e si avvicinò al primo morto, dai cui piedi scoperti pendeva un cartellino che recitava: *Guernsey T.*

Il secondo riportava *Fenilworth, B.*, mentre il terzo paio di piedi apparteneva chiaramente a una donna.

Si girò verso la parete dei cassetti, e notò con sollievo che i nomi erano scritti all'esterno: quello avrebbe reso le cose più facili. E infatti eccolo lì, *Fanalucci D.*, a metà della terza colonna.

Quando lo tirò, il cassetto produsse un basso gemito di protesta che ben si addiceva all'atmosfera. Macey abbassò il lenzuolo fino alle spalle e fissò con curiosità quel cadavere. Sembrava decisamente morto, con la pelle livida e gli occhi chiusi. Non respirava, né c'era segno di pulsazioni. Abbassò allora il telo fino alla pancia, ricoperta, al pari delle spalle, delle braccia e del petto da una folta peluria scura.

Il foro del proiettile era nel fianco destro: poteva avergli perforato un polmone, ma non il cuore, dove presto avrebbe conficcato il proprio paletto. Il buco era scuro e profondo e le venne da chiedersi quanto in profondità il proiettile gli avesse trapassato organi e tessuti. Rifletté che, probabilmente, non c'era foro d'uscita visto che, stando a cosa diceva Capone, senza la pallottola in corpo, Fanalucci sarebbe risorto, con tutto il suo armamentario di zanne e occhi rossi. Di certo non le andava di verificare.

Doveva ammettere che quella di Capone era davvero una gran trovata per sbarazzarsi dei vampiri senza attirare l'attenzione sulla loro uccisione, e per non far sapere al resto della popolazione che, fra di loro, camminavano dei non-morti.

Qualcosa si mosse nell'aria e Macey sollevò il capo dalla ferita. I peli sulle braccia le si drizzarono.

Non le pareva ci fosse niente di strano, eppure…

Si irrigidì e strinse più forte il paletto. Si voltò lentamente, scrutando la stanza, tutti i sensi tesi, in allerta.

Qualcosa non andava… qualcosa…

La luce tremolò e poi quasi si spense, ma rimase un tenue bagliore dorato. Un brivido ghiacciato le attraversò potente le spalle e il collo, stringendole l'intero corpo in una morsa gelida, come l'avessero gettata nell'angolo più freddo e profondo del Lago Michigan. Macey sentiva il suo respiro, pesante e cadenzato, e il cuore che batteva regolare…

Si rese conto di non essere sola. Qualcuno o qualcosa si stava avvicinando.

Un altro cuore che batteva e che pareva farlo al ritmo del suo, e un altro respiro che cercava la stessa cadenza del suo.

Rimase immobile, ritta in mezzo a quella stanza illuminata a stento, col brivido gelido che le perforava la pelle, le ossa e i muscoli.

Le luci si spensero del tutto, facendo precipitare la stanza nella totale oscurità. Macey era terrorizzata ma tacque. Perché aveva infine riconosciuto quella sensazione.

L'aveva già sentita un'altra volta, durante la notte più spaventosa della sua vita.

La porta si aprì e una striscia di luce penetrò l'obitorio, disegnando la sagoma della figura alta e ossuta che se ne stava sulla soglia, ma nascondendone i tratti del viso. Macey poteva riconoscere solo i capelli neri pettinati con una riga netta, e tanto impomatati da brillare come vernice fresca.

«Macey Gardella ma che piacevole e inaspettata sorpresa!» la salutò mellifluo Nicholas Iscariot. Entrò nella stanza e la mano, sottile e affusolata, si avvicinò all'interruttore. Le lampadine si accesero quasi con riluttanza e il lucore da fioco e aranciato si fece più caldo e dorato. Eppure non le parve che l'avesse toccato davvero, l'interruttore.

«Non è forse ovvio che una sorpresa sia inaspettata?» Macey era riuscita a parlare. E cavolo se il tono era fermo. «E nel mio caso non è certo piacevole.» Le dita che stringevano il paletto, erano intorpidite per la tensione, eppure, nonostante lo shock e il terrore, Macey si focalizzò sulle ultime scintille di lucidità e determinazione.

Sentiva il cuore tenere ancora il proprio ritmo, nonostante il vampiro tentasse di imporle il suo. No. Macey non avrebbe più lasciato che le accadesse. *Mai più.*

Iscariot chiuse la porta con un tonfo sordo. «Ma che bello. Una Cacciatrice pedante. Ma forse non dovrei meravigliarmene, in effetti, la prima volta che ci incontrammo, tu lavoravi in una biblioteca. Eri così innocente e naïf allora, non è vero?»

Macey non lo guardò negli occhi e neppure in faccia. Continuava a fissargli la spalla sinistra. Soltanto due tavoli da autopsia coperti da un telo si frapponevano fra lei e il vampiro più potente del mondo, figlio di quello che fu il primo dei mezzi demoni immortali creati da Lucifero, Giuda Iscariota.

Le fu improvvisamente molto chiaro che solo uno di loro due avrebbe lasciato quel posto sulle proprie gambe. Un terrore gelido la attraversò ma respinse con decisione quell'attimo di debolezza, e si impose di mostrarsi determinata. Avrebbe vinto.

Anche lui doveva essere altrettanto spaventato, sospettoso e nervoso nei suoi confronti: lei era la figlia di Max Denton. Aveva in sé il sangue della grande Victoria Gardella e dell'impareggiabile Max Pesaro.

E uccidere Nicholas Iscariot era il suo destino. Era *quello* il significato della profezia di Rosamunde, ne era certa.

E si sa, le profezie si realizzavano sempre.

Sebbene Iscariot l'avesse presa alla sprovvista, stavolta quantomeno non era in inferiorità numerica. E non era confinata nell'abitacolo di una macchina, né trattenuta da altre mani.

«A giudicare dal paletto che stringi in mano, oserei supporre che sei qui per finire Fanalucci» disse Iscariot, avvicinandosi al cassetto aperto. «Una mossa astuta, quella di usare pallottole d'argento» si voltò di scatto verso di lei e Macey quasi rimase incatenata dal suo sguardo letale. Uno sfarfallio di calore si mosse ai margini della sua coscienza, ma lei lo ignorò. «Non è certo farina del tuo sacco.»

Che non sapesse di Capone? Interessante.

«A giudicare dal fatto che ti trovi qui, per quanto indesiderato, oserei dire che sei venuto a identificare il suo corpo prima che io lo trasformi in cenere» rispose atona. «Muoviti, Nicholas. Non ho tutta la notte.»

La guardò e le labbra sottili disegnarono un sorriso. «Non eri così spavalda l'ultima volta che ci siamo visti, Macey Gardella. Ma preferisco questa versione, a quella tremante, svenevole e piagnucolosa di allora.»

Macey valutò la distanza che li separava e l'altezza dei due tavoli. Se avesse superato il cadavere d'un balzo e poi avesse fatto leva sulla destra…

«Non credo proprio» sibilò il vampiro: all'improvviso girò su se stesso… e scomparve.

Sembrava impossibile ma… un momento prima c'era e poi, all'improvviso, non c'era più. Macey si voltò e se lo ritrovò dietro, sull'altro lato della stanza. Aveva *volato*? Un brivido gelido la percorse: come poteva combattere un vampiro in grado di volare e far accendere e spegnere le luci con la forza del pensiero?

Fra loro c'era il tavolo vuoto, ma Iscariot era più vicino rispetto a prima. Macey sentiva il suo odore che sapeva di terra, olio e oscurità e le dava il voltastomaco.

«Lo percepisci?» chiese, con voce bassa e sibilante. «Lo so che lo senti, che *mi* senti.» Gli occhi gli brillarono, una strana combinazione di rosso bordato di blu cobalto. La presero alla sprovvista e la attrassero, come se un gancio l'avesse arpionata per la vita e la stesse trascinando verso di lui.

Respirava a fatica e i lati del suo campo visivo erano sfocati. Capiva cosa stava succedendo e cercava di combattere, *combattere*.

Iscariot ridacchiò, un suono basso e graffiante, e Macey serrò le dita attorno al paletto e al bordo del tavolo che aveva davanti. Lo stringeva forte, concentrandosi sul metallo freddo, sul legno liscio e sui propri piedi piantati a terra… *no.*

«Io me lo ricordo, Macey, e tu?» sussurrò.

Macey si sforzava di sbattere le palpebre, di chiuderle per fermare quei due fari gemelli di fuoco rosso, eclissato da bruciante luce blu, che la ipnotizzavano, blandivano, attraevano…

All'improvviso provò un dolore pungente che le andava dallo sterno al ventre. Portò le mani all'addome perché la cicatrice lasciata dalla punta del pugnale dello stesso Iscariot, aveva ripreso a pulsare e bruciare, come a ricordarle di quella notte orribile. Di nuovo la paura minacciò di far vacillare la sua determinazione.

«Vedo che non lo hai dimenticato, mia bella Cacciatrice. Il sangue di Max Pesaro ti scorre nelle vene e io l'ho assaggiato. Ricordi? Oh, sì, vedo che te lo ricordi perfettamente.» Lui sorrise e Macey sentì un'altra fitta di dolore al capezzolo sinistro.

Tremava, aveva le ginocchia che cedevano e il respiro lento e pesante, ma continuava a tenersi al bordo del tavolo come a un'ancora. Il sangue nelle vene pulsava e fluiva, come in risposta a quel richiamo. Il dolore pareva squarciarle la pancia, pungeva e bruciava. Si rese conto che le bagnava il vestito: una sottile linea verticale e una chiazza vermiglia attorno al capezzolo sinistro. Era come se a ogni battito del suo cuore, Iscariot le portasse via un po' di forza vitale: lui *chiamava* e il corpo di Macey *rispondeva*, un flusso lento, dolce, costante.

«È davvero ironico che io debba essere tanto affascinato dalla progenie di colui che era l'ossessione di mia sorella Lilith, non trovi, mia bella Cacciatrice? E che io debba essere destinato a distruggere sia il padre sia la figlia, legati alla stessa eredità.»

Padre. Eredità.

Quelle parole si fecero largo nella mente annebbiata di Macey e, proprio in quell'istante, qualcosa cambiò. La determinazione tornò a dominare sulla paura cieca, la lastra di metallo parve farsi più solida, la sua stretta meno disperata.

«Hai ucciso mio padre.» Le parole parvero venire da lontano, quasi da un sogno ma comunque vennero. E sulla loro scia il paletto parve farsi più saldo nella sua mano e i piedi più stabili sul pavimento scabro. «E mia *madre*.» La mente si schiarì e la furia sostituì la debolezza.

Le punte delle zanne erano ora visibili. «Oh, sì, Felicia, gran bel bocconcino. A dirla tutta, quasi quanto te, vivace, fresca e un po' sfacciata. Ma purtroppo era solo una mortale. Troppo poco perché uno come me possa… apprezzarla. È finito tutto troppo in fretta. Ma ne è valsa la pena, sì, di abbassarmi a nutrirmi di lei… se non altro per poter vedere Max Denton distrutto.»

Macey buttò giù la bile che le saliva dalla gola: ora più che mai, era certa che avrebbe scannato quella creatura perfida e repellente che le sorrideva dall'altro lato della stanza. Le labbra da rettile brillavano scarlatte e i tratti, duri e spigolosi, parevano scolpiti nel freddo marmo… a parte gli occhi. Quelli brillavano e bruciavano, stuzzicandola e chiamandola, e la forza di quel richiamo le faceva sfarfallare la vista.

«E sì, ho ucciso tuo padre, ma non nel modo che immagini, mia prode impugnatrice di paletti. No, lui vive nel suo inferno personale fatto di solitudine, senso di colpa e vuoto. Ma è ancora su questa terra. Credo si auguri di lasciarla ogni giorno. Succede a chi ama troppo e poi perde tutto, proprio a causa della propria follia… e, da parte mia, non posso che augurargli niente di diverso da un tale destino.»

Macey si bloccò. «Mio padre è vivo?»

Iscariot rise socchiudendo gli occhi per un istante, e dandole un attimo di tregua da quello sguardo insistente e pericoloso. «Nessuno si è preso la briga di dirtelo, dico bene? Ti hanno spedita a combattere le loro battaglie, ispirata dal legittimo desiderio di vendicare la morte dei tuoi genitori. Peccato sia una bugia.» Scosse la testa. «Povera piccola. Quasi mi dispiace per te.»

«Goditi questi sentimenti, finché puoi» riuscì a esalare Macey. «Perché presto raggiungerai tua sorella Lilith l'Oscura all'inferno. E sarò io a spedirtici.»

Iscariot sorrise mostrando le zanne snudate e delle fossette sulle guance tanto affascinanti quanto spaventose. «Beh, uno deve pur averli dei sogni, no? Cosa credi che tuo padre, Sebastian Vioget, e persino Chas Woodmore non mi abbiano fatto la stessa promessa? Eppure sono ancora qui» proseguì sorridendo di più. «Ho più poteri di quanto mia sorella abbia mai potuto sognare, e quando avrò anche gli anelli di Jubai e con essi il segreto custodito nella Polla di Samung, beh a quel punto…» Fece una risata controllata e signorile, «beh a quel punto potrò governare, letteralmente, il mondo. Non ci sarà più oscurità, almeno non per me.»

Iscariot sollevò una mano, piegando le dita come eleganti artigli. Le fece un cenno, un gesto fluido e suadente. Aveva unghie lunghe e affilate, che brillavano come gocce di madreperla nella poca luce. «Vieni, Macey Gardella Denton, vieni da me.» Gli occhi brillarono come non mai, lingue di fuoco circonfuse d'azzurro. «Vieni.»

Macey staccò le dita dal tavolo che li divideva, e si portò la mano alla gola mentre il paletto rotolava a terra.

Un passo. E poi un altro.

Quella presenza gelida e potente la avvolgeva, e lei continuò ad avanzare verso il vampiro.

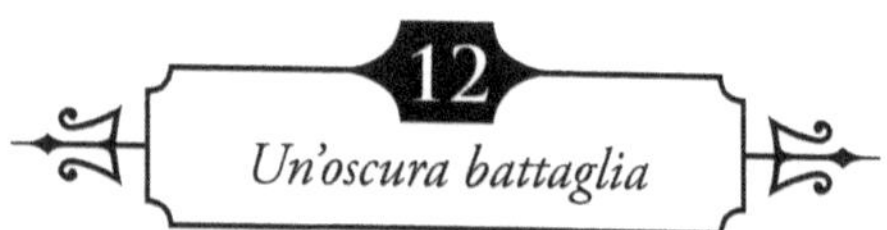

A DESSO, MACEY» proseguì Iscariot con voce suadente, «vieni da me. Sento il tuo odore e presto assaggerò di nuovo il tuo sapore.»

Le dita di Macey stringevano il colletto del vestito e trovarono la spessa catena che vi stava sotto. Sentiva vicino il tavolo di metallo mentre lo costeggiava diretta, passo dopo passo, verso Iscariot.

Papà. Mio padre è vivo.

Quelle parole bruciavano nella sua mente. *La nostra eredità.*

Quando arrivò alla fine del tavolo ne afferrò di nuovo il bordo. Era tanto vicina a Iscariot da sentire distintamente il battito del suo cuore, vedere un minuscolo neo che aveva in faccia e le narici che si allargavano per fiutarla. Gli occhi erano socchiusi e pieni di desiderio, la lingua faceva capolino, di tanto in tanto, per inumidire le labbra sottili e lambire le punte delle zanne.

E poi *agì*: estrasse la catena da sotto il vestito e, contemporaneamente, spinse il tavolo verso di lui con tutta la forza che aveva in corpo.

Lo spigolo di metallo lo prese nell'addome, proprio mentre l'enorme croce d'argento faceva la sua apparizione e andava a ricaderle fra i seni. L'urlo del vampiro fu spezzato dall'impatto del tavolo che gli mozzò il fiato. Andò a sbattere nel muro, si piegò in avanti e spinse il tavolo a sua volta.

Macey si scansò e raccolse il paletto da terra con un gesto fluido, la croce che le rimbalzava sul petto, quasi avesse una volontà propria di scagliarsi contro di lui. Il tempo di rialzarsi, e Iscariot si era ripreso. Gli occhi rossi e blu erano accesi di rabbia, le labbra erano arricciate a mostrare le zanne, lunghe e spaventose. La vista della croce lo aveva fermato solo per poco.

Si lanciò contro Macey, che lo evitò superando con un salto mortale uno dei due cadaveri: nel farlo, urtò il corpo, che cadde a terra in un macabro groviglio di membra irrigidite, e per poco la ragazza non inciampò nel lenzuolo.

Iscariot sibilò e allungò gli artigli verso di lei, lasciandole tre segni sul braccio nudo.

Macey trasalì per il dolore, ma riuscì comunque ad afferrargli il braccio e a strattonarlo verso di sé. Il vampiro non si aspettava una tale mossa e perse l'equilibrio per un attimo, che a Macey bastò. Prese la croce e gliela premette sul viso. La pelle sfrigolò, il vampiro urlò e scartò, mandandola con forza contro la parete. Macey andò a sbattere nel muro di cemento e si voltò giusto in tempo per vederlo saltare.

La ragazza trattenne il fiato, mentre quello parve rimanere sospeso vicino al soffitto per una vita. Poi, all'improvviso, scomparve, lasciandosi dietro solo un orribile sbuffo di fumo nero.

Macey si guardò freneticamente intorno, scrutando ogni angolo a occhi spalancati, e stringendo spasmodica il paletto in una mano e la croce nell'altra.

Niente.

A parte il rumore dei suoi passi e del suo respiro affannoso, tutto taceva.

Silenzio. Niente.

Trattenne il fiato concentrandosi sulle proprie sensazioni: il gelo sulla nuca, la pelle d'oca sulle braccia, la puzza putrida di carne di vampiro bruciata e di fluidi per l'imbalsamazione.

Ma niente. Se ne era andato. Poteva essere vero?

Attese, con le ginocchia e le dita che tremavano. Attese.

Iscariot non c'era più e la vaga sensazione di gelo alla nuca era quella data da un qualsiasi vampiro, in quel caso Danny Fanalucci.

Non volle perdere altro tempo: tornò da lui e gli affondò il paletto nel petto, penetrando i tessuti e lo sterno, finché non udì il flebile *pop* a indicare che aveva centrato il bersaglio.

Il corpo di Fanalucci fu scosso da un brivido, le palpebre si mossero e poi, non appena Macey ebbe sfilato il paletto, esplose in una nuvola di polvere puzzolente. Qualcosa di metallico cadde a terra.

Tossendo e ansimando, con le ginocchia ancora tremanti, si scosse la polvere dalle spalle e dal vestito. Considerò per un attimo l'idea di ripulire, ma non c'era poi tanto sporco e comunque buona parte della polvere di vampiro sarebbe presto scomparsa. Senza contare il desiderio di allontanarsi da lì più in fretta possibile.

Sospinse il cassetto ormai vuoto, che si chiuse con un sordo clangore metallico, quindi si guardò di nuovo attorno.

La stanza era vuota e silenziosa.

Eppure una strana sensazione di cattiveria e potere oscuro permeava ancora l'aria.

Erano la rabbia e gli ultimi stralci di terrore, ad alimentare le lunghe falcate di Macey fuori dall'obitorio e lungo le strade buie e deserte. Le tremavano le ginocchia e aveva un vago senso di nausea. Senza contare l'estremo stupore di essere ancora viva, nonostante tutto. Ma su ogni altra sensazione, dominava una furia cieca.

Avrebbe potuto chiamare un taxi ma una parte di lei quasi desiderava incontrare qualcuno che volesse fare del male a lei, una donna sola. Aveva un bel po' di rabbia repressa pronta ad esplodere. Tuttavia raggiunse la cancellata di ferro battuto, sormontata dall'ornamento a forma di calice, senza incidenti.

Le gambe vacillavano ancora mentre scendeva rumorosamente le scale e, ancor prima di realizzare cosa stesse facendo, si ritrovò a sfiorare con le dita la porta del *Silver Chalice*.

«Dannazione.» Staccò la mano e si dette un'occhiata: scarmigliata e coperta di sangue, il suo, stavolta. Ancora tremava al pensiero del suo incontro con Iscariot, ancora era incredula che lui se ne fosse andato, scomparendo in una nuvola di fumo.

Non poteva entrare nel pub così, con quell'aspetto e quell'odore. Ma doveva assolutamente parlare con Sebastian, o con Chas.

La porta si aprì di colpo, rischiando di colpirla, lì in fondo alla piccola scala che portava sotto il livello della strada. Un uomo barcollò fuori dal locale e lei lo afferrò per il bavero della camicia.

«Torna dentro e portami Chas Woodmore.» L'uomo sbatté le palpebre cercando con tutto se stesso di metterla a fuoco. «Chas chi? Vuoi delle more?» Poi lo sguardo gli cadde sul collo di Macey e sul suo vestito insanguinato. «Che cazzo hai-?»

«Chas Wood-more. Portalo qui.» Lo girò e lo spinse a tornare dentro, sperando ardentemente che Chas fosse lì.

Ma l'alba era ancora lontana e, quasi sicuramente il Cacciatore era in giro in cerca di vampiri da uccidere e innocenti da salvare dalle loro zanne malefiche.

Che poi era quello che anche lei avrebbe dovuto fare, anziché leccare il culo a Capone.

Era la sua eredità. Quella che condivideva con suo *padre*... possibile che fosse ancora vivo?

Invece di fare il proprio dovere e liberare il mondo da quanti più vampiri poteva, lavorava agli ordini di un brutale gangster e se la faceva sotto quando si ritrovava davanti un vampiro potente.

Non poteva negare che il solo pensiero di Iscariot che le metteva le mani addosso le dava la nausea, per non parlare delle sue zanne che le ferivano la gola succhiandole via la vita in lunghe, rumorose sorsate.

Le sembrava di avere dentro un covo di serpenti che si dimenavano e sentiva ancora le gelide dita del terrore scorrerle lungo la spina dorsale.

Eppure l'aveva bruciato, lo aveva sfregiato.

«Macey?» All'improvviso Chas era lì, molto sorpreso ma affatto dispiaciuto di rivederla. «Sei proprio tu.»

Macey cercò di far ordine nei propri pensieri e alzò lo sguardo verso il collega, mentre l'ubriaco cui aveva chiesto di andarlo a cercare sgattaiolava via guadagnando faticosamente le scale. «Perché non mi avete detto che mio padre è vivo?»

Chas aggrottò la fronte. «Ma di che diamine stai parlando?»

«Mio padre. È vivo?»

«Cavolo no, non che io sappia. Cosa ti fa pensare il contrario?»

Le emozioni la travolsero come un'onda: quella cosa tra il sollievo e la rabbia che i dottori chiamano *shock*. Almeno Chas non le aveva mentito. O era un grande attore.

«A giudicare dal tuo aspetto, hai ripreso a cacciare. Brava, è tempo di dire a Capone di andarsene a fan-»

«Ero all'obitorio. C'era Iscariot e...» La voce le tremò ma che fosse dannata se si lasciava andare a un ennesimo momento di debolezza, quella sera. «E mi ha detto che papà è vivo.»

Chas socchiuse gli occhi e varie emozioni si rincorsero sul volto scavato. «Sei sfuggita a Iscariot? Non dirmi che lo hai ucciso... cazzo, l'hai fatto?» Spalancò gli occhi, ma Macey scosse il capo.

«Abbiamo lottato e poi lui è semplicemente... scomparso. In una nuvola di fumo nero.» Riuscì, seppur con sforzo, a mantenere la voce ferma. «Dopo che gli ho sbattuto in faccia questa» soggiunse mostrandogli la croce.

La porta si aprì prima che Chas potesse ribattere, e tre clienti uscirono, accompagnati dal brusio e da una ventata di puzzo di birra stantia, facendosi largo nel minuscolo disimpegno con modi poco gentili.

«Meglio che ce ne andiamo di qui prima che Vioget senta il tuo odore» sentenziò Chas. «Così mi racconti tutto.»

«No. Ma siccome ora non posso entrare, dovrai essere tu a interrogare Sebastian su quello che sa.»

Non fece a tempo a mettere un piede sul primo scalino che Chas la afferrò per un braccio. «Dove diavolo vai?» ma evidentemente lesse la risposta sul volto di Macey, quando si girò, perché si rabbuiò subito. «Torni da Capone?»

Macey si divincolò dalla sua presa e lo fissò: «Tutti abbiamo le nostre colpe e le nostre debolezze, Chas. Vi contatterò non appena posso.»

Senza degnarlo di un altro sguardo, risalì le scale, i tacchi che rimbombavano sugli scalini. Eppure, per quanto potesse lasciarsi alle spalle il suo collega e mentore, perché era così che lo vedeva, Macey sapeva di stare abbandonando anche qualcos'altro.

La sua eredità e la sua famiglia.

NON ERA ancora arrivata alla fine dell'isolato, che lo sentì avvicinarsi da dietro.

Si voltò proprio mentre Chas si allungava per fermarla. «Tu non ci torni là.» Le stringeva così forte il braccio da farle male, mentre si portava le dita alla bocca e lanciava un fischio.

«Lasciami andare» sibilò Macey cercando con forza di liberarsi. Ma lui era forte, e molto determinato. E forse lei, in fondo, non aveva tutta quella voglia di ribellarsi.

Almeno era quello che diceva a se stessa, mentre lui la conduceva a viva forza verso la macchina nera che si era accostata silenziosa.

Accennò una protesta che Chas ignorò bellamente, spingendola, con poche cerimonie, sul sedile posteriore.

«Ma chi cazzo ti credi di essere? Al Capone?» lo apostrofò, mentre lui le spingeva dentro le gambe e prendeva posto al suo fianco.

«Morditi quella linguaccia» ribatté, quindi si rivolse all'autista, che Macey riconobbe, con sua grande sorpresa, come uno dei clienti fissi del *Silver Chalice*. «Portaci a casa mia.»

«Da quando in qua hai una macchina tua?» chiese Macey, sistemandosi meglio sul seggiolino. Non era un'automobile di lusso come quella di Capone e dunque aveva un solo sedile posteriore.

«Non è mia, è di Vioget. Un acquisto recente, fatto dopo quel viaggetto inaspettato sulla limo di Capone. Ma me la lascia usare quando mi serve.» Si sistemò nell'angolo. «E sono sicuro che questo nostro viaggetto avrebbe tutta la sua approvazione.»

Allungò un braccio sulla spalliera ma, quando sfiorò la spalla di Macey con la punta delle dita, parve non accorgersene, e neppure allontanò la mano. Sembrava comunque attento a tutto il resto. Macey lo osservò in silenzio mentre, per due volte, guardava prima attraverso i finestrini laterali, poi dal lunotto: controllava che i tirapiedi di Capone non li seguissero.

Né Iscariot, magari.

Macey non poté impedirsi di tremare appena e d'istinto, la mano andò a cercare la croce. Quella che le aveva salvato la vita. La cicatrice della ferita infertale da Iscariot, lungo il ventre, pulsava ancora.

«Hai freddo?»

«No.»

«Puoi tranquillizzarti un po', adesso.» Le dette una lieve pacca sulla spalla.

Cinque mesi prima Macey avrebbe, probabilmente, protestato, dicendo che non aveva bisogno di nessuno che la proteggesse e si prendesse cura di lei, e che non aveva alcun bisogno di tranquillizzarsi.

Ma ora era cambiata.

Chas percepì chiaramente la tensione fluire via quando, infine, si lasciò andare e si accoccolò nell'angolo. Le dita si rilassarono e le palpebre si chiusero. Lui serrò i denti e continuò a osservare ogni strada e ogni ombra, concentrandosi su eventuali sensazioni sulla nuca e sul proprio istinto, pronto a individuare ogni genere di pericolo, mortale e non.

E così Max Denton era ancora vivo, sempre che ci si potesse fidare delle parole di Iscariot. Si chiedeva cosa passasse per la testa di quel Denton: abbandonare sua figlia e ignorarla per più di dieci anni.

A volte una vita si fa troppo dolorosa per continuare a viverla, non è vero, Chas?

Le parole che Wayren gli aveva detto, oltre un secolo prima, dopo tutto quello che era successo con Narcise, gli tornarono d'improvviso alla mente.

Non poteva certo dire il contrario. Era stato fortunato, lui: Wayren gli aveva offerto una deviazione, una... via di fuga. Si chiese quale via di fuga avrebbe mai potuto avere Max Denton... una vita violenta, buia e solitaria e poi... la morte?

Oh, beh... un po' come la sua.

La macchina si fermò di fronte alla chiesa di St. Anselm. La croce sulla sommità della guglia tozza proiettava la propria ombra in mezzo alla strada e qualche volta si allungava attraverso la finestra dell'appartamento di Chas, al piano superiore dell'edificio accanto. Un simpatico deterrente per i vampiri.

Chas passò a Ned qualche banconota, nonché un messaggio per Vioget. Naturalmente Sebastian gli pagava uno stipendio, ma a Chas piaceva avere un rapporto più diretto con l'autista. Al mormorio di ringraziamento di Ned, Macey sbatté le palpebre e scosse la testa come a toglierne le ragnatele, ma Chas non voleva correre rischi e non aspettò che uscisse da sola, la trasse fuori con uno strattone, quindi la sospinse attraverso la porta nascosta che conduceva al suo appartamento.

Fu solo quando entrarono in casa e accese le luci, che Chas si accorse del sangue. Non era molto, ma a colpirlo fu *dove* era: una lunga linea dritta che tagliava il corpo a metà e un anello incrostato attorno a un capezzolo.

«Cristo» borbottò, cercando di nascondere il proprio spavento, «sta proprio diventando un'abitudine per te quella di presentarti a casa mia mezza morta.»

Lei lo guardò da sotto l'intrico di ricci neri, gli occhi che brillavano malandrini. Le dita che stringevano la spalliera del divano tremavano appena, ma la voce era ferma. «Sii onesto, Chas. Se sono qui è perché tu hai voluto che ci venissi, non perché io abbia bisogno di essere qui, né di te.»

«Davvero?». Tirò fuori una bottiglia scura con su scritto *aceto* da sotto il minuscolo lavello del cucinotto e svitò il tappo. Nel silenzio totale, il whiskey di qualità, ma non buono come quello servito da Vioget, andò a riempire due bicchieri abbastanza puliti. «Bevi» le intimò spingendone uno verso di lei.

Chas si stupì nel vederla allontanarsi dal divano e avvicinarsi al bancone della cucina per prendere il bicchiere. Bevve un bel sorso, fissandolo da sopra il bordo di vetro coi suoi enormi occhi scuri. Quando lo riabbassò, le labbra luccicavano invitanti e quegli occhi continuavano a fissarlo, provocanti.

«Sarebbe una proposta?» chiese atono.

«Quella del Cacciatore è una vita solitaria. Almeno così mi hai detto, non so quante volte.»

Gli risputò in faccia le sue stesse parole senza un'ombra di ritrosia né di sfacciataggine, e Chas scosse mentalmente il capo mentre sollevava il bicchiere e beveva a sua volta. Dannazione, la situazione si faceva difficile da gestire. Da' a una donna una *vis bulla* e un bel paio d'occhi di velluto marrone, per non parlare dell'occasione di avere un piccolo battibecco, e la cosa pare subito sfuggire di mano.

Desiderava toccarla o meglio bramava di sbatterla contro il muro, strapparle di dosso i vestiti insanguinati e affogare i rispettivi dolori in una nuvola confusa di ardore e passione. E, a vederla, anche lei aveva l'aria di una a cui non sarebbe affatto dispiaciuto un po' di sesso spensierato.

«Questa cosa bolle in pentola da qualche tempo, lo sappiamo entrambi» disse Macey sostenendo lo sguardo del compagno col proprio, così fermo, freddo e fisso da sembrare privo di emozioni. «Io e te. E ora siamo qui e non ci sono né Sebastian, né Temple, né Capone. Nessuno può interferire e il sole sta quasi per sorgere, quindi niente più vampiri da cacciare fino a domani. E allora perché non fai seguito alla tua proposta e non mi mostri a tua *vis bulla*, Chas? Forse, poi, io ti mostrerò la mia.»

«La tua l'ho già vista, bellezza. Tuttavia… con gesto teatrale mise dolcemente giù il bicchiere. Continuava a guardarla, sostenendone lo sguardo e le sue intenzioni erano chiare. Le tolse il whiskey di mano, sussurrando: «Mettiamolo via. Sarebbe un peccato rovesciare questa delizia di contrabbando.»

Aveva appena poggiato il bicchiere sul bancone, con malagrazia poiché ne cadde qualche goccia, che già la stava traendo a sé tirandola per il vestito.

Macey incontrò la sua bocca con trasporto, le labbra morbide e decise che sapevano di alcol e di sale, perché era appena sudata. Il suo corpo, forte e muscoloso, era così arrendevole fra le braccia di Chas, umido e un po' appiccicoso, odorava di sangue, sudore e forse anche di lacrime, eppure era caldo e pronto, morbido e sinuoso, e l'effluvio muschiato e femminile, che le permeava la pelle, bastò a farlo sospirare di piacere. Era pronto e lo diventava di più mentre lei gli si premeva contro, le mani che gli stringevano le spalle, i bacini che sfioravano.

Per quanto Macey fosse magra e piccola di statura, Chas sapeva bene che era forte quanto lui e non ebbe alcuna remora, dunque, nel mostrare modi un po' rudi e spicci, ma pieni di desiderio. La baciò voracemente, spingendo a fondo la lingua con forza e mordicchiandole le labbra. A lei pareva piacere e ridacchiò sorpresa, quando lui le tirò via il vestito, facendo saltare i bottoni e strappando il tessuto e le trine, e glielo fece scivolare giù lungo le braccia, scoprendo le spalle bianche e delicate, segnate da due piccole ferite su un lato del collo.

Chas si soffermò vedendole, poi notò la sottile cicatrice rossa che partiva dallo sterno e scompariva sotto la biancheria, e l'altra attorno a un capezzolo. Nonostante la mente annebbiata dalla passione e dal desiderio, si rese conto che non erano recenti, eppure sanguinavano ancora.

Macey non parve gradire quel momento di stallo, perché prese in mano la situazione e cominciò a sbottonargli la camicia. «Dov'è, Chas?» mormorò, facendogliela scivolare giù dalle spalle e passando poi a sfilargli la canottiera dai pantaloni. «Dov'è la tua tanto agognata *vis bulla*?»

Ma l'aveva già trovata: le dita si erano insinuate agili e rapide sotto il cotone della canotta e avevano incontrato la minuscola croce d'argento che Chas, come lei, portava infilata nel labbro superiore dell'ombelico. Quando Macey la sfiorò, Chas sentì una specie di scossa, dovuta più al potere dell'amuleto che non alla passione. Ridacchiò mentre lei trasaliva per lo stupore: un tocco a una *vis bulla* dà sempre una sferzata di energia a un Cacciatore. Macey poggiò il palmo sull'amuleto e sui suoi addominali tesi. Ci fu di nuovo un guizzo di energia fra loro e una forte scossa di piacere raggiunse il membro ormai eretto di Chas.

Le lasciò andare la mano e la strinse a sé, premendosela contro il corpo e piegandole una coscia sul proprio bacino, perché sentisse tutta la sua erezione mentre le slacciava facilmente il corpetto. Macey ansimava appena, piccoli, dolcissimi, erotici gemiti che gli facevano venir voglia di strapparle il resto dei vestiti, stenderla sul divano e farla gemere più forte.

Quando il corpetto fu sceso abbastanza da liberare i seni, a Chas sfuggì un mormorio soddisfatto di fronte a quelle belle tette tornite. Macey si mosse impaziente contro il suo membro turgido e traendolo a sé per la cintola dei pantaloni, cominciò a strusciarsi con foga.

«Ehi, ehi, bellezza» mormorò allontanandola un poco, mentre le insinuava una mano sotto il vestito per vedere nuda una delle sue belle gambe toniche. Era calda e morbida e lui bramava di andare a toccare il centro umido e bollente del suo piacere. «Non correre.»

«Perché no?» ribatté andando ad aprirgli i pantaloni.

Erano alcuni minuti che non la guardava e, quando lo fece, nonostante la passione e il desiderio gli annebbiassero la vista, vide quanto fosse intensa, determinata, scura e bramosa l'espressione di lei

E immaginò che la sua non fosse certo da meno. «E sia» esalò mentre si puntellava contro la spalliera del divano, trascinandola con sé. I pantaloni caddero e lasciò che gli scivolassero fino alle caviglie, seguiti dai boxer che lei strattonò giù.

La gonna, trattenuta dalle mani di Chas, era oltre le cosce, mentre lei gli afferrava le spalle e lui la issava sopra di sé.

«Oh» gemette Macey mentre il membro affondava lentamente nel suo calore. Quel suono penetrò la nebbia di piacere che avvolgeva Chas, spingendolo a volere ancora di più da lei: più piacere, più dolci gemiti e sospiri, più unghie conficcate nella pelle, più baci umidi e infuocati.

Si mosse: in un primo, breve momento, con circospezione, ma quella follia terminò subito. Era chiaro quanto entrambi fossero impazienti e Chas non vide motivo di trattenersi. Macey aveva i piedi puntati contro il divano per sostenersi ed entrambi si dettero a un ritmo forsennato, accompagnato da un'armonia di sospiri e gemiti di crescente piacere.

Chas la vide sbattere le palpebre un istante prima di venire, rovesciando la testa all'indietro, mentre gli stringeva le spalle, la massa di ricci neri le circondava scompostamente le guance e il mento. Sentì contro il proprio corpo il brivido violento e improvviso che la scosse, e rilasciò a sua volta un lungo, roco gemito di piacere e soddisfazione, che si andò a unire a quello della compagna.

Nonostante le dita dei piedi arricciate e le ginocchia tremanti, l'uomo riuscì a sostenerla ancora, con un braccio attorno alla vita. Affannato e sudato per il piacere e lo sforzo, si appoggiò contro il divano a occhi chiusi, combattendo una ridda di emozioni confuse che rischiavano di rovinargli quel momento perfetto.

Macey si mosse, regalandogli un altro piccolo brivido di piacere profondo, poiché erano ancora una cosa sola. Si riscosse da quello stato di semi-coscienza per aiutarla a rimettersi in piedi, ma non era ancora pronto a guardarla. Non voleva leggere l'espressione dei suoi occhi… e certo non voleva che lei vedesse i suoi.

Esalò mentalmente un sospiro, mettendo da parte rimorsi, sensi di colpa e una quantità di altre cose: si concentrò piuttosto sul piacevole fremito che ancora lo scuoteva e su Macey, che non pareva affatto preoccupata per quello che era successo. Solo che… cazzo! Non avevano usato il preservativo!

Nessun stramaledetto profilattico. Nessuno. Chas raggelò e anche gli ultimi strali di piacere si dissolsero. Così.

«Beh» esclamò Macey distogliendolo dai suoi cupi pensieri. La voce era bassa e arrochita e fissava il vestito a brandelli, piuttosto che lui. «Credo mi ci vorrà qualcosa da mettere.»

Anche lui ritrovò la propria voce, «non abbiamo usato precauzioni.»

A quel punto alzò lo sguardo e lo fissò, sistemandosi i ricci dietro un orecchio.

«Io… ecco… è stato tutto così… imprevisto, ecco» proseguì lui, desiderando disperatamente di avere del whiskey a portata di mano. «Di solito non mi servono…»

Taci, Chas, cazzo!

Scosse la testa. «Va tutto bene. Temple mi ha dato… sai, c'è questo intruglio che serve per prevenire gravidanze indesiderate. Lo usava Victoria Gardella, e credo anche sua figlia.»

Chas riuscì a stento a controllare l'ondata di sollievo che lo travolse, ma sperò di non sembrare troppo felice. «Bene.» Aveva la sensazione che forse avrebbe dovuto dire o fare qualcosa di più per allentare la tensione fra loro… che poi perché c'era quella tensione? C'era qualcosa in Macey, come una strana aura, che lo spingeva a mantenersi a distanza, anche se fino a pochi minuti prima lei ansimava per avere *di più.*

Ti prego, aveva mormorato, *oh sì, ti prego, Chas.*

Qualsiasi cosa avesse voluto, gliel'aveva data. E, a quanto pareva, per il momento, era tutto.

E, da parte sua, non ci sarebbero certo state proteste: era molto più facile in quel modo. Inoltre, per la prima volta da molto, molto tempo, si era concesso al piacere senza aver bisogno di un paio di zanne conficcate nel collo.

«Immagino tu non abbia una vasca da bagno di cui io possa approfittare» disse Macey, mentre raccoglieva i vestiti sparsi in giro. Si avvicinò alla cucina e buttò giù il whiskey residuo.

«Certo che sì» rispose lui, un po' preso alla sprovvista da quel tono distaccato: era chiaro che la ragazza voleva farsi un bel bagno e che lui non sarebbe stato invitato ad unirsi a lei.

Le prospettive erano assai interessanti.

SEBASTIAN EMERSE a fatica da quel sogno, come un uomo che tentasse di trascinarsi fuori da un pozzo nero e profondo. Aveva caldo, era sudato ed eccitato, perché le visioni avute quella notte erano state irresistibilmente erotiche. Pericolose.

Si mise seduto e si scostò con la mano tremante i capelli appiccicati al viso. *No.* Si disse. *Quello no. Mai.*

Ma il sogno cercava di riportarlo indietro, insistente e tentatore e le immagini filtravano attraverso la sua mente stanca e annebbiata dal sonno: morbida pelle candida, curve provocanti, labbra piene appena dischiuse dal piacere e dal desiderio, capelli scuri e lucenti, profondi occhi di velluto... prima era Giulia, poi Victoria e infine le loro immagini si erano fuse in Macey, la perfetta sintesi delle due donne che aveva amato e per le quali si era immolato. Gli si faceva vicina, lo toccava, si apriva a lui e se lo prendeva, licenziosa e appassionata.

Era questo che lo terrorizzava.

E c'era sangue, veniva da lui ed era *per* lui, lucente e scivoloso le percorreva le curve del collo, tentandolo persino attraverso i ricordi. Le narici si dilatarono come se potesse sentirne l'odore... sebbene lei non ci fosse.

Eppure quella stessa notte l'aveva sentito e forse per quello il sogno era tornato, più forte, lungo, insidioso, chiaro e dettagliato, molto più dei sogni che lo avevano tormentato in precedenza.

Ed era dunque più difficile respingerlo o ignorarlo. Era terrificante.

Sapeva che Macey era tornata al *Silver Chalice* quella sera, ne aveva percepito l'odore, anche se non aveva varcato la soglia. E quando Chas si era alzato improvvisamente dal bancone e non aveva fatto ritorno si era chiesto se... poi Ned gli aveva riferito che erano andati a casa di Woodmore, e i sospetti erano divenuti certezze.

Ti ringrazio di averla portata via.

Ma erano andati a casa di lui. Loro due, soli. Certo sarebbe accaduto l'inevitabile: la tensione fra loro, per quanto oscura e sottile, saettava e sfrigolava, come quella fra Victoria e Pesaro tanti anni prima.

Forse era per quello che i sogni erano stati tanto intensi quella notte. Doveva essere per quello.

Sebastian chiuse gli occhi e sfiorò la sua *vis bulla*. La solita, dolorosa scossa di energia gli risalì la mano per poi diffondersi in tutto il corpo: per quanto penosa quella sensazione era benvenuta, e necessaria a rammentargli come stavano le cose. Poi, sempre mosso dalla forza dell'abitudine, andò a cercare l'anello col rubino, il sigillo che Wayren gli aveva donato anni prima, quando aveva saputo quali fossero le sue intenzioni. *Ti darà la forza*, gli aveva detto poco prima che Sebastian intraprendesse il viaggio che lo avrebbe portato da Lilith l'Oscura e messo sul cammino della *lunga promessa*.

Quando sarebbe finita, maledizione?

L'anello era pesante e consolatorio, confortante quasi come la presenza stessa di Wayren, e Sebastian percepì la propria ansia scemare. *Grazie.*

Proseguendo in quella sorta di rito personale, fatto per ricordarsi chi era, da dove veniva e perché era lì, Sebastian toccò una dopo l'altra le cinque fascette di rame sull'altra mano. Gli anelli di Jubai non si erano mai mossi, erano lì da più di cento anni. Gli erano rimasti attaccati alle dita dopo che aveva immerso la mano nella Polla fra i monti della Romania. Fu allora, mentre stava lì inginocchiato con la mano immersa in quella strana acqua viscosa e urticante, che Giulia gli era apparsa per la prima volta.

Aiutami.

Sebastian non era sicuro di aver davvero udito quell'invocazione e visto il volto di lei... o se era stato solo un disperato parto della sua mente, ma lei, in qualche modo, era lì. Aveva potuto comunicare con lui dal momento in cui aveva indossato gli anelli o messo la mano nelle infide acque della Polla. Non sapeva per certo se fossero stati gli anelli o la Polla a dare a Giulia la forza di apparirgli e a lui la possibilità di salvarla ma, nella sua mente, i due eventi sarebbero stati per sempre collegati.

Ed era per questo che, in segreto, era tornato alla Polla molti anni dopo, quando da tempo le cose per lui erano cambiate e aveva perso Victoria.

Per l'ennesima volta toccò i cinque anelli e, uno alla volta, cercò di allentarli o farli girare... e si raggelò. Nell'oscurità spalancò gli occhi e il cuore prese a correre all'impazzata.

Uno si era mosso.

Era vero? Si era mosso davvero?

All'improvviso sentì le dita sudate e tremanti, ma riuscì a provarci di nuovo e... *sì.*

Il quarto si muoveva. Si era mosso appena, ma, per quanto impercettibilmente, si era girato. Per la prima volta da un secolo.

Era di sicuro un segno.

Riusciva a malapena a respirare, terrorizzato all'idea di essersi sbagliato, ma quando provò ancora, di nuovo l'anello si mosse.

Un brivido forte e improvviso lo attraversò. Aveva le mani gelate, i battiti del cuore a mille e i polmoni come bloccati.

Di sicuro si trattava di un segnale, il momento era vicino.

Finalmente.

Quando aprì gli occhi, Macey vide che il sole inondava la stanza e, attraverso le tende tirate alla bell'e meglio, scorse il tetto e la guglia di una chiesa, nonché la croce che svettava fiera sopra di essi.

Accanto a lei, il materasso era avvallato a causa del peso di Chas che sembrava ancora addormentato. E *sembrava* era la parola chiave poiché, poco ma sicuro, era capace di fingere di dormire proprio come sapeva fingere tutto il resto.

Tutto. Il pensiero della notte prima le dette un piccolo, piacevole brivido.

Non aveva avuto intenzione di finire nel suo letto, ma dopo il bagno e un lunghissimo, fumoso interludio di cattivi pensieri, Chas si era affacciato alla porta, proprio mentre lei si avvolgeva nell'asciugamano.

«Credevo fossi annegata» aveva borbottato. «Sei lì dentro da un'eternità.»

«Ci vuole molto più di un bagno per rigenerare un Cacciatore» gli aveva risposto, mentre si perdeva nel rimirare quelle spalle ampie e olivastre, ancora nude e segnate dai graffi delle sue stesse unghie, e il resto del torace scoperto. Mai aveva visto un uomo dotato di un fascino tanto oscuro. E il suo sapore, le sensazioni, che sapeva dare, erano piacevoli quanto il suo aspetto.

«Vado a letto» aveva buttato lì. Non era né un invito né un rimprovero. Solo un'affermazione.

«Da solo?» le parole le erano salite alle labbra senza pensarci. O forse, in un angolo della sua mente, Macey sapeva bene di non volersene restare ancora sola coi propri pensieri. Mentre si faceva il bagno, aveva avuto fin troppo tempo per tornare con la mente all'incontro con Iscariot, per osservare le sottili linee rosse che le segnavano il ventre e il seno e le rammentavano quanto quel vampiro fosse forte e malvagio, per resistere a quell'ondata di confusione, rabbia e persino di senso di colpa. Per farsi domande, rimpiangere e rimuginare.

Stare con Chas l'avrebbe aiutata a non pensare a nessuno... né a Iscariot, né a Capone, né a Sebastian, né a suo padre... e neppure a Grady.

«Come vuoi tu, bellezza.» Era chiaro che a lui sarebbero andate bene entrambe le opzioni, e Macey, se da un lato gliene era stata grata, dall'altro si era sentita un po' offesa.

Tuttavia gli aveva sorriso e aveva lasciato cadere l'asciugamano. Chas aveva socchiuso gli occhi, ammiccante e lei gli si era buttata fra le braccia. L'uomo aveva barcollato appena mentre lei lo inchiodava al muro e avevano rischiato di scivolare sulle mattonelle del bagno, prima che lui la trascinasse nel corridoio, coprendole la bocca con la propria.

Quella seconda volta era durata un po' di più, ma era stato comunque un amplesso rude e focoso. E le era piaciuto un sacco, aveva realizzato in seguito Macey, mentre giaceva sudata e ansante accanto a lui. Le piaceva che non fosse tenero, dolce o sensuale.

Erano persone avvezze alla violenza, loro, e pareva dunque del tutto naturale che anche il sesso fosse violento.

Eppure, per quanto appagata, rilassata ed esausta, Macey aveva qualcosa che la tormentava, un senso di vuoto e tristezza che sentiva nel profondo e che l'aveva fatta restare a occhi aperti, al buio fin troppo a lungo.

Passerà.

Ti scorderai di lui.

Adesso era mattina e guardava il suo compagno addormentato. Il volto scolpito era dolce e rilassato mentre dormiva, una barbetta ispida, che le aveva graffiato e abraso la pelle in diversi punti piuttosto intimi, e una massa di capelli folti e spettinati, che ricadevano scompostamente sul cuscino bianco. Le spalle e i bicipiti portavano i segni dei suoi graffi, ma erano anche costellati di sbiadite cicatrici di morsi.

Guardandole, Macey ebbe un brivido di consapevolezza. Alcune avevano almeno cento anni, forse erano addirittura un ricordo della famigerata Narcise la vampiressa che, a quanto pareva, gli aveva spezzato il cuore. Ma molte erano recenti. Forse qualcuna risaliva a quella sera dell'autunno precedente, in cui Macey aveva ucciso Alvisi. Ricordava bene di aver visto Chas dimenarsi e ansimare in compagnia di una non-morta. Trovò quel ricordo al contempo eccitante e rivoltante.

La sera prima, aveva visto quelle stesse espressioni sul volto del Cacciatore.

Bella accoppiata che siamo, tu e io.

Quella del Cacciatore è una vita solitaria, bellezza.

Beh, magari potevano essere soli insieme. O *meno* soli. Gli guardò il viso, inespressivo ma comunque bello da togliere il fiato, con quelle labbra piene e imbronciate, la pelle liscia e olivastra, l'accenno di barba e quella cascata di capelli neri… *potrei amarlo* pensò.

Chas aprì gli occhi all'improvviso e Macey trasalì mentre i loro sguardi si incontravano. Sentì le guance avvampare rendendosi conto che era nuda dalla vita in su e che lo stava fissando come una ragazzina adorante.

«Buongiorno» disse, ma non si mosse e Macey ebbe l'impressione che fosse imbarazzato quanto lei: non doveva capitargli spesso di svegliarsi accanto alla propria amante. Soprattutto perché, di solito, piantava loro un paletto nel petto non appena finivano di scopare. O forse *mentre* lo facevano… non era sicura. Il pensiero le provocò una fitta allo stomaco e si umettò le labbra.

«Immagino sia strano per te» esordì, pentendosi immediatamente di essere stata tanto sfacciata. Sentì le guance farsi bollenti e si coprì il seno col lenzuolo. «Ma grazie» aggiunse rapidamente in un blando tentativo di rimediare, «per la scorsa notte. È stato…»

«Non c'è bisogno che mi ringrazi, bellezza» rispose tranquillo. «Come hai detto tu *bolliva in pentola* da un po'.»

Macey abbassò lo sguardo e si mise a giocherellare con le decorazioni della trapunta. «Secondo te è possibile che mio padre sia ancora vivo?»

Chas si puntellò sul gomito e poggiò la testa sulla mano. «Non lo so davvero. Te lo direi, se lo sapessi, ti giuro. Non ti mentirei.»

«Ti credo, ti credo. Quando mai non hai detto la verità nuda e cruda, tu?»

Ridacchiò. «Mai. O comunque è passato molto tempo.»

Macey tacque, continuando a giocherellare con la coperta. «E lei? È ancora viva?»

Il letto sussultò quando lui, all'improvviso si irrigidì. «Narcise?» Annuì.

«No.»

«È per questo che sei venuto qui… nel… futuro? Com'è stato viaggiare nel tempo? Come è successo? Io non… riesco a stento a immaginarmelo. Ma dato che sono un'ammazzavampiri… beh, credo che tutto possa essere possibile.»

«Lei… Narcise… era viva e vegeta quando venni via. E felice. Con un altro.»

«Ma tu non lo eri.»

Scosse la testa e una smorfia di tristezza e dolore gli piegò le labbra. «No.» Si tirò su di scatto, togliendo il cuscino con un rapido gesto del braccio muscoloso. «Ma l'ho superato.»

Macey non ne era molto convinta: non continuava forse ad andare a letto con le non-morte? E quando faceva sesso, sul suo volto si leggevano piacere e dolore. Quello non voleva certo dire aver dimenticato qualcuno.

«Lo farai anche tu.»

Gli occhi di Macey scattarono verso i suoi e vi lesse calma e comprensione. «Non credere che non sappia a cosa devo tutto questo.» Fece un sorrisetto di chi la sa lunga. «Non mi lamento, eh… però…» Scrollò le spalle.

«Non voglio gli succeda qualcosa di male, non voglio che succeda niente a nessuno… per colpa mia» si affrettò ad aggiungere lei.

Non si trattava solo di Grady, davvero. Voleva proteggere tutti quanti: il dottor Morgan della biblioteca, Dottie, Sandie… tutte le sue amiche. Persino Flora.

«Non posso avere una vita normale, circondata da persone normali. Non posso avere normali relazioni. Rischio che qualcuno rimanga coinvolto, come è accaduto a mia madre. Mio padre ha dovuto capirlo con una lezione durissima, e anche Victoria Gardella. Non farò il loro stesso errore.»

«Vorrei poterti dire che non è vero» sussurrò, poggiandole una mano sulla sua. «Ma non posso.»

Potrei imparare ad amarlo, pensò di nuovo Macey, guardando le loro mani intrecciate. *Dovrei.*

Perché poi sarebbe stato più facile dimenticare Grady. Sarebbe stato più facile affrontare Iscariot e Capone. Sarebbe stato più facile non pensare a suo padre, vivo o morto.

Se solo avesse avuto qualcuno al suo fianco. Un compagno. Qualcuno da toccare, da stringere, qualcuno con cui parlare, qualcuno che capisse. Qualcuno che condividesse la sua esistenza fatta di violenza, rabbia e oscurità.

SEBASTIAN ERA solo nel pub, come spesso capitava subito dopo l'alba. Era uno dei momenti più tranquilli della giornata e, sebbene il locale puzzasse di liquore stantio e aria viziata, fino a quando non lavava i pavimenti e il bancone, era quantomeno silenzioso e gli offriva un gradito momento di solitudine. Fare le pulizie e preparare il pub per la sera successiva erano semplici incombenze che lo aiutavano a tenere sgombra la mente e gli davano soddisfazione.

Era appena tornato dalla sua solita visita delle sei di mattina alla chiesetta di Old St. Patrick, da cui si era allontanato poco prima del sorgere del sole.

Per poter uscire alla luce nascente del giorno, era costretto a indossare un cappotto pesante, mentre Ned, il suo autista, aveva il compito di controllare che non si avvicinassero nemici, mortali o immortali. Dopo quell'inaspettata gitarella sulla limousine di Capone, avvenuta l'autunno precedente, proprio durante una di quelle visite antelucane, non voleva più correre rischi.

Quella mattina, era andato in chiesa pieno di speranza. Si era seduto a godersi il silenzio, giocherellando con la fascetta sulla mano destra che adesso si muoveva. Ma se si era aspettato che, ora che uno degli anelli di Jubai si era allentato, qualcosa fosse cambiato, era rimasto deluso.

Era solo nella navata, fatta eccezione per una donna velata e incappucciata, genuflessa su un inginocchiatoio di fronte alla

Santa Maria Vergine, rimasta praticamente immobile per tutto il tempo che Sebastian aveva trascorso in chiesa. La donna era spesso lì quando Sebastian veniva per la sua visita, ma non dette segno di essersi accorta della presenza del Cacciatore. Si alzò in piedi un attimo prima che lo stesso Sebastian se ne andasse e lui capì, da come si muoveva, che doveva essere vecchissima: procedeva ingobbita, ponendo estrema attenzione a ogni passo, per quanto deciso.

Gli venne da pensare a come, nonostante lui fosse sulla terra da forse più tempo di lei (non poteva certo avere centoventi anni!), il suo corpo non ne portasse i segni. Una benedizione e una condanna.

Fatta la sua visita di routine alla chiesa, un po' deluso che niente fosse cambiato, Sebastian si era diretto al pub di cattivo umore. E certo non lo aiutava il fatto che quel sogno, tanto esplicito e potente, non smettesse di frullargli in testa. Senza contare che non sentiva Wayren da mesi.

Perché quella non c'era mai quando aveva bisogno di parlarle? Era proprio una-

Dall'altro lato del locale, si aprì la porta interna del passaggio segreto che conduceva al negozio di cappellini della zia di Temple, e Sebastian si irrigidì: prima ancora di vederla, sentì, fiutò e riconobbe la presenza di Macey.

Non oggi, porca puttana.

E quando lei entrò, il vampiro si rese conto che sarebbe stato ancora peggio del previsto. Aveva gli occhi accesi di rabbia e il suo intero essere fremeva di collera e domande. Inoltre era avvolta da un'aura purpurea e muschiata di sesso, appagamento e sensualità.

Sebastian mantenne un'espressione calma, riuscendo persino a esibire un sorrisetto tranquillo. Fece per salutarla ma non ci riuscì.

«Mio padre è vivo?»

Percorse il locale ad ampie falcate e non si fermò finché non arrivò al bancone, che afferrò per sporgersi in avanti e fissarlo, con il mento sollevato e gli occhi che sputavano fuoco.

Sbalordito, Sebastian non rispose subito e Macey fu rapida ad afferrarlo per la collottola. Mezza arrampicata sul bancone, lo tirò verso di sé in modo che i due visi quasi si toccassero. L'energia, la forza e l'essenza che emanavano da lei, lo avvolsero. «E voglio la verità, Sebastian.»

A dispetto della ridda di emozioni che gli si agitavano dentro, riuscì a mantenere il suo aplomb mentre le staccava le dita dalla camicia. «Così me la sgualcisci, *chérie*» disse con ostentata dolcezza. «E per rispondere alla tua domanda su Max Denton, se è vivo... No, per quanto ne so.»

Si allontanò dal bancone, apparentemente per recuperare una bottiglia di brandy e due bicchieri, ma soprattutto per allontanarsi da lei: le gengive gli bruciavano perché le zanne minacciavano di uscire allo scoperto. E il fatto di avere meno controllo su queste, di quanto un adolescente in piena pubertà ne avesse sulle proprie erezioni, non gli faceva certo bene all'umore.

I bicchieri produssero due leggeri tonfi, quando li poggiò su bancone. «Perché me lo chiedi?» Riempì il bicchiere di Macey, mentre lasciò il suo solo a metà, dopodiché le volse le spalle per aggiungere una generosa dose di sangue di mucca, dalla bottiglia che teneva da parte per il proprio sostentamento fisico e per l'equilibrio mentale. Quella mattina, purtroppo, gli serviva soprattutto per il secondo motivo. Tornò a rivolgersi a Macey e mentre lei parlava, bevve qualche sorso.

«La notte scorsa ho incontrato Nicholas Iscariot.»

A peggiorare la già critica situazione di Sebastian, Macey si aprì la camicetta, a rivelare il profondo fesso tra i seni candidi, uno scorcio di biancheria di pizzo e una sottile linea rossa che vi scompariva sotto. Aveva anche due segni di morso sul collo.

In circostanze normali e in presenza di qualsiasi altra donna che si fosse aperta la camicetta per lui, Sebastian sarebbe stato grato della gentile offerta e ne avrebbe approfittato senza indugio.

Dovette invece sforzarsi di distogliere l'attenzione da quel lembo di pelle scoperta e tornare a guardarla negli occhi. «Raccontami cosa è successo» la incoraggiò mentre, di nascosto, si infilò la mano sotto la camicia per toccare la propria *vis bulla*, in modo da scacciare la tentazione che gli veniva dal sogno, nonché dal profumo e dalla vista di *troppa* Macey, e concentrarsi su quell'importante fatto.

La scossa di potere data dall'amuleto e il brandy allungato col sangue riuscirono a schiarirgli la mente, per fortuna. Ma quando Macey gli raccontò cosa fosse successo fra lei e Iscariot nell'obitorio, la tensione tornò, sebbene per ragioni molto diverse. Lo scontro in sé e le sue implicazioni non promettevano niente di buono, ma cominciò dal punto cruciale.

«Se Max Denton è vivo, io non ne so niente. Le ultime notizie che ho di lui sono relative alla sua morte durante la Grande Guerra. Ma io sono qui a Chicago, tuo padre, come te, è nato in Inghilterra e ha vissuto in Europa. Non ricevo molte comunicazioni da Bellitano, che ora fa le veci del Summa Gardella e vive a Roma. Sono da solo, per così dire.»

Macey parve calmarsi un po', anche se i suoi occhi scuri, tipici dei Pesaro erano ancora accesi di rabbia. «Insomma, dovrei sentire Wayren.»

«In bocca al lupo, allora» ribatté con un sorriso amaro. «Io non la vedo da quando ricevesti la *vis bulla*.» Si allungò sul bancone, attento a non avvicinarsi troppo. «Ma quello che mi preoccupa di più è quella, *petite*.» Indicò con mano sorprendentemente ferma i segni rossi sulla pelle. «Hai detto che Iscariot non ti ha toccata, eppure delle cicatrici già guarite hanno iniziato a sanguinare… cicatrici lasciate da lui.»

Annuì e il vampiro percepì il terrore che lei provava, per quanto fosse brava a dissimularlo. «Era come se le mie vene e il mio sangue obbedissero ai suoi comandi. Come avesse una sorta di magnete o di potere su di me, che le ha fatte sanguinare di nuovo: non copiosamente come quando me le ha provocate… più come se non fossero guarite del tutto. Come se qualcosa attraesse e ipnotizzasse il mio io… o meglio, il mio sangue.»

«Eppure sei riuscita a sfuggire.» Sebastian sentì un moto d'orgoglio: al di là della differenza di età e di quegli orribili, complicatissimi sogni, Macey era quanto di più simile a una figlia o a una discendente potesse mai avere.

«Grazie alla croce.» Infilò la mano nel taschino della camicetta e tirò fuori la collana e il suo enorme pendente.

Nonostante frequentasse regolarmente una chiesa, pregasse e indossasse la *vis bulla*, l'improvvisa apparizione della croce d'argento lavorato gli dette un brivido. «Ho visto. Ma non avvicinarmela troppo che... ehi, aspetta.» Osservò il ciondolo, pur mantenendo le distanze.

«Cos'è lì? Quella roba nera.» Si sentì meglio e tornò a respirare regolarmente quando Macey si riportò la croce vicino per osservarla meglio.

«Non c'era prima» mormorò Macey osservando quella specie di polverina rimasta nelle incisioni. «Ma gliel'ho sbattuta in faccia, forse l'ho bruciato. Carne di vampiro.» Sollevò lo sguardo e adesso il terrore era stato sostituito dall'orgoglio. «Chissà se gli ho lasciato un marchio permanente.»

«Se così fosse» attaccò all'improvviso Sebastian, oltremodo lieto che la conversazione fosse passata ad argomenti meno delicati e spinosi, «significherebbe che vi siete marchiati a vicenda. E sarebbe la prima volta che sento dire che un Cacciatore ha marchiato un vampiro.»

Macey si fece seria. «Ma lui non mi ha marchiata come fece Lilith l'Oscura con Max Pesaro, vero? Creando quella sorta di connessione permanente.»

Sebastian rifletté un attimo su quella spiacevole possibilità e poi rispose: «Se le ferite inferte dai suoi denti erano guarite e se non hai mai percepito il suo richiamo senza che lui fosse presente, allora direi di no, che non si tratta dello stesso tipo di connessione. Ma ti ricordo, *ma petite*, che ti ho a malapena vista dopo il tuo primo incontro con Iscariot e non posso dunque sapere se i morsi erano perfettamente guariti o no. Sei stata molto poco presente.» Maledizione parlava e si sentiva come un padre: ma tutto sommato, preferiva questo ruolo a quello che rivestiva nei suoi sogni.

Il sopracciglio di Macey s'incurvò, una smorfia che gli ricordò da morire Victoria. «Erano guariti. Non erano rimaste che cicatrici appena visibili, fino a ieri notte.»

Prima che Sebastian potesse rispondere, la porta da cui era entrata Macey si aprì di nuovo e Temple fece il proprio ingresso. «Bene, bene guarda cosa ci ha portato un'altra volta il gatto» disse, scorgendo Macey. «Ottimo che ci sia anche tu.»

Sebastian notò che aveva con sé una pila di fogli e osservò le gambe lunghissime percorrere il locale ad ampie falcate: di solito la donna solleticava appena il suo interesse, ma quel giorno sentì qualcosa di più intenso. Forse avrebbe giovato a tutti, se lui avesse infine acconsentito a qualcosa che, chiaramente, Temple desiderava da un bel po'. Almeno con lei non doveva temere di perdere la testa… o l'anima.

«Siccome non avevo altro da fare» disse la donna guardando di traverso Macey che, in teoria, avrebbe dovuto allenarsi ed esercitarsi nella lotta sotto la sua supervisione, «mi sono messa a fare delle ricerche sulla profezia di Capone.»

Si sistemò su uno sgabello e le carte frusciarono. Temple incrociò lo sguardo di Sebastian, che le riservò un sorriso più caloroso e un'occhiata un po' più lunga del solito, quindi commentò: «E hai trovato qualcosa di importante, *ma chérie*.»

«Credo.» Si guardarono e Temple sostenne lo sguardo del vampiro per un attimo, quindi inarcò le sopracciglia sottili e spaginò i fogli che aveva in mano. «Dunque, il vostro amico e collega Capone pensa che tu, Macey, possa essere l'intrepido di cui si parla nella profezia, ma credo proprio che si sbagli, perché la profezia recita: '*Dalle recondite viscere della pazzia e dell'afflizione sboccerà un intrepido*'. Temple sollevò lo sguardo e picchiettò sulla carta con le unghie stondate. «Questa non puoi essere tu sorella, perché, per quanto ne so, tu sei *sbocciata*, nata, da una solida relazione amorosa tra Max Denton e sua moglie Felicia. Nessuno di loro era pazzo o afflitto, e se anche volessimo guardare oltre e ipotizzare che la frase si riferisse a un periodo successivo, quando tua madre fu uccisa e tuo padre era effettivamente impazzito per il dolore, comunque non avrebbe senso. Quanti anni avevi tu, otto? A quel punto eri già *sbocciata* da un bel po'. Ma a parte questo, se proseguiamo nella lettura di questo vaticinio tanto caro a Capone, Rosamunde dice: «*Quando sarà liberata, una radice malevola raccoglierà più potere di quanto mai si sia udito. Permeerà tutto in lungo e in largo e solo un uomo, l'intrepido, e il suo pari potranno contrastarlo.»*

Lo sguardo di Temple era trionfante. «Capito? Dice chiaramente *solo un uomo, l'intrepido*. Se poteva sussistere qualche possibilità che Capone non avesse sbagliato genere e l'intrepido potesse anche essere femmina, qui abbiamo le prove che si parla di uomo e non di una donna… inoltre…» proseguì tirando fuori un pezzo di carta ingiallita dal tempo, «quando ho letto la profezia originale, questa, che come potete vedere non è scritta in latino bensì in antico francese, quindi non so se sia davvero l'originale-»

«Rosamunde, era nobile e viveva in un convento, probabilmente parlava francese» intervenne Macey con gli occhi che le brillavano. «Solo i servi della gleba e i contadini parlavano inglese nel Medioevo, persino in Inghilterra.» Quando Temple e Sebastian la guardarono stupiti, lei li liquidò con un sorrisetto. «Non dimenticate che sono una bibliotecaria. Impariamo un sacco di nozioni interessanti.»

«Straordinario» disse Sebastian, intendendolo *davvero*. «Continua, Temple, è piuttosto illuminante.»

La donna accennò un sorriso. «Mi chiedevo, in ogni caso, come mai Capone fosse convinto che la profezia si riferisse proprio a Macey o anche soltanto alla nostra epoca e non, per dire, a quella di Isabella Gardella o persino di Victoria. Così sono andata a controllare il contesto e la stesura originale. Come vi ho già detto, ultimamente non ho molto da fare a parte aiutare la zia Cookie con quei suoi stramaledetti cappellini» aggiunse guardando ancora una volta Macey, «e sappiate che a bucarmi con gli aghi e a discutere di trine e *gros grain* non mi diverto affatto. Devi dire a Capone di dimenticarsela quella profezia, sorella, o verrò io stessa a trascinarti via di peso.»

«Non è così semplice» attaccò Macey, gli occhi di nuovo accesi. «Non è per me che sono preoccupata…»

«Signore!» le richiamò Sebastian, sollevando le mani e mostrando loro il suo sorriso più accattivante, con giusto un accenno di potere vampiresco nello sguardo. «Non cambiamo discorso. Era piuttosto interessante, non vi pare?»

Temple borbottò qualcosa a mezza voce che suonava come *tieni a bada le zanne* ma poi tornò alla profezia. «Come vuoi, capo. Insomma, dopo aver guardato l'originale francese, posso affermare con sicurezza che non c'è alcun dubbio. Forse Capone, o chi ha tradotto il brano per lui, non sapeva benissimo il francese e ha tirato fuori questa teoria che, se avesse invece letto il testo con attenzione, si sarebbe invalidata da sola.» Temple radunò i fogli con aria soddisfatta. «Certo, uno potrebbe sostenere che il maschile sia stato usato per semplicità e che possa riferirsi a entrambi i sessi, ma, se andiamo a guardare la profezia sulla morte di Eustacia Gardella, beh si vedrà che lì è stato usato esplicitamente il femminile.»

Sebastian guardò Macey che pareva piacevolmente impressionata dalle conoscenze di Temple, quanto lo era lui. «Bravissima, *chérie*» si congratulò.

«Già» rintuzzò Macey, «grazie mille, Temple. Ammetto che mi solleva molto sapere di non essere l'intrepido che si troverà ad affrontare... com'è che hai detto? La *radice malevola*... e poi?»

«Una radice malevola raccoglierà più potere di quanto mai si sia udito. Permeerà tutto in lungo e in largo e solo un uomo, l'intrepido, e il suo pari potranno contrastarlo.»

«Proprio quello.» La voce di Macey era bassa e dimessa, gli occhi scuri ed enormi. «Solo che se non si riferisce a me, ora abbiamo di conseguenza un'altra domanda a cui rispondere... chi è *l'intrepido*? E chi il suo altrettanto inquietante *pari*? E perché mai Capone è così convinto che la profezia parli di lui?»

«L'intrepido non sono io» si affrettò a precisare Sebastian, «e per quanto si crogioli nella propria collera, Woodmore non è ancora pazzo.» Lo disse con un tono quasi di rincrescimento che fece ridacchiare Macey sotto i baffi.

«Non guardare me, Vioget» esclamò Temple. «Non sono intrepida per niente, io.»

«Direi che ci sono altre parole per descriverti, sì. E comunque non sei un Cacciatore.»

«E menomale» disse con trasporto. «Sentite, io credo proprio che Al Capone sia alla frutta. È così preso da sé stesso… ma io non vedo niente in queste pagine che lasci supporre che si riferiscano ai giorni nostri. Forse si è imbattuto in quella scrittura e l'ha presa così, di primo acchito, senza averla capita davvero. Quello governerà pure un impero di traffici clandestini, ma non è certo una cima.»

Macey sperava con tutto il cuore che Temple avesse ragione… era anche vero però che, se qualcuno avesse mai potuto incarnare la definizione di *radice malevola*, quello era di sicuro Nicholas Iscariot.

DOVE CAZZO sei stata?» Capone parlava con voce bassa, vibrante di rabbia e potere. I lineamenti porcini parevano ancora più paffuti del solito, forse aveva esagerato con la pasta, e gli occhi, per quanto accesi di rabbia, erano quasi nascosti dalle guance floride. Aveva le mani strette a pugno poggiate sul piano ingombro della sua scrivania, ed era mezzo fuori dalla sedia. «Queste tue sparizioni sono un'abitudine che deve finire ora, o ti metterò agli arresti domiciliari e non potrai più neanche andare a pisciare senza che io lo venga a sapere.»

Macey non era per niente intimidita: insomma la notte prima si era trovata davanti un fottuto principe dei vampiri. Nessun mortale, per quanto potente, poteva competere. Ritta in mezzo al suo ufficio, mise le mani sui fianchi e lo fissò con occhi gelidi. «Ho chiuso i conti con Danny Fanalucci all'obitorio e mentre ero lì ho incrociato Nicholas Iscariot. È stata una nottataccia, Snorky e ora proprio non mi va di discutere con te di dove e come ho impiegato le mie energie. Tieniti i tuoi scatti d'ira per te.»

L'accenno a Iscariot parve averlo toccato, ma l'accento di Brooklyn si fece più deciso. «Non me ne fotte una minchia se hai avuto una nottataccia, troietta. Quando porti a termine un lavoro poi devi tornare qui, farmi rapporto entro l'alba e aspettare che te ne affidi un altro. Così stanno le cose.»

«Non credo proprio, non più.» Coprì a lunghe falcate la distanza che li separava e andò a poggiare le mani sulla scrivania per guardarlo negli occhi, come aveva fatto con Sebastian alcune ore prima. «Iscariot sostiene che mio padre è vivo. Ne sai niente?»

Capone sussultò appena, pallido per la sorpresa. «No. E non darei il minimo credito a qualcosa detto da quel mostro.»

Macey si scostò appena, digrignando i denti. «Sapevo che non mi saresti stato d'aiuto. Non hai capito un cazzo nemmeno nella profezia» aggiunse a mezza voce, resistendo alla tentazione di sputargli tutto in faccia.

Non ancora. Questa chicca me la tengo per dopo.

«Sono qui per rassegnare le mie dimissioni, Al. Non voglio più essere sul tuo libro paga, devi trovarti un altro cretino che ti protegga, oppure alzi quel tuo culo lardoso e lo fai da solo. Devo vedermela con Iscariot e tu non sei altro che un'ingombrante palla al piede.»

Lui non la guardò: sembrava piuttosto interessato al giornale sulla scrivania. «Oh, guarda qui, bambina. Ci sarà una grande mostra, un artista giapponese di cui non so manco pronunciare il nome… l'inaugurazione si terrà domani sera all'*Institute of Art*. Una festa elegante, un *galà*, dicono. Dovrei proprio andarci.» Spinse il giornale verso di lei. «Da' un'occhiata all'articolo, sembra interessante.»

«Non sono interessata a-» Macey si bloccò e lo sguardo le cadde sul quotidiano. *La mostra di Hiroshige apre i battenti con un galà tenuto dal direttore dell'istituto.* Ma non fu il titolo a catturare la sua attenzione e a rendere d'improvviso brutto e ovattato tutto il mondo intorno a lei. Era la firma in calce: *J. Grady.*

«Il *Tribune* manderà certo qualcuno» buttò lì Capone, allontanando il giornale da Macey e accomodandosi sulla sedia, per la prima volta da quando quella conversazione era iniziata. Non aveva ancora sollevato lo sguardo su di lei, ma le labbra grassocce erano incurvate in una smorfia molto simile a un sorrisetto soddisfatto.

Macey si voltò, i pugni tanto stretti da sentire le unghie conficcarsi nei palmi.

«Niente dimissioni, allora, bambina?»

La mascella le doleva e sentiva un tumulto dentro. Era davvero imprigionata fra Scilla e Cariddi. Gli lanciò da sopra la spalla uno sguardo pieno d'odio. «No, niente dimissioni.»

La bassa risatina soddisfatta di Capone la seguì mentre usciva ad ampie falcate dalla stanza.

Macey fissava con sguardo vacuo l'armadio pieno dei vestiti forniti da Capone: tutto sembrava brillare e luccicare, in contrasto col suo umore. C'erano abiti di seta, tulle, velluto e lana e le tinte andavano dal blu e violetto al rosso e borgogna. Ce ne erano anche bianchi e neri e tutti, indistintamente, si intonavano perfettamente coi colori di Macey.

La bile le risalì in gola col suo sapore acido, mentre tirava fuori un vestito cremisi. *Tanto vale che mi abbigli come la sgualdrina che sono.* Il vestito con la gonna a fazzoletti era color sangue e ornato di luccicanti perline rosse e argentate che formavano sul corpino il disegno di una fiamma stilizzata.

Stava rovistando fra le miriadi di sciarpe e cappellini, quando qualcuno bussò alla porta del suo appartamento. Imprecando sottovoce guardò l'orologio e vide che era troppo presto perché Gus fosse già lì, in quello stesso istante si rese conto della sensazione di gelo sulla nuca.

Macey si voltò, afferrò il primo paletto disponibile e si avvicinò alla porta. Guardò dallo spioncino e rimase basita.

Sempre stringendo in mano l'arma, aprì la porta a uno degli addetti alla sicurezza di Capone, che stava sulla soglia assieme a Flora. Aveva gli occhi vacui.

«Lasciami entrare, Macey.»

«Ok, ma prima lascialo andare» disse a Flora additando la guardia che, per fortuna, non pareva avere segni di morsi.

La sua amica, se ancora così si poteva definire, fece quanto richiesto e mentre l'uomo raggiungeva barcollante l'ascensore, Flora entrò nel suo appartamento.

«Però! Ti sei sistemata proprio bene qui!». C'erano ammirazione e un po' d'invidia nella voce di Flora mentre girava lentamente su se stessa e osservava il lussuosissimo alloggio. «Oddio quanti vestiti!»

«Che ci fai qui?» Macey guardò la porta: Capone avrebbe potuto percepire la tua presenza e chissà cosa ti avrebbe fatto. «Che cosa vuoi?»

«Intanto, questa cloche!», Flora si calcò il rigido cappellino di lana cotta in testa e si rimirò nello specchio. Era una delle creazioni di Cookie, color mostarda con sgargianti fiori rossi e arancioni e delle piume viola su di un lato. «Sta molto meglio a me che a te. Posso averlo, Mace?»

«Cosa ci fai qui?» ripeté a denti stretti. Valutò l'idea di mettere via il paletto, ma poi ci ripensò. Il gelo sulla nuca le ricordava di stare in guardia.

Flora si tolse il cappello con gesto stizzoso e le lanciò uno sguardo di sbieco al vetriolo. Macey trasalì di fronte a quell'espressione che tuttavia, scomparve così in fretta, che le venne da chiedersi se non fosse stata un abbaglio o un semplice effetto collaterale della sua natura di vampiro.

«Cosa hai fatto a Iscariot?» Con uno scatto si andò a sedere sul letto, senza badare al vestito cremisi che Macey vi aveva appena poggiato sopra.

«Perché me lo chiedi?»

Flora sbuffò e gli occhi le si accesero di rosso per un attimo. «Se prima era determinato a trovarti, ora è andato proprio in fissa. Né io, né nessun altro lo aveva mai visto così infuriato. Ha anche il viso sfregiato. Come hai fatto?»

Dentro Macey combattevano orgoglio e paura mentre si avvicinava alla finestra da cui dominava Chicago. Lui era là, da qualche parte, ad attenderla. Sarebbe stata altrettanto fortunata quando si fossero rincontrati? E sarebbe stato altrettanto fortunato anche lui?

Strinse i denti e si disse che no, a lui non sarebbe andata di nuovo bene, non se lei poteva impedirlo. Strinse più forte il paletto.

«E allora perché sei qui, Flora? Hai detto di volere il mio aiuto, ma poi hai attaccato quell'uomo e l'hai lasciato a morire in quel vicolo. Lo hai morso e come lui chissà quante altre persone innocenti.»

«Una ragazza deve pur mangiare. Anche se è una vampiressa.»

Macey si voltò per fissarla. «Sebastian Vioget è un vampiro ma non ha mai, per oltre un secolo, bevuto sangue umano. Se davvero vuoi che ti aiuti, comincia col non ammazzare le persone» sentenziò, sforzandosi di mantenere la voce calma.

L'espressione di Flora passò da imbronciata a speranzosa. «Allora mi puoi aiutare? Sai come fare? Puoi farmi tornare… normale?» disse, indicandosi.

«Se non cambi il tuo modo di fare no di certo. E anche in quel caso, non so se posso.»

«E allora a cosa serve?» Flora si alzò di scatto, le zanne snudate e gli occhi rossi. «Perché mai dovrei cambiare se comunque non servirebbe a niente?»

«Perché?» Macey sentì una fitta al cuore. Flora non capiva, e che a parlare fosse la sua cara vecchia amica o la non-morta, poco importava. Macey si sentì svuotata di ogni speranza. «Perché è la cosa giusta da fare. Non uccidere e non fare del male alle persone.»

«Ma tu lo fai.» Flora si mosse aggraziata per la stanza e cominciò a scorrere i vestiti appesi nell'armadio. «Tu i vampiri li uccidi, li picchi, ustioni loro il viso… è questo, credo, quello che hai fatto a Nicholas… e vai in giro vestita da riccona!»

Si voltò e i suoi occhi erano come tizzoni ardenti, le zanne lunghe e letali come non mai. «Tu ficchi un paletto nel cuore di un vampiro, spedendolo, o spedendo*la*, all'inferno. Ogni volta che usi il paletto, li giudichi e li condanni alla dannazione. Quindi cos'è che ti rende tanto diversa e migliore di me, eh, Macey? Io almeno l'ho scelto di diventare così. A te, le abilità che possiedi sono state regalate, proprio come questi vestiti e tutto il resto.»

Macey riusciva a malapena a respirare. La gola le bruciava e il paletto d'improvviso pareva scivolarle di mano. Ombre nere minacciavano di oscurarle la vista. «Vattene.»

Flora parve sul punto di ribattere, forse persino di attaccarla, ma poi qualcosa cambiò: gli occhi tornarono al loro vecchio color fiordaliso, le zanne si ritrassero e la rabbia cessò. «Io, Macey…»

«Vattene. E non tornare mai più.» Macey indicò perentoria la porta e dovette metterci tutta se stessa per non tremare, ma ci riuscì piuttosto bene.

Flora le lanciò un ultimo, insondabile sguardo, che non era né di rabbia, né di rimpianto, né di preghiera. Fu come se cercasse di leggerle la mente. «Come vuoi.»

Raggiunse la porta e la superò, richiudendosela alle spalle. Macey corse allo spioncino per assicurarsi che se ne fosse andata davvero, e solo quando l'ebbe vista entrare in ascensore, trasse un sospiro di sollievo. Tremava, un po' per la rabbia, un po' per il dispiacere. Poi, all'improvviso scattò in piedi e prese il telefono. «Fra pochi minuti dall'ascensore nord scenderà una donna coi capelli rossi, alta, magra e piena di lentiggini. Prestate attenzione: non parlatele e non ditele niente, assicuratevi solo che se ne vada» spiegò, non appena la misero in comunicazione con gli addetti alla sicurezza nella hall. «E poi ditemi in che direzione è andata.»

«Eccola, la vedo, signorina Denton» rispose Joey, una delle guardie. «Esce ora dall'ascensore, l'avevo vista anche arrivare, prima, nascosta sotto un ombrello anche se fuori non piove. Vado a controllare quale direzione prende e glielo faccio sapere.»

Macey riattaccò e sprofondò nel letto, accanto al vestito sgualcito. Le accuse di Flora le rimbombavano in testa. *Ogni volta che usi il paletto, li giudichi e li condanni alla dannazione.*

Era vero.

Ma era il suo compito, la sua tradizione di famiglia.

Il telefono suonò squarciando il silenzio col suo trillo sgradevole. Macey rispose e ascoltò Joey informarla che Flora se ne era andata così come era venuta: avvolta da un lungo cappotto e con l'ombrello. Era sola, non c'erano automobili ad aspettarla.

Sentì qualcosa vibrare dentro, mentre riappoggiava la cornetta sulla forcella. Aveva gli occhi umidi. Sbatté le palpebre e se li strofinò per respingere le lacrime.

Tornò verso il letto e raccolse lo sgargiante vestito rosso scuro. Normalmente sarebbe andata in estasi di fronte a tanta bellezza: il tessuto e le perline parevano avvampare come quando la luce attraversava un calice pieno del Chianti tanto amato da Capone.

Ma quella sera era solo il simbolo dell'orribile compromesso cui era scesa, una specie di lettera scarlatta che condannava la sua condotta.

Indossò una sottoveste di raso opaco che la copriva dal seno a metà coscia e avvolgeva le sue curve come una seconda pelle. Quindi giarrettiera e calze, che quella sera erano nere e lucenti e le arrivavano sopra al ginocchio. E infine il vestito stesso, di un tessuto tanto liscio e leggero da avvolgerla come una brezza. Il peso delle perline sui polsini e sull'orlo della gonna a fazzoletti, così come il ricamo sul davanti del corpino, lo facevano piombare alla perfezione.

Macey aveva appena finito con gli accessori dell'ultimo minuto, una fascia per capelli con delle pietre, guanti, paletti e croce d'argento, quando qualcuno bussò alla porta.

Aprì senza neppure controllare attraverso lo spioncino, pensando fosse la sua scorta, e si trovò davanti Chas.

CHE DIAVOLO ci fai qui?» chiese Chas entrando nel suo appartamento, fermandosi e guardandosi intorno proprio come aveva fatto Flora poco prima.

«Ci vivo» ribatté lei afferrando la propria borsetta. «E tu che scusa hai?»

Questa proprio non ci voleva! Che ci fa lui qui? E come diamine ha fatto a entrare? «Mi fai far tardi. Non ho tempo per-»

La afferrò per un braccio costringendola con la forza a voltarsi. «Che succede Macey? Perché sei tornata qui?»

«Togli quelle manacce.»

«Non è quello che dicevi stanotte» sussurrò mostrando i denti in un ghigno privo di allegria, senza mollarla.

«È per questo che sei qui?» sputò, cercando di ignorare il calore che le saliva alle guance. Non provò a divincolarsi: non gli avrebbe dato quella soddisfazione. «Non potevi stare senza di me, eh, Chas?»

«Io ci so stare benissimo senza di te, è il resto del mondo, che Iddio l'aiuti, ad aver bisogno di te. Non quel bastardo che ti regala *tutto questo*» proseguì con uno stizzito gesto del braccio. «Hai un lavoro da fare, bellezza, o te ne sei scordata ora che vivi nella bambagia?»

«Quante volte dobbiamo discuterne? E lasciami andare» ripeté, valutando l'idea di premere il massiccio tacco quadrato delle sue scarpe rosse e nere, su quelle di lui, tanto per fare chiarezza. «E poi come diavolo hai fatto a entrare? Capone ha un sistema di sicurezza tipo Fort Knox.»

Chas scrollò le spalle e la lasciò andare con poche cerimonie. Macey resistette all'impulso di massaggiarsi il braccio che le doleva, tanto lui l'aveva stretto.

«Non ero armato e stavo venendo a consegnarti un cappellino. Hanno perquisito la scatola, sono proprio meticolosi quelli. A proposito, l'ho lasciato qui fuori, ma direi che un altro cappello è l'ultima cosa di cui hai bisogno.» Le parole trasudavano rabbia e sarcasmo.

«Bene. Grazie. Ora però devo andare.»

«Stanotte ho bisogno di te-»

«Ascolta, Chas, quello che è successo ieri notte è-»

«Non per quello, maledizione! Ho bisogno che tu faccia il tuo lavoro. Stanotte. Qualcosa bolle in pentola e potrebbe accadere che… e io non posso tenere a bada tutti i non-morti della città da solo.»

Stava per dirgli in faccia che, forse, se avesse evitato di scopare con ogni vampiro prima di impalarlo, magari ce l'avrebbe fatta, ma se lo tenne per sé: umiliarlo non aveva senso. Così, invece di attaccarlo, come una parte di lei avrebbe voluto, Macey si calmò e disse: «Stasera non posso, Chas. Devo andare all'*Art Institute*.»

Forse grazie al tono usato da Macey, anche la risposta di Chas fu più controllata. «Con Capone?»

Aveva comunque i denti serrati e gli occhi da zingaro accesi di rabbia. «Sei costretta ad andare a braccetto con lui, quando avresti del lavoro da fare, e proteggere quel suo culo grasso quando potrebbe benissimo farlo da solo.»

Macey scosse il capo e serrò i pugni, ma poi si rilassò e respirò. Tanto valeva dirgli la verità.

«Ci sarà anche Grady e Capone mi ha fatto chiaramente capire che, se non lo accompagno, potrebbe accadergli qualcosa. Oggi ho cercato di dare le dimissioni, ma quando gliel'ho detto, lui ha tirato fuori questo dal cappello.»

Ci fu un attimo di silenzio. Chas contrasse le labbra e scosse la testa. «Non puoi lasciare che continui a ricattarti così. Ci sono troppi vampiri a Chicago e troppi morti per causa loro. Non li leggi i giornali?»

«E che dovrei fare, Chas? Lasciare che Capone uccida un innocente?»

«Sai quanti cazzo di innocenti muoiono ogni notte per mano dei vampiri e delle loro zanne? Devi fare il tuo dovere.»

Serrò la mascella. «Non stasera, Chas. Ti prometto che poi escogiterò qualcosa ma non stasera.»

Il volto dell'uomo parve farsi di pietra, mentre si voltava. «Sei pazza, Macey. Stai facendo un enorme sbaglio.» Quelle furono le sue ultime parole, prima di sbattersi la porta alle spalle.

Macey imprecò e, ingoiando lacrime di rabbia e frustrazione, recuperò la borsetta. *Solo un'altra notte. Domani mi inventerò qualcosa.*

Determinata e rassegnata, lasciò la stanza e con l'ascensore raggiunse la hall del Lexington, pochi istanti prima che arrivasse anche Capone.

Lui le rivolse un sorriso mellifluo, che Macey ricambiò con uno sguardo gelido.

Eccoci. Questa è l'ultima volta che cammino al tuo fianco.

Ora che sapeva che la profezia non si riferiva a Capone, non c'era davvero ragione che lei rimanesse lì, agli ordini di quel gangster. Doveva solo trovare il modo di liberarsi senza mettere in pericolo Grady.

A quell'ora, l'*Art Institute* era chiuso al pubblico, ma aperto per coloro che erano abbastanza importanti da essere invitati al galà, o abbastanza ricchi da comprarsi il biglietto. Si trattava di una festa molto formale: ovunque si vedevano cilindri, frac, immacolate camicie doppiopetto, panciotti, papillon nuovi di zecca e luccicanti vestiti da sera di ogni colore. C'erano gioielli dappertutto: sui cappellini, sui fermagli, attorno a colli e polsi, o pendenti da collane che arrivavano fino all'ombelico. Anche gli uomini indossavano pietre e altri accessori vistosi sui polsini, su anelli massicci e sulle ghette ornate di perline nere, argento o oro.

Macey poteva tranquillamente dire di non essersi mai trovata circondata da tanta ricchezza e potere, né in mezzo a tanti gioielli e vestiti alla moda. Non era espertissima, ma avrebbe giurato che almeno un paio degli abiti fossero dei Worth originali importati da Parigi.

Se non fosse stata tormentata da una ridda di emozioni, che andavano dal senso di colpa alla rabbia e all'impazienza, si sarebbe sicuramente goduta l'esperienza e lo spettacolo.

I flash dei fotografi la accecarono mentre con Capone saliva la breve scalinata laterale che portava all'*Art Institute*, in compagnia di altri ospiti ben vestiti. Voleva forse dire che l'indomani si sarebbe trovata di nuovo sbattuta in prima pagina a braccetto dell'uomo più temuto di Chicago? *Maledizione.*

Un'ulteriore spinta alla propria determinazione, perché quella fosse l'ultima volta che la fotografavano con lui. Si liberò con decisione dal suo braccio, prendendo le distanze dall'uomo che con la consueta giovialità, salutava tutti, dal direttore dell'*Institute*, al sindaco, da Vanderbilt a Washington Porter, l'uomo che riforniva di frutta fresca quasi tutta Chicago.

Mentre Capone era impegnato nel suo teatrale giro di saluti, Macey potette avvicinarsi e ammirare le xilografie di paesaggi primaverili giapponesi e osservare altresì com'era organizzato il galà.

In tono col tema della serata, le gallerie dai soffitti alti e senza finestre, che ospitavano la mostra, erano state decorate in stile giapponese e minimalista. Rami di ciliegio freschi, con le prime gemme, forse tagliati quella stessa mattina, si innalzavano da pesanti vasi neri e spargevano il loro dolce profumo tra la folla. Le pareti dietro ai quadri erano coperte da semplici arazzi che riprendevano i toni blu e viola dei paesaggi di Utagawa Hiroshige. I tavoli erano coperti da drappi di seta blu che ricadevano simili a cascate sul pavimento, dove si raccoglievano in ricche onde. Il personale di servizio indossava dei kimono tradizionali e delle parrucche acconciate a seconda del sesso. Portavano vassoi con cocktail di gamberi in minuscoli contenitori, involtini di alghe, palline di riso e ravioli fritti.

In luogo del vino, la bevanda ufficiale era fragrante tè verde servito in piccolissime tazze senza manico. I camerieri sollevavano in alto le basse e piatte brocche di ghisa, lasciando che la bevanda fluisse con eleganza nelle tazze fumanti, che venivano offerte a ogni ospite.

Sebbene quella fosse la bevanda ufficiale, non mancavano gli angolini bui dove si vedevano passare furtivamente bottiglie e fiaschette.

Pur osservando tutti i particolari con interesse, Macey non riusciva proprio a rilassarsi e godersi la festa. Era troppo concentrata a percepire eventuali brividi al collo, che tuttavia le sarebbero stati graditi, perché almeno, avrebbe saputo cosa fare. Mentre sulla possibilità di incontrare Grady, né aveva al contempo voglia e paura eppure, quando l'incontro avvenne, fu colta davvero di sorpresa.

Era ad *Hakone* e osservava il verde vibrante delle montagne che, eleganti e sinuose, si specchiavano nelle leggere sfumature azzurre dell'oceano, quando sentì una sensazione alla base del collo nudo, diversa da quella che annunciava la presenza di qualche vampiro, ma molto più potente.

Non ebbe neppure bisogno di voltarsi per sapere che Grady era dietro di lei ma, quando infine si girò, con le mani sudate e lo stomaco pieno di farfalle, non era certo preparata alla vista del giornalista accompagnato da una ragazza bionda.

«Signorina Denton» la salutò in tono distaccato. «Immaginavo fosse lei. Ho visto arrivare il suo accompagnatore e ho pensato che fosse a braccetto con lei, ma c'erano così tanti fotografi che non sono riuscito a vederla in viso. Ma avevo ragione.»

Il tono era freddo e distaccato ma gli occhi… no. Proprio per niente. Erano scuri e blu, selvaggi, ardenti e inquisitori mentre cercavano i suoi. Per Macey fu difficile distogliere lo sguardo e ancora di più formulare delle parole. Cosa si agitava in quegli occhi blu? Rabbia? Accusa? Disgusto? Sollievo?

Quando finalmente riuscì a staccarsi, guardò Grady nel suo insieme: i capelli folti color cioccolato, ben pettinati all'indietro a parte un riccio ribelle dietro l'orecchio; la giacca nera dello smoking nuovissimo che faceva apparire le sue spalle ancora più ampie; il papillon, la camicia e il gilet lavorato, tutti di un bianco candido e le leggerissime macchie di inchiostro sulle mani che lasciavano indovinare che avesse appena preso appunti, persino durante quella festa così formale.

Macey distolse lo sguardo e stava cercando disperatamente qualcosa da rispondere quando Grady venne, per così dire, in suo soccorso. «Chiedo scusa per la mia mancanza. Signorina McCormick, le presento la signorina Denton. *Lavora* per il signor Capone.»

La stizza con cui pronunciò quelle parole la colse di sorpresa e le fece male, come un pugno allo stomaco, di quelli che tolgono il fiato.

«Signorina Denton» proseguiva intanto Grady, «questa è la signorina Carol McCormick, nipote del Colonnello… insomma… del mio capo, in caso non l'avesse capito.» Sorrise alla bionda accompagnatrice che aveva un braccio attorno al suo e che sorrise di rimando. Che carini. Macey non poté fare a meno di notare che l'accento irlandese non si percepiva affatto quella sera. Il tono pareva piuttosto ampolloso e formale, come se ponderasse ogni sillaba.

«Piacere mio» rispose Carol McCormick, rivolgendo un sorriso altrettanto aperto e caloroso a Macey. A quanto pareva non aveva idea dei trascorsi che c'erano tra lei e il suo cavaliere, oppure era abbastanza carina ed educata da ignorarli.

O forse quei trascorsi non erano poi un gran che, e Macey stava solo ingigantendo la cosa.

Che poi, realizzò all'improvviso, era quanto di meglio potesse accadere.

Si sentì inaspettatamente sicura e sollevata: sì, era quanto di meglio potesse accadere. Capone non avrebbe più potuto usare Grady per tenerla in pugno se non le fosse più importato di lui, né a lui di lei.

E quella sera avrebbe avuto l'occasione di farglielo vedere, a Big Al. E tagliare i proverbiali ponti.

«Piacere mio» riuscì a dire Macey e il suo sorriso fu sincero ma, quando tornò a osservare Grady, si assicurò di avere un'espressione fredda e distaccata quanto la sua.

«Visto che lui non è, a quanto pare, propenso a fornire ulteriori dettagli, mi permetta di chiederle com'è che conosce Jameson» disse la signorina McCormick, guardando il suo cavaliere come fosse una star del cinema. «Io, naturalmente, lo conosco perché è uno dei reporter di punta che lavora per mio zio... avrà certo sentito parlare della banda di falsari che ha contribuito a sgominare, vero, signorina Denton? Un vero eroe! Per poco non bruciava vivo nell'incendio di quel magazzino.»

Una serie di pensieri saettava nel cervello di Macey durante l'accorato discorso della ragazza, ma quello preponderante fu *Jameson? Ecco per cosa stava quella J!*

Registrata quell'informazione, seguì lo shock nel sentire che aveva rischiato di morire e che lei non ne sapeva niente.

E la cosa assurda era che a quasi-ucciderlo non erano stati né Capone, né qualche vampiro.

«Temo che la signorina Denton non sia un'accanita lettrice di giornali.»

Il cuore di Macey ebbe un sussulto nell'udire Big Al, e il suo aspro accento di Brooklyn, inserirsi nella conversazione. Macey lanciò uno sguardo a Grady, lo vide irrigidirsi e il suo volto farsi di pietra, quindi si voltò mentre Capone proseguiva: «È un vero piacere conoscerla signor Grady. Vorrei congratularmi personalmente con lei per l'importante ruolo che ha giocato nello smascherare quel giro di falsari.» E gli porse la mano.

«Grazie» disse Grady in un tono che sembrava esprimere tutt'altro. In effetti, non faceva molto per nascondere il suo profondo disprezzo verso il gangster, ma non osò arrivare fino al punto di rifiutarsi di stringergli la mano.

Capone non sarebbe stato l'uomo potente che era se avesse ignorato l'effetto che faceva sulle persone, ma non parve curarsene molto. «Quei topi di fogna mi hanno fottuto più di centomila dollari coi loro pezzi da dieci fasulli.» Aveva in mano una tazzina per il tè e, gesticolando, rischiò di farla tracimare sui polsini alla francese. «Avrò pure le mani in pasta in un sacco di affari, ma se c'è una cosa che non mi interessa per niente sono i soldi falsi.» Si chinò verso Grady e gli parlò a voce bassa, ma Macey riuscì comunque a udirlo: «Se mai dovessi aver voglia di un lavoro che paghi di più dell'andare in giro a caccia di notizie, passa a trovarmi.»

«Non credo, signor Capone» ribatté Grady. «Io e lei operiamo sulle rive opposte della legge e io non ho alcuna intenzione di attraversare quel fiume. Chiedo scusa.» Senza concedere a Macey nemmeno un ultimo sguardo, si voltò rapido e si allontanò con la signorina McCormick. Si fecero strada fra la folla luccicante di gioielli, giacche da sera e arcobaleni di seta e raso, una figura alta e sicura insieme all'altra, magra, bionda, elegante e splendente.

Macey e Capone si ritrovarono così da soli e lei trasformò subito la sua faccia in una maschera gelida. «Ed ecco che se ne va il tuo ultimo mezzo per ricattarmi, Scarface. Non vorrai mica correre il rischio di fare del male a qualcuno che ammiri tanto e, a dirla tutta, dal modo in cui mi ha parlato stasera, non me ne fregherebbe poi molto se lo facessi.»

«Su questo non ci scommetterei, bambina.» Fece un cenno a uno dei camerieri vestiti da giapponese e indicò perentoriamente la propria tazzina vuota. L'uomo tirò fuori una fiaschetta, riempì di nascosto il bicchiere del gangster e, con gesto fluido, fece di nuovo sparire la bottiglia di contrabbando fra le pieghe dell'ampio kimono, il tutto in pochi secondi.

Macey si avvicinò al suo capo e parlò a voce bassa: «Di una cosa puoi star certo, Capone, a partire da stasera, non lavoro più per te e se d'ora in poi dovesse capitare qualcosa a un mio amico o a qualcuno che conosco, ti riterrò il diretto responsabile.»

«Sarebbe interessante.»

Fu quella risposta saccente a farla imbestialire. «Mettimi alla prova, Alphonsus.»

«Non ho paura di te, povera cretina. Tu sei-»

Macey gli si avvicinò tanto da sfiorargli la pancia. «Dovresti averne invece, e tanta. So parecchie cose di te e, sono sicura, Nicholas Iscariot sarebbe felicissimo di sapere che indossi la *vis bulla* e ancora di più di vanificare la profezia dell'*intrepido*, togliendo te e il tuo culone avvinazzato dalla faccia della terra. Hai già dimostrato di essere incapace di difenderti da solo dai non-morti, senza una donna che ti pari il culo» sibilò.

«Fottuta puttanella… sai cosa è successo all'ultima persona che ha tentato vagamente di minacciarmi? È finito all'obitorio, con una cazzo di pallottola piantata in testa.» L'accento di Brooklyn era denso come un ragù a pezzettoni.

«E allora cercherò di non essere *vaga*. Questa non è una minaccia, Alphonsus, è un *fatto*. Se succede qualcosa di brutto a Grady o a un altro mio amico, amica o conoscente, farò in modo che i non-morti sappiano perfettamente dove venirti a cercare e come arrivare a te. E ti garantisco anche che, se invece succede qualcosa a *me*, ogni singolo Cacciatore sulla terra, incluso mio padre, se davvero è ancora vivo, ti sarà addosso prima che tu possa caricare la pistola.»

Gli lanciò un ultimo sguardo duro e caparbio, poi si voltò con la grazia e la decisione di una regina e si allontanò nella folla, appena consapevole di dove stesse andando.

Aveva i polmoni pesanti e le ginocchia che le tremavano, anzi di più, ma si sentiva finalmente libera: la linea sulla sabbia era stata tracciata.

Capone aveva molto più da perdere di quanto non ne avesse lei.

Ed era stata una stupida ad averlo capito soltanto in quel momento.

MACEY SE ne andò come avesse una meta precisa, in realtà non aveva altro scopo che allontanarsi quanto più possibile da Capone e Grady. Quindi… beh, sarebbe andata *là*.

Sospinse le porte della toilette delle signore con un sospiro di sollievo e col cuore che correva, a causa di quella che i dottori chiamavano *adrenalina*.

Sono libera.

Si fermò di fronte alla prima serie di specchi e guardò la propria immagine riflessa. A parte le guance arrossate, era carina, bisognava ammetterlo. Forte. Coraggiosa. Intimidatoria. E, tutto considerato, non aveva niente da invidiare alla dolce signorina McCormick, anche grazie a quello che ormai era il suo *ex* capo.

Ora che si era licenziata, tuttavia, non avrebbe più potuto vestirsi così, fatta eccezione per i cappellini di squisita fattura che confezionava Cookie, la zia di Temple.

Sistemò, con la mano che ora aveva smesso di tremare, un riccio ribelle, fermandolo dietro l'orecchio con un fermaglio coperto di perline nere e rosse. Controllò che i lunghi orecchini color onice fossero ancora ben saldi e li smosse appena perché i lobi cominciavano a dolerle. Si rese poi conto che non aveva alcun motivo per restare lì, né nel bagno in particolare, né all'*Art Institute* in generale, quindi uscì dalla toilette e si ritrovò in mezzo a quella festa scintillante. Non volendo tuttavia essere notata, scivolò dietro una delle grandi colonne in un angolo e si guardò un po' intorno per raccapezzarsi.

Da quel punto di osservazione, nascosto e privilegiato, potette passare in rassegna gli ospiti alla ricerca di Grady (solo per evitare di incontrarlo di nuovo, diceva a sé stessa) ma non vide né lui né la sua biondissima accompagnatrice.

Si erano forse allontanati per avere un po' di privacy? Stavano forse camminando lungo una delle gallerie deserte alla ricerca di un angolino nascosto, tipo quello che si era trovato lei?

Sospirò al ricordo di quanto Grady fosse abile nell'approfittare degli angolini appartati e anche dei tavolini privati dei locali, di come sapeva scivolarle vicino e trarla a sé, avvincerla con un abbraccio e un bacio appassionato mentre la guardava negli occhi e la chiamava *bambolina* con quell'accento così sexy. Un fremito improvviso la percorse mentre cercava di accantonare quei ricordi e sostituirli, decisa, con l'immagine di Chas.

«Ehi, zucchero» sussurrò una voce calda alle sue spalle. «Sembri un po' spaesata.» Quando si voltò, Macey vide che a parlare era stato un uomo alto e massiccio, il cui corpo possente era fin troppo vicino al suo. Non era né un non-morto né un conoscente, ma il suo modo di porsi era tutt'altro che piacevole, in effetti non faceva niente per nascondere lo sguardo lascivo con cui la fissava. Macey si rabbuiò.

«Non sono spaesata, grazie per il suo interessamento» fece per allontanarsi ma lui la prese per un braccio.

«Perché tutta questa fretta, tesoro?»

La stretta era forte e fu semplice per quell'omone strattonarla verso una zona buia, bloccandola con il proprio corpo possente. «Le belle ragazze come te non dovrebbero andarsene in giro da sole, in un posto così.»

«In un posto come?» domandò, calma. La rabbia, il senso di colpa e le altre emozioni negative, che aveva represso per tutta la serata, stavano tornando in superficie e quel gonzo che aveva davanti non sapeva ancora che gli sarebbero esplose in faccia. «E poi non me ne stavo *andando in giro*. Lasciami.»

«Eddai, tesoro» proseguì, sospingendola contro il muro: aveva occhi scuri e bramosi e le sfiorava la gola nuda. «Sembri tutta sola soletta.»

«Non farmelo ripetere. Toglimi le mani di dosso.» Il tono di voce era mansueto, ma lo sguardo era duro e deciso. E, dentro di sé, sorrideva. Come si diceva? Più sono grossi…

«Non essere timida, bambina, quando c'è una bella donna so io come farla-»

Un forte rumore seguito da una luce accecante fece voltare di scatto l'omone.

«Questa sì che è una bella foto, signor Badgley. Mi faccia un bel sorriso, così le faccio un bel ritratto con la donna che ha rinchiuso in un angolino e che sta cercando di divincolarsi dalle sue grinfie.» Grady era lì che parlava con un sorriso gelido e privo di allegria stampato in faccia. «Se poi vuol finire la frase e farci sapere cosa sa *far fare* a una bella donna… come proseguiva? Sa forse farle tremare di paura? Sono certo che la signora Badgley sarà felicissima di leggere questa bella storia in prima pagina, domattina.» Lasciò penzolare la macchina fotografica dal collo e tirò fuori matita e taccuino.

Badgley borbottò qualcosa e mosse un passo minaccioso verso il giornalista il quale, tuttavia, non si mosse di un millimetro.

«Sarebbe un *no comment*?» ringhiò stringendo, notò Macey, la macchina fotografica come fosse un'arma.

«Dammi quella maledetta pellicola» abbaiò Badgley.

«Perché non provi a prendertela?» lo sfidò Grady, guardandolo fisso occhi negli occhi, calmo ma inamovibile. E quando Badgley arretrò, gli intimò: «Vattene. E se ti becco di nuovo con le mani addosso a una donna che non sia tua moglie, giuro che pubblico le foto o, meglio ancora, ne stampo qualche copia per la tua signora. Scommetto che al suo ricchissimo paparino la cosa non andrebbe molto a genio. Togliti dai piedi.»

A quanto pareva, Badgley era abbastanza furbo da capire quando non aveva scelta, perché si allontanò a grandi passi e scomparve fra i luccichii e lo sfarzo del galà. Macey e Grady si ritrovarono dunque soli, in quell'angolino buio e appartato.

«Non avevo bisogno d'aiuto» fu la prima cosa che le venne da dire, sentendosi improvvisamente arrabbiata e nervosa nel trovarsi sola con lui... e rendendosi conto di essere stata l'oggetto della sua superflua galanteria. «Stavo giusto per dargli una lezione, prima che tu ci interrompessi. Grazie per niente.» Doveva mantenere le distanze e fomentare la propria ira e non fu difficile. Ce l'aveva davvero con lui per averla privata di quell'ottima occasione per sfogarsi un po'.

«Per quanto Badgley avrebbe di certo meritato di essere scaraventato dall'altra parte della stanza e di atterrare rovinosamente sul pavimento di marmo, ho creduto non fosse prudente per te attirare tanto l'attenzione.» Non rideva, ma neppure la guardava più in cagnesco come prima. «Tutta quella forza sarebbe stata difficile da spiegare.»

«Come sapevi che-» Un'improvvisa vampata di calore le salì alle guance.

I loro sguardi si incontrarono, mentre la mente di entrambi tornava a quella volta nella camera da letto di Grady, quando lui l'aveva spogliata e si era trovato davanti la minuscola ed elegante *vis bulla* che le pendeva dall'ombelico.

Quanto forte? le aveva chiesto, giocherellando con l'amuleto e fissandola coi profondi occhi blu.

Potrei scaraventarti dall'altro lato della stanza, se volessi. Vuoi mettermi alla prova?

Non ora. Ho in mente altre cose Macey, bambolina mia.

«E insomma» riprese lei, facendo rapidamente ordine tra i propri pensieri e ripristinando il proprio scudo difensivo, distaccandosi da quei ricordi che la facevano sciogliere dentro, «ora esci con la nipotina del capo, eh? E mi sei pure diventato un famosissimo giornalista detective. Stai facendo carriera, Grady.»

L'uomo fece un passo indietro e Macey gliene fu estremamente grata: stava diventando davvero difficile ignorare quanto le fossero familiari l'odore della sua pelle, la vista di quei capelli fra cui aveva passato le dita, delle labbra che aveva baciato, degli occhi che l'avevano guardata con amore. Ogni cosa di lui.

«Carol è una brava ragazza» disse sollevando lo sguardo quando le luci tremolarono. «Ma-»

Poi le luci si spensero. E la sala scivolò nel buio completo.

GRADY NON si stupì quando, a differenza di tutte le altre signore intorno, Macey non urlò, né trasalì, nel momento in cui le luci si spensero.

Lo superò invece, sfiorandogli la manica della giacca col corpo agile e sodo, ma lui fu abbastanza svelto a reagire e ad afferrarla per un braccio.

Il tessuto sottile della manica era morbido e sensuale al tatto. Rammentò anche le perline rosse e nere che le spuntavano sulle tempie tra i ricci.

«Vampiri?» chiese, nei pressi di dove doveva trovarsi l'orecchio di Macey. Sentì i capelli sfiorargli le guance e il suo profumo, un bouquet fiorito e piuttosto dolce: chiuse gli occhi e una fitta di rimpianto gli trapassò lo stomaco.

Lei, dopo qualche secondo, rispose: «Non stavolta.» Poi si allontanò nel buio della galleria.

Grady resistette all'istinto di inseguirla per una serie di motivi, il più importante dei quali era che lei non aveva bisogno del suo aiuto o della protezione che poteva offrirgli. Era chiaro che da lui non voleva un bel niente. Una cosa che doveva ripetersi di continuo.

Aveva frequentato troppi cacciatori di vampiri e falsari ultimamente. Solo perché era saltata la luce, non voleva necessariamente dire che ci fossero problemi, sebbene, a giudicare dalle risatine stridule e nervose e dalle concitate conversazioni a bassa voce che si udivano nel buio, pochi parevano essere del suo stesso avviso.

Prima ancora che potesse abbandonare il suo angoletto e tornare verso la galleria principale, le luci sopra la sua testa sfrigolarono e sfarfallarono, quindi si riaccesero. Un mormorio di sollievo ed entusiasmo percorse la stanza come un'onda, mentre la festa riprendeva come se niente fosse accaduto. Gli venne quasi da pensare che potesse stata opera di Macey e che lo avesse fatto per allontanarsi da lui. Strano ma... per quanto ne sapeva, possibile.

Aggrottò la fronte e ne approfittò per togliersi la macchina fotografica dal collo e riporre in tasca matita e taccuino, quando si rese conto che il chiacchiericcio e le strane risatine erano cessati e regnava il silenzio.

C'era davvero qualcosa che non andava.

Udì un leggero scalpiccio e poi nient'altro. Badando a non fare il minimo rumore poggiò la pesante macchina fotografica a terra, al riparo, nel buio dell'angolino e si mise in ascolto, restando a sua volta nascosto dalla colonna massiccia che prima aveva protetto Macey e Badgley da sguardi indiscreti.

Poi si udì una voce. Non gridava ma arrivava forte, chiara e perentoria. O meglio erano le sue parole a essere perentorie: «Grazie per la vostra attenzione, signore e signori. Se farete tutto quello che dico io, la signorina qui non si farà alcun male.»

Il silenzio si fece teso e Grady moriva dalla voglia di sporgersi oltre la colonna e guardare meglio, ma sapeva di dover restare nascosto. Aveva le mani sudate e lo stomaco in subbuglio perché era più che certo che la *signorina* in questione fosse Macey.

Qualsiasi cosa stesse accadendo, poco ma sicuro, c'era di mezzo lei.

Accantonò quel timore e osservò l'enorme colonna alta e rotonda, ripetendosi che Macey sapeva benissimo badare a sé stessa. Inoltre, se fosse riuscito ad arrampicarsi e arrivare abbastanza in alto, avrebbe potuto controllare la situazione senza che nessuno lo vedesse.

Osservò cosa aveva a disposizione: alla base della colonna c'era una sorta di capitello che gli arrivava al ginocchio e un altro elemento decorativo, di forma piatta, poco sopra la sua testa. Raggiungere quest'ultimo senza che nessuno lo notasse poteva essere già un buon inizio.

«Mettetevi tutti al centro, in modo che possa vedervi» continuò quella voce perentoria. Tutti. Procedete lentamente, con calma e con le mani alzate, così che le possa vedere. Non dimenticate che c'è in ballo la vita di questa giovane. E la vostra.»

Rapido, silenzioso e badando a non farsi vedere, Grady si tolse le scarpe di vernice e i calzini. Quando un'ombra dalla forma allungata e minacciosa si sporse poco dietro il suo nascondiglio, si bloccò e si schiacciò contro la colonna, girandovi attorno alla stessa velocità con cui quell'uomo armato procedeva, in modo che non lo vedesse, ma anche badando a non mostrarsi sull'altro lato del pilastro stesso.

Quando ebbe fatto metà giro, tuttavia scorse cosa stava accadendo nella sala. La vista dei quattro uomini coi mitra spianati verso la folla lo fece raggelare ma era il quinto, probabilmente quello che aveva parlato, a tenere ferma una donna con un braccio attorno alla gola e l'altro piegato come se le puntasse un'arma alla schiena.

La ragazza era vestita di rosso come Macey, ma non vide altro perché fu distratto da un rumore di passi che si avvicinavano. Scivolò di nuovo attorno alla colonna per evitare lo sguardo dell'uomo appena passato, che non era solo stavolta, e usava la canna sottile della sua arma per pungolare due invitati che lo precedevano con le mani alzate.

«Ne ho trovati altri due» disse sospingendo i prigionieri verso il gruppo degli altri. «Si nascondevano nel bagno.»

Grady non aveva tempo da perdere. A quanto pareva quei banditi, o quel che erano, stavano rastrellando l'intero edificio per riunire tutti. Si era già sfilato giacca, cravatta e panciotto e li aveva ammucchiati in un angolo insieme alle scarpe e ai calzini.

Si tolse anche le bretelle e se le mise attorno al collo, quindi salì sul capitello, nonostante potesse starci solo in punta di piedi. Facendo leva sui bordi stondati riuscì tuttavia a sollevarsi quanto bastava per attaccarsi all'altra decorazione che ora gli arrivava all'altezza della testa. Anche quella sporgenza era larga appena quanto la base, ma infilando le agili dita dei piedi nelle scanalature verticali e usando la forza delle mani e delle braccia per tirarsi su, raggiunse e superò, rapido e cauto, la piccola piattaforma che essendo quadrata, lasciava, attorno alla colonna tonda, piccoli triangoli di spazio su cui appoggiare i piedi. Passò le bretelle attorno al pilastro, stringendone in mano i capi, e le usò per aiutarsi a salire. Il seguito fu molto più facile, ma aveva preferito non servirsi delle bretelle, durante la prima parte della scalata, per paura che qualcuno le vedesse muoversi lungo la colonna.

Ora, coi piedi ben piantati contro il pilastro e sorreggendosi alle bretelle, era ben al di sopra delle teste degli altri. E dato che le lampade che illuminavano la galleria, pendevano da fili lunghissimi che, dall'alto dei soffitti, portavano la luce ad altezza d'uomo, lui si veniva a trovare in ombra e aveva a disposizione una vasta area buia in cui nascondersi.

Intanto, tutti gli ospiti erano stati disposti su file e i banditi, a coppie, le percorrevano, sempre con le mitragliette puntate sugli ostaggi, chiedendo loro di consegnare gioielli, soldi e armi.

I gioielli e i soldi venivano raccolti in due grandi sacchi di tela, mentre le armi erano ammucchiate al centro del pavimento di marmo. Grady notò che neppure Capone era sfuggito al trattamento e tantomeno il Colonnello McCormick e il signor Vanderbilt.

«Ben fatto» proseguì la voce, non appena tutte le armi furono allontanate e gli oggetti di valore raccolti, «e nemmeno una vittima. Siete stati proprio bravi.»

Stringeva ancora la donna in rosso ma, proprio in quell'istante, la lasciò andare, mandandola verso gli altri ostaggi con uno spintone. «Per ora ho finito con te.»

La ragazza incespicò ma si riprese e raggiunse traballante gli altri, singhiozzando appena. Fu allora che Grady si accorse che non era Macey e passò dunque a scrutare il resto della folla nella speranza di scorgerla.

Forse anche lei era riuscita a passare inosservata ed era andata a chiamare le autorità. O, ma sperava ardentemente che non fosse quello il caso, si era appostata nell'ombra come stava facendo lui, cercando un modo per porre fine alla rapina. Ma i cacciatori di vampiri non erano immuni alle pallottole e, per quanto potesse essere abile a impalare i non-morti, sebbene lui non l'avesse mai vista in azione, non era questa la sua area di competenza.

«E adesso seguitemi, tutti quanti.» Il capo indicò la propria destra e i suoi scagnozzi si allinearono sui lati per dirigere la folla verso il fondo del lungo e stretto spazio espositivo.

A Grady occorsero solo pochi secondi per capire cosa stava succedendo: gli invitati venivano condotti oltre gli alti cancelli di sicurezza che arrivavano fino al soffitto e chiudevano quel lato della galleria. Circa una sessantina di persone, tra cui gli uomini più importanti di Chicago e altri un po' meno ricchi e potenti, oltrepassarono il cancello, e Grady non fu sorpreso quando uno dei banditi lo chiuse con un forte rumore metallico.

«Così ve ne starete buoni buoni» commentò il capo mentre uno dei suoi se ne stava in disparte con in mano diversi giri di pesante catena. Altri tre tenevano le mitragliette puntate contro la folla, in modo che nessuno si avvicinasse all'apertura, ora che appariva chiaro che le catene sarebbero servite a chiuderli dentro.

Ma fu un altro dei banditi ad attirare l'attenzione di Grady. Questi stava trascinando un enorme oggetto nero, grosso circa quanto un baule da viaggio. Dalla sua posizione non riusciva a vederlo benissimo, ma pareva una sorta di macchinario, o di motore.

Una sensazione sgradevole gli corse lungo la schiena. Fino a quel momento Grady era stato piuttosto fiducioso che le cose si sarebbero concluse senza spargimento di sangue. Si trattava senz'altro di ladri che avevano approfittato di quell'esclusiva concentrazione di personaggi ricchi e influenti per spogliarli di qualche gingillo... almeno così aveva pensato, finché non vide quell'aggeggio nero.

Aveva pensato che, trovandosi fuori dai cancelli, avrebbe potuto senza problemi liberare tutti in pochi istanti, e magari persino contattare la polizia, prima che i ladri riuscissero a scappare.

Ma quel coso nero cambiava decisamente le carte in tavola.

Perché somigliava parecchio a una bomba.

MACEY AVEVA dovuto impedirsi di cercare con lo sguardo Grady per tutto il corso della rapina. Aveva scorto Carol "brava ragazza" McCormick, suo zio il Colonnello, Capone, il signor Washington e persino quell'odioso del signor Badgley, ma di Grady nessuna traccia.

Quando le luci si erano spente, aveva colto volentieri l'occasione per allontanarsi da lui e dal resto di quella conversazione, ovunque li avesse portati. Continuava a chiedersi cosa stava per dirgli dopo quel *ma*. E dove fosse adesso.

Scosse mentalmente il capo: *concentrati, Mace*. Aveva cose ben più importanti a cui pensare, per esempio impedire a quei boriosi ladri di gioielli, che si erano finti camerieri finché non si erano liberati all'unisono dei propri kimono e avevano estratto le mitragliette, di fuggire con la refurtiva. A prescindere dal sapere dove fosse Grady.

In un primo momento, quando le luci erano tornate e, uno dopo l'altro, gli invitati si erano resi conto della situazione ed era calato il silenzio, la sua prima preoccupazione era stata impedire che venisse fatto del male a quella povera ragazza presa in ostaggio dal capo dei banditi. Ma c'era un gruppo di uomini armati che controllavano a vista lei e tutti gli altri, e non aveva dunque avuto la possibilità di fare niente.

Grazie a Dio, la ragazza era stata lasciata andare incolume. Ora, mentre camminava insieme agli altri, Macey si stava scervellando su come impedire ai criminali di scappare col bottino. Purtroppo, essendo stata colta alla sprovvista (almeno dei vampiri poteva percepire la presenza in anticipo!) ed essendo disarmata, era impotente come quasi tutti gli altri ostaggi.

E l'ultima cosa che voleva era far scoppiare un casino che poteva far uccidere lei o qualcun altro. Eppure continuava a pensare di dover fare *qualcosa*. E dallo sguardo che le lanciò Capone, capì che anche lui pensava lo stesso. Forse aveva ragione: chi avrebbe mai sospettato che una donna piccola e minuta come lei, facesse qualcosa per opporsi a quei balordi? Erano certo i gangster come Capone e quelli della sua risma a dover essere tenuti bene d'occhio.

Che poi era il motivo per cui tutti erano stati perquisiti con cura da capo a piedi: quegli uomini erano stati meticolosi nella loro ricerca, ma non lascivi. Persino la pistola di riserva che Capone portava dietro al ginocchio, infilata in un calzino, era stata sequestrata.

Quando le aveva trovato il paletto inserito nella giarrettiera, quel tizio l'aveva sollevato tra le dita, guardando Macey come fosse matta. «E questo a che cazzo serve? Un paletto di legno? Che ci fai, ci pianti i pomodori?», e l'aveva gettato via come se nulla fosse.

Chiaramente non aveva mai letto *Dracula*.

Dopo averli costretti in una piccola porzione della galleria, pareva avessero l'intenzione di rinchiudere gli ostaggi e lasciarli lì finché non fosse arrivato qualcuno la mattina dopo. A meno che non fosse riuscita a liberarli prima.

Era abbastanza forte, forse… pensava mentre uno dei banditi assicurava una pesante catena attorno al cancello. Guardò in alto e vide che le grate arrivavano al soffitto e, quindi, una volta chiusi tutti dentro, non sarebbe stato possibile scavalcarle, ammesso e non concesso che qualcuno potesse arrampicarsi lungo la struttura di ottone.

Il mormorio e i continui sussurri degli invitati cessarono di colpo, e Macey si voltò per osservare gli uomini armati al di là del cancello che teneva tutti prigionieri.

«Se posso avere di nuovo la vostra attenzione» riprese parola il capo, «vorrei augurarvi una buona serata e di andare in pace» aggiunse, additando una sorta di enorme macchinario nero sul pavimento ad alcuni metri dal cancello. «Vi presento Betsy.» Macey sentì lo stomaco contorcersi: c'era qualcosa di inquietante in Betsy, nel suo aspetto e nel sorriso adorante con cui l'uomo la guardava mentre le si avvicinava e, con gesto plateale, tirava fuori dalla tasca una minuscola chiave d'ottone. Tutti nella sala trattennero il fiato, persino il complice intento ad avvolgere le catene si bloccò, mentre il capo inseriva la chiave in una fessura nella parte superiore del macchinario. La girò, e Betsy cominciò a ticchettare. Con un altro gesto enfatico, il capo ripose la chiave nella propria tasca. «Tanto per andare sul sicuro» soggiunse, facendo l'occhiolino alla folla con aria sorniona. «Non potete uscire ma, nel remoto caso qualcuno entrasse-»

«Che cazzo è quello?» chiese Capone. Era vicino al cancello, il viso premuto contro le sbarre e le mani possenti che le stringevano spasmodicamente.

«Betsy è… un regalino da parte mia ecco. Un regalino, diciamo così, *esplosivo* eheheh. Si assicurerà che nessuno di voi possa identificarci e accusarci di avervi derubato dei vostri preziosi. Sarebbe molto spiacevole per noi.»

Allargò le braccia con aria triste. «Mi piacerebbe restare ancora un po' qui a chiacchierare con voi, ma io e i ragazzi dobbiamo andarcene subito. Abbiamo cinque minuti, anzi meno… vediamo…» si chinò sopra la macchina per guardare il piccolo orologio bianco che vi era incastonato. «Cinque minuti meno venti secondi… no, ventuno… no, ventidue… beh, avrete capito. Tic tac tic tac.» Esibì un enorme sorriso ai prigionieri, e poi si rivolse ai compari. «Il che significa che per noi è tempo di finire-»

«Ehi, dove siete tutti quanti?» gridò una voce.

Qualcuno trasalì e i banditi si voltarono di scatto per osservare una figura dondolante e scarmigliata uscire dalle ombre. A vederlo doveva essere o ferito o ubriaco. La camicia bianca penzolava mezza fuori dai pantaloni, che gli calavano perché privi di bretelle.

Ubriaco. Era di sicuro ubriaco. E parecchio confuso.

Sembrava infatti del tutto ignaro di quello che gli stava succedendo intorno, caracollava lungo il pavimento di marmo, che risuonava dei tonfi ovattati prodotti dai suoi piedi nudi. *Piedi nudi?*

Poi Macey lo guardò in faccia: era Grady!

Fu come se il cuore le si fosse fermato, letteralmente, e una specie di doccia fredda la attraversò quando il battito riprese.

«Che casshhhpita è?» chiese Grady guardando Betsy e dondolando qua e là, andando così a sbattere nel capo dei banditi. Macey era raggelata e incapace di respirare.

«Va' via» disse l'uomo, spintonandolo così forte da farlo cadere, le mani che atterrarono con un *ciaff* sul pavimento.

«Che ti prende, amico?» mugolò Grady con voce impastata mentre si alzava goffamente in piedi.

«Buttatelo dentro con gli altri» ordinò il capo, visibilmente innervosito, «dobbiamo toglierci dai piedi prima che 'sto coso scoppi.»

Macey si accorse di avere le mani strette a pugno e le unghie conficcate nei palmi: avrebbero potuto facilmente decidere di piantare una pallottola in testa a Grady anziché sciogliere di nuovo la catena per rinchiuderlo con loro, ma per qualche misteriosa ragione non lo fecero.

Forse temevano che gli spari avrebbero attirato qualcuno. C'erano certamente dei sorveglianti o delle guardie notturne fuori dal museo: lo stesso Capone aveva degli uomini appostati in macchina, all'esterno.

Le catene furono tolte con un clangore metallico ben più forte e sordo del sommesso ticchettio di Betsy, e il cancello fu aperto quel tanto che bastava per spingere Grady dentro col resto degli ostaggi.

Macey si scambiò uno sguardo di intesa con Capone e lo sentì prepararsi a scattare verso il cancello scostato. Ma tra le sbarre si affacciò la canna di una mitraglietta che spinse indietro Al e tutti gli altri, pena l'essere crivellato di colpi.

«Andiamo» incalzò il capo non appena uno dei suoi uomini ebbe chiuso il lucchetto, mentre un altro reggeva le catene.

Lo scatto secco della serratura parve sottolineare ulteriormente il ticchettio che segnava il loro destino.

Il capo dei banditi, visibilmente sollevato che tutto fosse andato secondo i programmi, nonostante l'intrusione di Grady, agitò amichevolmente la mano prima di lasciare rapido la galleria insieme ai suoi uomini, senza rivolgere ai prigionieri neppure uno sguardo, e ignorando l'improvvisa esplosione di preghiere, richieste di essere liberati e persino le offerte di denaro.

Per un attimo regnò il silenzio, a parte il ticchettio. Qualcuno piangeva sommessamente, ma nessuno pareva muoversi, erano tutti come congelati per lo shock.

Perché Grady non aveva tentato qualcosa quando era ancora fuori dai cancelli? Si chiese Macey in preda alla disperazione. Era certa non fosse davvero ubriaco: poco meno di un'ora prima, mentre parlava con lei, era perfettamente sobrio!

E perché diavolo non aveva fatto qualcosa lei stessa?

Sì, ma cosa avrebbe potuto fare Grady da solo, ubriaco o meno?

Avrebbe potuto correre a cercare aiuto, ma prima che qualcuno fosse arrivato, la bomba sarebbe esplosa, uccidendo ostaggi e soccorritori.

Sentiva freddo e un senso di vuoto dentro. Erano spacciati.

Sarebbero veramente morti tutti.

Non c'era via d'uscita, a meno di non riuscire a piegare a viva forza le sbarre, ma non ci sarebbe stato comunque tempo di far uscire tutti.

Quei pensieri le saettavano in testa mentre i ladri scappavano. Macey cercò un punto dove le sbarre apparivano più distanti. Ma sembravano tutte belle dritte e incredibilmente salde.

Ne scelse comunque un paio e si mise a tirare, mentre diverse persone avevano cominciato a scuotere le grate con la cieca forza della disperazione, rendendole più difficile il compito che si era prefissa. Anche se, comunque, le sbarre non si muovevano di un millimetro.

«Mi serve subito una forcina.» Netta e ben nota, una voce riecheggiò tra la folla e, prima che qualcuno potesse rispondere, una mano le tirò i capelli.

«Grady?» si voltò. Fermando contro la propria testa le dita che le avevano appena strappato una forcina e diversi capelli.

I loro sguardi si incontrarono e Macey fu certa che non fosse per niente ubriaco: puzzava d'alcol ma era più che sobrio.

«Via!» gridò, «fatemi spazio.» Non diceva a lei ma alla gente accalcata attorno alla catena che chiudeva il cancello.

«Che vuol fare?» si udì sussurrare.

«Qualcuno ha una pistola? Potremmo sparare al lucchetto!»

«Vuole scassinarlo!»

«Fategli spazio!» intimò il Colonnello McCormick. «Grady sa quello che fa. State indietro! È un ordine.»

«Sbrigati!» piagnucolò qualcuno. «Sbrigati per favore.»

«Quanto tempo abbiamo?» chiese una voce tremante.

«Tre minuti.»

«Meno, stando al mio orologio» lo corresse qualcun altro.

«State zitti e lasciatelo lavorare!» intimò Capone.

Il silenzio calò nella stanza e a Macey pareva di sentire l'intera folla respirare all'unisono, prendere aria ed espirare, cercando di controllare il panico, mentre quel ticchettio incessante riempiva le orecchie e scandiva il conto alla rovescia verso la morte.

Eppure, a dispetto di quella breve speranza, era conscia che stessero combattendo una battaglia persa. Anche se Grady fosse riuscito a scassinare il lucchetto, togliere la catena e aprire il cancello, la bomba sarebbe esplosa di lì a due minuti e non avrebbero avuto tempo di uscire tutti da lì e dal museo, né di mettersi al riparo dalla deflagrazione. Ma almeno stava facendo qualcosa, ci stava provando… che era molto di più di quanto Macey potesse dire di se stessa.

Aveva dimenticato come ci si sentisse ad essere impotenti, ma ora quella sensazione era tornata, accompagnata da brividi di terrore ma anche da una sorta di… accettazione.

Un piccolo *click* rimbombò nel silenzio della stanza e un'ondata di sospiri di sollievo e sussurri si diffuse tra i presenti, che poi presero a muoversi tutti insieme.

«Fatemi passare!»

«Aprite i cancelli!»

«Fermi!» esclamarono all'unisono Macey e il Colonnello McCormick, mentre Grady si alzava in piedi.

La folla si spinse in avanti, mandando a sbattere Grady, Macey e altri contro le sbarre di metallo.

«Manca meno di un minuto! Fateci uscire di qui!» gridò qualcuno.

«Fateci uscire!» ripeté un'altra voce e le grida riempivano gli alti soffitti. La spinta disperata della folla si faceva più forte, mentre Grady lavorava rapidamente per sciogliere la catena, ma ovviamente quella pressione lo rallentava.

«Dobbiamo lasciargli spazio per aprire il cancello» urlò il Colonnello, ma c'era tensione nella sua voce. Era chiaramente giunto alle stesse conclusioni di Macey.

Avevano fatto dei progressi sì, ma solo pochi di loro si sarebbero allontanati in tempo. Eppure Macey si schierò assieme a McCormick e, a sorpresa, anche Capone si unì a loro per cercare di fare da barriera fra la folla e Grady, affinché non lo schiacciassero.

Un attimo prima che la catena cadesse, Grady si voltò verso Macey e il Colonnello e disse al di sopra della propria spalla. «Ho la chiave della bomba. Fateli stare indietro nel caso-»

Quelle furono le sue ultime, sorprendenti parole, prima di lasciar scivolare a terra l'ultimo giro di catena e scattare oltre il cancello aperto.

Un ruggito si levò dalla folla, che riprese a spingere con forza e Macey, piccola e leggera com'era, fu scaraventata contro le sbarre e sbatté rumorosamente la testa, mentre McCormick gridava: «State indietro. Sta disinnescando la bomba, state indietro, ho detto, indietro!»

In qualche modo le sue parole penetrarono la calca e, sebbene molti continuassero a spintonare per raggiungere l'uscita e sgusciare fuori, tanti altri ubbidirono al Colonnello e arretrarono, osservando Grady che si voltava si arrampicava su Betsy, brandendo la chiavetta di ottone.

Un sorriso calmo gli illuminò il viso mentre il ticchettio cessava.

Erano salvi.

✠

«Gliela ho sfilata di tasca» spiegò Grady per la centesima volta. «Avevo visto dove l'aveva messa, e quando gli sono andato addosso gliel'ho… rubata.»

Tutti lo lodavano come un eroe, un appellativo che sapeva di meritare, ma che ancora gli faceva un po' impressione.

Con uno slancio inatteso e plateale, Carol gli si era buttata al collo, mentre tutti gli davano pacche sulle spalle e gli stringevano la mano, e ora si era avvinghiata al suo braccio come se fosse fermamente intenzionata a portarselo a casa con sé.

Il Colonnello se ne stava in disparte, guardandolo con l'orgoglio di un padre. Forse non tanto per l'impresa, ma per la storia esclusiva che il suo giornale avrebbe pubblicato nella prima edizione dell'indomani. Aveva già mormorato a mezza voce: «Raggiungimi in ufficio il più presto possibile», quando aveva abbracciato Grady per congratularsi.

Non che fosse un problema: anche Grady moriva dalla voglia di avere la macchina da scrivere sottomano. Questa storia sì che sarebbe andata in prima pagina, e come articolo di apertura, cazzo.

Capone gli aveva stretto di nuovo la mano, stavolta per avergli salvato la vita, anziché il capitale, e rinnovato l'offerta di lavoro. Grady aveva rifiutato ancora una volta, ma con meno acredine, forse perché in quel momento vedeva tutto rosa.

In fondo aveva appena salvato la propria vita e quella di altre sessanta persone inclusa Macey, che però non aveva più visto da quando i loro sguardi si erano incrociati mentre era ritto vicino a Betsy, brandendo la piccola chiave che aveva salvato il culo a tutti.

In quello sguardo aveva visto gratitudine, ammirazione, ma non solo: qualcosa era saettato tra loro nell'attimo prima che venisse travolto e ingoiato dalla massa di donne isteriche e felici, e di uomini rauchi ed estasiati. Ma poi era scomparsa.

E, cosa assai curiosa, non era con Capone, quando lui se n'era andato.

Recuperati i propri calzini, le scarpe e il frac ed evase un altro paio di pacche sulle spalle e alcune strette di mano, Grady guadagnò più rapidamente possibile l'uscita. Aveva già chiesto a McCormick di mandare una macchina a prendere Carol, in modo da poter poi raggiungere l'ufficio.

«Vado al lavoro» disse alla sua accompagnatrice, che non sembrava volerne sapere di mollargli il braccio, neppure quando furono usciti dall'*Institute of Art* e aspettavano l'automobile. Carol fece per ribattere, ma lui la precedette, sorridendo e scrollando la testa. «Ordini di tuo zio… prenditela con lui. Ho una storia da scrivere.»

Grady sapeva di poterlo dire: il Colonnello non avrebbe mai permesso, neppure alla nipotina, di intralciare una buona storia, per quanto fosse carina e convincente nel chiederglielo.

In effetti carina lo era e parecchio, con la luce della luna che le splendeva sui capelli biondi, rendendoli ancor più chiari ed eterei. E lo guardava incantata, con le labbra morbide dischiuse e uno sguardo pieno di ammirazione, sempre senza mollargli il braccio.

Così la baciò. In fondo lui era l'eroe e lei non desiderava altro.

E anche lui voleva baciarla, non tanto perché fosse la bella Carol McCormick che brillava sotto i raggi della luna, ma per chi *non era*.

E quando lei si avvicinò ulteriormente e tirò fuori la lingua, non solo non ne fu sorpreso, ma rispose e con cautela, approfondì il bacio e la strinse di più tra le braccia.

Con la coda dell'occhio scorse un'ombra e un raggio di luce. Qualcuno sbucò da dietro l'angolo con una torcia elettrica, forse una guardia notturna. Non volendo mettere nei guai la signorina, specie nel caso stessero sopraggiungendo anche suo zio o sua zia o, peggio, qualcuno che potesse riferire loro di quel bacio, Grady si staccò e si allontanò, facendo scorrere le dita lungo il braccio nudo di Carol per prenderla per mano.

La figura armata di torcia era ora perfettamente visibile e, con una fitta allo stomaco, Grady la riconobbe. Era lei. Era Macey.

Veniva dritta nella loro direzione con passo calmo e l'aria di chi ha del lavoro da sbrigare, puntando il fascio di luce a terra e lungo il marciapiede che circondava l'edificio. Certo li aveva visti baciarsi e Grady non sapeva che reazione avrebbero potuto avere le due donne. Le ragazze perbene non si baciano in pubblico, per non parlare di quanto fosse strano che, delle due, lui stesse baciando Carol anziché chi avrebbe desiderato davvero.

Porca puttana.

Ma Macey non pareva amareggiata. «Cercavo indizi per capire quale direzione abbiano preso i ladri» spiegò, mentre si avvicinava. «Speravo di poter scorgere la loro auto mentre fuggivano, in fondo sono uscita solo pochi minuti dopo di loro...»

«Buona idea» raffazzonò Grady. Tutti avevano pensato più a congratularsi con lui e a gioire di essere ancora vivi, piuttosto che a inseguire i banditi. «E hai trovato qualcosa di interessante? E comunque li chiamerei *aspiranti assassini* più che ladri.»

Gli rivolse un sorrisetto. «Giusto. E, se potete» soggiunse con un cenno a Carol, «cercate di godervi il resto della serata. C'è una luna così bella.» Quindi riprese il suo giro di perlustrazione attorno al museo e scomparve nel buio.

Grady non si era accorto di fissare il punto in cui era scomparsa finché Carol non parlò. «Se ne va in giro da sola così? Con il buio e degli *aspiranti assassini* in giro? E perché cerca lei le prove? Non sono cose a cui dovrebbe pensare la polizia? E comunque, chi diamine è lei?»

Come in risposta a quella sequela di domande, il rumore delle sirene in avvicinamento fendette l'aria, proprio mentre l'automobile inviata per Carol, la vettura privata del Colonnello, si accostava al marciapiede, dando a Grady un'ottima scusa per evitare di rispondere.

«Scappo al *Tribune*» disse, accompagnandola fino al veicolo.

«Ti rivedrò presto, Jameson?» chiese guardandolo con un sorriso malizioso.

«Credo proprio di sì» rispose, sobbalzando appena, come gli capitava quando udiva il suo nome di battesimo, che gli era sempre sembrato ridicolo, e riuscì a sorriderle.

«Sei stato un vero eroe, stasera» ripeté forse per la dodicesima volta. «E sono davvero orgogliosa di conoscerti.»

La fece entrare in macchina, le diede un fugace bacetto sulla fronte e si allontanò di corsa. Una notte di lavoro era proprio quello che ci voleva per distrarlo.

Oltre a uno stramaledetto titolo cubitale in primissima pagina.

Grady stava giusto terminando la stesura definitiva dell'articolo, quando un'ombra si allungò sulla sua scrivania.

«Arriva, arriva» disse senza neanche sollevare la testa. Il Colonnello gli stava col fiato sul collo da un'ora buona, determinato a portare l'articolo ai compositori in tempo per la prima edizione del mattino.

«Grady, si tratta di tuo zio.» Si bloccò, sentì il corpo raggelare e sollevò lo sguardo. McCormick era lì e aveva un'espressione terribilmente seria. «Ha appena chiamato l'agente Montrose, ti hanno cercato dappertutto. Devi correre subito in ospedale.»

Era come essere precipitato in un pozzo scuro e profondo di acqua gelida. Si alzò lentamente in piedi. «Cosa è successo?» balbettò, mentre spaesato, cercava in giro il cappello e il cappotto rendendosi conto di indossare ancora la giacca del frac e di non avere altro.

«Un'aggressione, ma non mi hanno fornito altri dettagli. Mi hanno solo detto che devi recarti subito là. Ho già mandato a chiamare la macchina, così non dovrai guidare in questo stato e non perderai tempo a parcheggiare.»

«Grazie.» Riuscì a ignorare il ronzio nelle orecchie abbastanza per aggiungere: «È finito», accennando all'articolo ancora dentro la macchina da scrivere. Poi si precipitò fuori dalla stanza e giù per le scale, senza neppure attendere l'ascensore. Il terrore gli stringeva il petto.

Ti prego Linwood, no, non morire anche tu.

MACEY FECE il giro dell'*Institute of Art* osservando il terreno con attenzione, ma non trovò niente che potesse indicarle la direzione presa dai ladri. Brancolò per più di un'ora nel buio, illuminato solo dalla luce della torcia e da qualche sparuto lampione, alla ricerca di prove. Forse, alla luce del giorno, sarebbe emerso qualcosa.

Nel frattempo, non poteva fare a meno di pensare a quanto Grady si fosse dimostrato scaltro, abile e coraggioso quella sera. Senza di lui, sarebbero di certo saltati tutti in aria. Sentì una fitta al cuore e desiderò con tutta se stessa poterlo ringraziare di persona per aver salvato lei e tutti gli altri.

Era quasi l'una quando abbandonò le ricerche e si rese conto solo in quel momento di non sapere dove andare, ora che si era dimessa da Capone. Le sovvenne anche che aveva delle cose da riprendersi nell'appartamento al Lexington, ma non sapeva se l'avrebbero fatta ancora entrare.

Proseguì comunque lungo una Lake Shore Drive deserta e illuminata dalla luna, ancora vestita col vistoso abito rosso e le scarpe col tacco spesso, e decise che avrebbe fatto un tentativo. Forse riusciva ad arrivarci prima di Capone o magari lui non l'avrebbe fermata. Forse gli aveva insinuato un po' di *sacro terrore*, com'era solita dire Melissa, la sua madre adottiva.

E concentrarsi su quel problemuccio era assai meglio che ripensare a Grady e Carol McCormick che si sbaciucchiavano al chiaro di luna.

Per quanto la scena l'avesse sorpresa e addolorata, era un'ottima cosa, si ripeté. Era un bene che lui avesse trovato *più verdi pascoli* o, quantomeno, meno pericolosi: non era affatto convinta, in effetti, che i cosiddetti *pascoli* della signorina McCormick fossero più verdi... al limite più ricchi, quello sì.

Anche se ormai aveva tagliato i proverbiali ponti fra sé e Capone, non voleva dire che avere a che fare con lei fosse, per Grady, meno rischioso. I vampiri avrebbero potuto riservarle lo stesso trattamento del padre e distruggere chiunque o qualsiasi cosa a cui tenesse.

Soprattutto ora, che aveva un Iscariot vendicativo alle calcagna... rabbrividì. L'avvertimento di Flora, e il fatto che lui non fosse uscito illeso dal loro scontro, facevano di lei un vero e proprio bersaglio per il capo dei vampiri. Avrebbe dovuto essere più che cauta, oltre che coraggiosissima e fortissima.

Eppure, all'improvviso, sentì il cuore leggero. Aveva al suo fianco Chas e Sebastian e, ora che si era tolta Capone dai piedi, poteva collaborare con loro, elaborare piani e strategie, allenarsi con Temple e visitare il negozietto di cappelli della zia Cookie. Si sentiva a *casa*.

Poteva lasciarsi alle spalle Grady e vedere come si sarebbero evolute le cose con Chas.

Sotto la pallida luce della luna, un accenno di sorriso le distese le labbra, nonostante il pesante grumo di tristezza e senso di colpa che sentiva nel profondo: si sarebbe dissolto prima o poi, ne era certa e, quantomeno, non avrebbe compiuto gli stessi errori del padre. Non si sarebbe resa responsabile della morte di qualcuno che amava.

Aveva già superato diversi isolati quando si rese conto che i piedi non l'avevano portata al Lexington bensì alla chiesetta di Old St. Patrick, dove aveva incontrato quella vecchietta. Il campanile elegante, così vecchio da essere alto la metà degli edifici più moderni che lo circondavano, proiettava sul marciapiede la sua ombra sormontata da una croce.

Mentre la guardava, riflettendo se avvicinarsi o magari persino entrare, rammentò le parole che la vecchietta le aveva rivolto. *Hai ancora il rosario? Quello che ti ho dato? Tieniti il rosario sempre vicino. Ne avrai bisogno.*

Si bloccò. Quelle parole, quell'ammonimento le tornarono prepotenti alla mente e le fecero venire la pelle d'oca. Non sapeva dove fosse finito, ma ricordava bene dove lo aveva visto l'ultima volta: nel suo vecchio appartamento sopra a quello della signora Gutchinson.

Non era al Lexington che doveva andare, ma alla pensione dove viveva prima. Era lì che avrebbe passato il resto della notte, cioè quel paio d'ore che restavano prima dell'alba. Aveva ancora molte cose lì e non c'era anima viva. Nessuno l'avrebbe disturbata, né la sarebbe andata a cercare.

Poteva forse recuperare il rosario. Visto quanto si era rivelato utile il ciondolo a forma di croce per ustionare il viso di Iscariot, capì di aver bisogno di tutto l'aiuto possibile.

Non lo trovò da nessuna parte. L'elettricità era stata tagliata, ma per fortuna Macey aveva la torcia, anche se non riuscì comunque a ritrovare il rosario. Non che quel coso significasse qualcosa per lei, non essendo né cattolica, né particolarmente religiosa, ma si sentiva in colpa e a disagio per averlo perduto.

Stanca e addolorata, guardò l'alba sorgere dalla finestra della camera, la stessa sul cui davanzale aveva appoggiato il rosario la notte del suo primo incontro con un vampiro. L'aveva messo lì dopo essere riuscita a impalare l'intruso, nella speranza che tenesse alla larga altri eventuali non-morti.

Grady lo aveva notato ed era così che aveva scoperto il suo segreto.

Non aveva mai pensato alla straordinaria casualità di aver ricevuto in regalo il rosario poche ore prima di dover affrontare il suo primo vampiro.

Non poteva essere una coincidenza, come non lo era il fatto che la vecchietta voleva che lei lo avesse.

Forse sarebbe dovuta tornare a parlare con lei, scoprire qualcosa di più. Capire cosa fare se non ritrovava la corona.

Scosse la testa e si alzò in piedi, inquieta, frustrata e impaziente. Era l'alba. Doveva andare, tornare al *Siver Chalice* e alla stanza segreta sotto il negozio di Cookie, e rimettere insieme la sua vita, così come doveva essere.

Decise di non prendere un taxi bensì di andarci a piedi, e si rivelò un'ottima decisione perché, agli angoli delle strade più trafficate, c'erano gli strilloni che sventolavano a gran voce il giornale del mattino.

Macey non poté fare a meno di prendere una copia del *Tribune* che, naturalmente riportava in prima pagina, a titoli cubitali: *Allarme bomba al gran galà, i responsabili ancora a piede libero*. La firma in calce era, ovviamente, quella di *J. Grady*. Ad attirare la sua attenzione però, non fu la fotografia di Grady e Rob McCormick accanto alla disinnescata Betsy, circondati dalla *crème de la crème* della Chicago bene, bensì un articoletto posto più in basso. *Poliziotto aggredito ridotto in fin di vita*. Lo scorse e si sentì morire. Tremava per il freddo e la nausea.

Che cosa ho fatto?

«Taxi!» urlò, correndo verso Michigan Avenue. «Taxi!»

Per fortuna un'auto accostò subito e lei si precipitò dentro, col cuore e lo stomaco in tumulto. «Al St. Joe Hospital, presto.»

Oh, Dio, fa' che non muoia! Fa' che non muoia.

MACEY RAGGIUNSE trafelata il piano giusto dell'ospedale. Si scapicollò lungo il corridoio della terapia intensiva, ignorando gli sguardi basiti di infermieri e pazienti, e si fermò di botto fuori dalla stanza 340.

Sconvolta, col cuore a mille, inspirò a fondo e sbirciò oltre la soglia.

Grady era lì: su una sedia accanto al letto col capo chino. Macey smise di trattenere il fiato quando vide che il paziente non era coperto, come temeva, dalla testa ai piedi con un lenzuolo.

Entrò e la testa di Grady si sollevò di scatto, girandosi verso di lei. Spalancò gli occhi per la sorpresa, occhi segnati da stanchezza, dolore e ansia profondissimi. Aveva profonde occhiaie e un disperato bisogno di farsi la barba e, come Macey, indossava ancora gli abiti eleganti della festa: non si era nemmeno tolto la giacca, che gli penzolava aggrinzita e spiegazzata dalle spalle e che, probabilmente, non sarebbe più tornata come prima. Era spettinato e le guance erano scavate dall'afflizione.

Non c'era nessun altro nella stanza, a parte Linwood che riempiva il silenzio coi suoi respiri affannosi. Aveva gli occhi chiusi e la pelle mortalmente pallida. Una vistosa fasciatura gli copriva parte del collo, la gola e una spalla, lasciati scoperti dal lenzuolo. Grady teneva una mano dello zio fra le dita agili, una mano grande quanto la sua ma troppo esanime e pallida per apparire altrettanto forte.

«Che ci fai qui?»

Non c'era traccia di sacrosanta rabbia o provocazione in quelle parole. Avrebbero potuto essere infuse di collera e biasimo, ma non lo erano. Grady pareva piuttosto sorpreso, forse persino sollevato.

Macey si avvicinò, osservando il corpo inerte di Linwood. Di nuovo il rantolo del suo respiro fu, per un momento, l'unico suono udibile.

«L'ho letto sul giornale. Ho capito subito di cosa si trattava.» Non c'era bisogno di dirlo esplicitamente: era chiaro che il detective Linwood, e gli altri due poliziotti che erano con lui, erano stati attaccati dai vampiri.

Un attacco che lei avrebbe potuto impedire, se avesse fatto il suo lavoro anziché lasciarsi manipolare e soggiogare da Capone. Sentì lo stomaco contorcersi e ringraziò il cielo di non aver mangiato niente dalla sera prima, o avrebbe rimesso.

«Lo hanno portato qui già privo di coscienza. Speriamo solo che si svegli.» Grady parlava con voce ferma e sommessa e tornò a guardare lo zio mentre Macey si accostava ai piedi del letto. «Gli avevo chiesto di venire al galà, ieri sera. Non doveva neppure essere in servizio. Ma voleva seguire una pista su quei falsari…»

«Quelli che hai scoperto tu?» chiese, percependo il senso di colpa nella voce. «Non sentirti responsabile» aggiunse secca, lasciando trapelare la rabbia e il senso di colpa che la attanagliavano a sua volta. «In *questo*» proseguì additando Linwood, «tu non c'entri assolutamente niente.»

«Non ho altri che lui. Se solo non avesse tentato di aiutarmi, ora lo zio-»

«*No*» sussurrò decisa, trattenendo a stento le lacrime di frustrazione e dolore. Le tremavano le mani. «Non dirlo neppure per scherzo. Se c'è qualcuno da incolpare, quella sono io… se avessi fatto il mio dovere, questo non sarebbe accaduto. Avrei dovuto essere fuori a caccia ieri notte. Avrei dovuto…» Si bloccò e, all'improvviso tutto ebbe drammaticamente senso.

Era stato Nicholas Iscariot. Per forza.

L'orrore e la paura le dettero le vertigini. Quale miglior modo per arrivare a lei, per distruggerla e torturarla, che non distruggere e torturare qualcuno che lei amav- qualcuno che le era molto caro? E non uccidendo o attaccando lui direttamente bensì assalendo e ferendo qualcuno che *lui* amava a sua volta, facendo sprofondare entrambi nel dolore e nell'angoscia... finché Iscariot non fosse infine arrivato a distruggere Grady stesso.

E chiunque altro a cui lei tenesse.

«Stai bene?» Grady si alzò, proiettando la sua ombra imponente sulle lenzuola bianche del letto.

Distanze enormi sembravano dividerli, un golfo, il Lago Michigan, le Montagne Rocciose, una distesa sconfinata e senza nome... eppure lo sentiva, percepiva il suo calore, la sua presenza, la sua energia.

Non la toccò, ma fu come se lo avesse fatto. Si guardarono, gli occhi si incrociarono, angoscia e senso di colpa, stanchezza e rimpianto. Qualcosa fece smuovere il grumo di tristezza che ancora le pesava sul cuore.

«Mi dispiace tanto» sussurrò Macey deglutendo a fatica. Lui annuì. «Che dicono i dottori?»

Il danno era fatto. Aveva capito la lezione. Forse Linwood avrebbe recuperato... ma ferite di quel genere, quella gola e quel corpo dilaniati, non erano un semplice attacco fatto da un vampiro per nutrirsi, no, erano un'aggressione. Un avvertimento.

Proprio come con la signora Gutchinson. E Chelle. Macey serrò i denti e strinse i pugni, rammentandosi la forza che possedevano le sue mani. Ora aveva un motivo in più per cercare Iscariot, affrontarlo e farla finita.

«Non lo sanno neanche loro. Hanno fatto tutto il possibile. Ora non resta che aspettare. E pregare che si svegli.»

Macey annuì. *E pregare.* Spalancò gli occhi. Il rosario! Forse Grady sapeva dov'era, visto che era stato lui a raccogliere un po' delle cose di Macey, dopo aver ritrovato la signora Gutchinson morta nel suo appartamento. Forse in quell'occasione lo aveva visto. Lei aveva ricordi piuttosto confusi di quel terribile momento...

«Grady» sussurrò. «Non è che ti ricordi di quel rosario che avevo? Quello con il grano rosa e quella piccola crocetta in più?»

Fece cenno di sì, come se quella domanda, un po' fuori luogo, non l'avesse colto affatto di sorpresa. «Ce l'ho io. Lo misi nella borsa insieme alle tue cose, quel giorno. È ancora tutto a casa mia.» Come avesse potuto dare quella spiegazione senza suonare recriminatorio, era un mistero, visto e considerato che *quel giorno* era andata a letto con lui e poi era fuggita via con Chas, e quest'ultimo aveva pure dato un pugno a Grady per impedirgli di seguirli. Da allora non era più tornata. Non lo aveva visto per mesi, se non per dirgli rapidamente addio.

Era dura, maledizione.

Cercò di mettere da parte le emozioni e concentrarsi sui fatti. «Mi servirebbe. Il rosario, dico. Per favore» aggiunse dopo un po'. «È importante... per tutto.»

Lui distolse lo sguardo che tornò a fissare Linwood e lei si affrettò a proseguire: «Dimmi solo dov'è. Non c'è bisogno che lo lasci solo.» Anche se forse sarebbe stato meglio. Molto, molto meglio.

Prima che Grady potesse rispondere, la porta si aprì ed entrambi si voltarono per veder entrare un'infermiera e un dottore.

«È ancora qui, lei?» borbottò il medico, andando a controllare il malato. «Dovrebbe riposarsi un po' signor Grady, è stato qui tutta la notte.» L'infermiera, che non doveva avere più di vent'anni, gli carezzò il braccio, poi vide Macey e il sorriso dolce con cui lo guardava si fece rigido.

Grady scambiò qualche parola col dottore e Macey si allontanò per concedere loro la giusta privacy. Poi Grady la prese per un braccio e la sospinse fuori dalla stanzetta.

«Devo comunque andare a casa a cambiarmi. Il dottore ha detto che è stabile, non è migliorato ma neanche si è aggravato.» Aveva il volto tirato e gli occhi tristi.

L'ultima cosa (beh, forse non proprio *l'ultima*) che Macey avrebbe voluto era tornare a casa di Grady con lui, ma non vedeva altra soluzione. E, almeno stando alle parole della vecchietta, il rosario le serviva.

Anche se magari non c'era poi tutta quella fretta.

Non è che doveva riaverlo per forza da lì a un minuto.

«Buon Dio, Macey, di cosa hai paura, eh?». La voce bassa e irosa di Grady interruppe i suoi pensieri e si accorse che ancora le teneva il braccio.

«È solo che non voglio costringerti» fu la sua poco convincente risposta.

Mormorò qualcosa di poco educato e poi incalzò: «Vieni o no?». Gli occhi guizzarono, blu e tempestosi, e la mascella si tese.

«Sì». Non che avesse molta scelta.

Il quartiere dove viveva Grady rispecchiava chiaramente le sue origini irlandesi, pieno com'era di insegne di negozi appartenenti ai vari O'Brien e Garrick, nonché in virtù della presenza di ben due chiese cattoliche, a nemmeno cinque isolati di distanza. Viveva in una casetta monofamiliare di mattoni, a due piani: uno inferiore, pulito ma disordinato, e la stanza di sopra che Macey conosceva fin troppo intimamente.

Non ne era sicura, ma forse quella villetta a facciavista era stata la casa degli zii. Tuttavia, se le cose stavano così, dove viveva adesso Linwood, dopo che la moglie era rimasta uccisa in una sparatoria fra gangster? Macey non lo sapeva e certo non intendeva chiederlo.

Pregava e sperava solo che, ovunque fosse casa sua, Linwood vi potesse tornare presto.

«Torno giù subito.» Grady le fece cenno di sedersi sul vecchio divano di tweed marrone. Lei lo ignorò e si mise a gironzolare per la stanza, osservando le pareti piene di libri, mentre lui andava in camera, presumibilmente a cambiarsi d'abito. Come durante le precedenti visite, la bibliofila che era in lei apprezzò non solo il gran numero di volumi sugli scaffali, ma anche la varietà di argomenti che trattavano: c'era di tutto, dalle opere di narrativa (incluse alcune storie di vampiri), a manuali di chimica, anatomia, fisica, ingegneria, storia e una miriade di altri soggetti.

Accanto al divano c'era un tavolino quadrato, con vari graffi e gli angoli sbrecciati, con sotto una pila di giornali e sopra un'accozzaglia di lucchetti, fili, catene, chiavi e grimaldelli. Beh, quella era una risposta, intanto.

Che le fece venire in mente un'altra domanda, per cui si diresse verso il caminetto sormontato da una mensola zeppa di foto. Si mise a osservarle e trovò quasi subito quella che ricordava, in cui c'era Grady a fianco del famoso Harry Houdini. Allora non se l'era immaginata! Quando poi notò che, nella foto, Grady indossava la divisa dell'esercito britannico, anche altri interrogativi iniziarono a trovare risposta.

Stava osservando una foto che ritraeva senz'altro Linwood e sua moglie, quando le scale scricchiolarono e cigolarono a segnalare che Grady stava scendendo. Macey si voltò verso di lui e lo trovò molto meglio, con pantaloni meno eleganti e una camicia azzurra con il primo bottone lasciato aperto. I capelli umidi erano più arricciati del solito e di un colore che ricordava più il carbone che non il cioccolato. Non si era rasato però e la barba scura gli dava un'aria molto poco raccomandabile.

Le sorrise e le consegnò la sua borsa. «Direi che anche tu avresti bisogno di darti una rinfrescata. Immagino che quelle scarpe non siano molto comode.»

Oh, no, no, no. Non doveva caderci. Doveva allontanarsi quanto prima da quella casa e da lui. «Sono a posto. Il rosario è qua dentro?» Aprì la borsa ma, prima ancora che potesse iniziare a rovistare, lui rispose: «No, è qui.» Non insistette oltre per farla cambiare, forse aveva voluto solo essere educato, e forse era tanto desideroso di sbarazzarsi di lei quanto lo era Macey di andarsene. Chissà, magari doveva arrivare la signorina McCormick.

Il pensiero le dette la nausea, ma fece finta di niente.

Quella era l'ultima volta che avrebbe dovuto o osato vedere Grady, e se lui desiderava fissare rapito le gambe della signorina McCormick e accompagnarla al cinematografo, tanto meglio per tutti.

L'uomo si era intanto avvicinato alla finestra aperta che dava sulla casa accanto, così vicina che si udivano le voci dei bambini che giocavano, e raccolse qualcosa dal davanzale. Il rosario.

«Ho pensato non facesse male tenerlo qui.» Non faceva mistero delle sue misure di sicurezza, pareva affrontare invece con determinazione e pragmatismo il fatto che i vampiri esistessero e potessero attaccarlo.

Forse però non immaginava quanto fosse altamente probabile che accadesse.

Macey si avvicinò per prendere il rosario e passò la mano sulle tre croci intagliate nel legno della finestra, che Grady aveva riempito, al pari delle altre incise in tutti i punti di accesso alla casa, con dell'argento benedetto in chiesa e poi fuso, in modo da poter essere colato nei solchi. L'aveva fatto dopo aver letto un libro intitolato *I Cacciatori* scritto da qualcuno che conosceva, solo in parte, i segreti dei Gardella. Tuttavia, almeno le informazioni sulle croci d'argento, e sul fatto che i non-morti non potessero attraversare una soglia senza essere stati invitati, erano accurate.

Ma i vampiri erano furbi e scaltri e spesso trovavano il modo di farsi invitare in casa, come era successo con la signora Gutchinson.

«Grazie» mormorò Macey, realizzando che il vestito da sera che ancora indossava non aveva tasche dove riporre il rosario. Se lo infilò così a mo' di collana, facendo scivolare la lunga appendice sotto il luccicante abito rosso.

Grady parve sul punto di dire qualcosa, ma lei lo prevenne, voltandogli le spalle e tornando verso il divano. «Allora è così che ti eserciti» sorrise indicando l'ammasso di lucchetti e grimaldelli. «Grazie al cielo che lo fai.»

«Molti trucchi li ho imparati da Houdini. È stato un mentore formidabile per me.»

«L'ho visto nella foto. Eri nell'esercito britannico? Come lo hai conosciuto?»

«Non molte persone lo sanno ma, durante la Grande Guerra, Houdini ha addestrato migliaia di soldati americani e inglesi. Per ovvie ragioni la cosa è segreta. Ci mostrò alcuni trucchi di escapologia, incluse le tecniche per scassinare serrature e come fare se ci trovavamo intrappolati in un sottomarino, cosa che, ringraziando la Santa Vergine, non mi è mai successa. Pensava che quelle conoscenze potessero darci qualche chance di fuga nel caso fossimo stati catturati dai tedeschi. Alcuni di noi erano persino equipaggiati con scarpe speciali coi tacchi vuoti, dove si potevano nascondere piccoli grimaldelli e altri oggetti.» Fece un sorrisetto sghembo. «Ieri sera non avevo con me le mie perché non si intonano molto col frac, per questo ho preso in prestito la tua forcina.»

«Hai salvato molte vite ieri, inclusa la mia. Grazie. Sei stato geniale e molto coraggioso.»

Il sorriso fu cancellato da un'espressione seria. «Non è molto diverso da quello che fai tu.»

«E invece è ben diverso da quello che faccio io.»

«Davvero?» La fissò coi profondi occhi blu. «Voglio vendicarmi di quei bastardi, Macey. Dei vampiri che hanno conciato mio zio in quel modo e ucciso tanti altri innocenti, come quella Jennie Fallon, te la ricordi? Come ben sai, seguo questi casi da mesi.»

Macey annuì. «Ti prometto che me ne occuperò personalmente.»

«Eh, no» proseguì in tono aspro. «Non crederai che me ne starò buono da una parte ad aspettare che te ne *occupi* tu.»

Fu colta da una paura improvvisa. «No, Grady, niente da fare. Non puoi… non hai le abilità, le conoscenze, il-»

Si avvicinò a lei, gli occhi che brillavano. «Posso impugnare un paletto e una croce come chiunque altro. E come hai potuto apprezzare ieri sera, sono tutt'altro che uno sprovveduto. Anzi, sono piuttosto bravo a salvarmi il culo. Lo faccio da quando la mia povera mamma mi ha abbandonato per le strade di Dublino a dieci anni. Non me ne starò in disparte e lasciare che tu rischi-»

«*Lasciare che io…*? È il mio compito, la mia eredità. Sono stata scelta per affrontare questa vita, mi sono state date abilità e capacità che tu neanche immagini. Io sono *addestrata* ed *equipaggiata* per uccidere i vampiri e tu no. Grady, tu *no*.» La voce le venne meno e dovette buttar giù il groppo di terrore che le stringeva la gola.

«Ho le *mie* abilità e sono uno che impara alla svelta, cazzo.»

«Non hai idea di cosa siano capaci i non-morti.» Aveva la voce rotta per la paura e la disperazione e le mani serrate a pugno.

«L'ho visto coi miei occhi di cosa sono capaci, Macey.»

Non lo aveva mai visto così prima d'ora… così determinato, arrabbiato, freddo, duro e chiuso in se stesso. L'accento irlandese era totalmente scomparso.

«Tu non hai idea di cosa sia capace *io*» sibilò Macey.

«Dopo aver vissuto nei bassifondi di Dublino e aver provato gli orrori della guerra, non ho paura né di te, né dei non-morti.»

Macey non riuscì più a controllarsi e reagì, quasi senza rendersi conto di quello che stava facendo. In un attimo si alzò e sbatté Grady contro il muro, tenendolo sollevato a diversi centimetri da terra e oltre la propria testa.

Lui la guardò dall'alto con gli occhi sgranati mentre lei, stringendogli la camicia appena sotto il livello delle spalle, lo bloccava. Non ansimava neppure, come se lo sforzo fosse minimo e lo fissava negli occhi per farglielo capire. La forza con cui lo teneva era quella di diversi uomini.

«*Santo cielo*» mormorò.

E la baciò.

Quando la prese per le spalle e chinò la testa per baciarla, per Macey fu uno shock e lasciò la presa. I piedi dell'uomo toccarono terra e lui, senza smettere di stringerla a sé, le coprì di nuovo la bocca con le sue labbra ardenti e vogliose.

Macey perse la testa, non esisteva altro che il suo sapore, il profumo ben noto della sua pelle, la sensazione dei loro corpi l'uno contro l'altro. La stringeva fra le braccia forti, non certo dotate della forza sovrumana e straordinaria dei Cacciatori, ma con un'energia che andava oltre quella puramente fisica.

Le mani di Macey gli scivolarono sul collo, andando a trovare i capelli umidi e la pelle calda, e lo trasse a sé per assaporarlo meglio. Le lingue si intrecciarono, scivolando e cercandosi, premendo e agitandosi e una fiammata di piacere parve avvilupparla, per poi scendere giù verso il bassoventre. Le ginocchia cedettero un poco, e suoi occhi erano chiusi quando la bocca di lui scivolò di lato a lambirle le guance mormorando contro la pelle qualcosa in irlandese.

Macey vibrava di piacere, mentre quella bocca incredibile le sfiorava il lato del collo e la parte più sensibile della gola, e le mani le cullavano la testa carezzandole dolcemente la nuca morbida. Ma fu quando lo sentì prendere il rosario e sfilarlo da sotto il vestito che si riprese.

Si bloccò e...

«No. *No.*» Si staccò da lui e fu semplice, non solo per la sua forza sovrumana, ma perché lo colse alla sprovvista.

La mente era un vortice di pensieri che esplodevano mentre il corpo era caldo, bagnato e tremante. Ed era terrorizzata. «Non posso... non possiamo... ascoltami Grady, devi capire che io appartengo a un mondo di cui tu non puoi far parte.» Le parole le giungevano alle labbra prima che avesse tempo di rifletterci e dar loro senso. «Sarai pure un bravo borseggiatore e un abile scassinatore, ma dare la caccia ai vampiri, combatterli e impalarli è tutt'altra cosa.»

Un'espressione caparbia gli si disegnò sul viso, aveva il respiro affannato e gli occhi, fino a pochi istanti prima socchiusi per il piacere, ora erano ridotti a fessure per la rabbia e la frustrazione. «Non puoi tenermi lontano, Macey, né da te né da quei vampiri del cazzo. Questo...» proseguì comprendendo con un gesto lei, loro, il bacio appassionato che si erano appena scambiati e la tensione pulsante, «è qualcosa che non puoi negare.»

Macey cercava disperatamente un modo per fargli capire la situazione, perché aveva paura, una paura tale da non poterla sopportare. Già era un incubo che a causa sua lui fosse diventato un bersaglio per i vampiri, ma che ora volesse pure mettersi a dar loro la caccia... ucciderli per conto suo... andarli a *cercare*?

E voleva stare con lei, aveva quest'idea balzana che potessero combattere insieme! Ed essere cosa, una squadra? Non finché lei avesse avuto vita in corpo.

Doveva farglielo capire, non esisteva che finisse come Felicia. Né lei come suo padre.

«Io non posso» disse, decisa. «Fare questo. Stare qui e poi ora… sto con Chas. Avevi ragione tu. È qualcosa di più di un amico.» Cercò di mantenere un'espressione seria e fredda, perché, per Dio, doveva farglielo entrare in testa. Doveva respingerlo. «Ho trovato quello per cui sono venuta qui, grazie.» Sventolò l'appendice del rosario e la fece scivolare di nuovo nello scollo. «Ti giuro che mi occuperò di chi ha fatto del male a tuo zio. Ma tu stanne fuori Grady, sta' lontano da me e da loro, intesi?»

«Altrimenti cosa?» sibilò, gli occhi brillavano di nuovo ed era di nuovo così vicino… «Mi sguinzagli contro il tuo fidanzato?»

Quel tono sprezzante lasciava presagire che forse l'aveva ferito davvero.

Ottimo. Le dispiaceva ma, per quanto doloroso, era necessario.

Riuscì a non piangere e a mantenere salda la voce. «Lascia che ce ne occupiamo noi, Grady. Sappiamo quello che facciamo. Tu continua a scassinare lucchetti, catturare criminali umani e scrivere storie per il giornale.»

Grady si ritrasse, come se lo avesse colpito fisicamente, ma Macey non si fermò, non poteva concedersi ripensamenti. Si diresse decisa alla porta e stavolta lui non fece niente per fermarla, tuttavia, giunta sulla soglia, si soffermò un attimo e si voltò un'ultima volta verso di lui. «Quanto a Linwood… mettigli dell'acqua salata benedetta sulle ferite. Gli farà bene.»

E poi, non sentendosi più in grado di indossare quella maschera, superò la porta e corse in strada. Non sapendo dove andare, si diresse verso casa di Chas.

In fondo andava dicendo di stare con lui, tanto valeva dar seguito alle proprie parole.

Una collera scabra e la consapevolezza della dura realtà le davano molta energia, per cui decise di non passare per la porta principale, dato che era mattino inoltrato e, se Chas era in casa, stava di certo dormendo. Raggiunse invece una stradina sul retro dell'edificio e spiccò un balzo, alto abbastanza da tirar giù la traballante scala antincendio da cui si poteva accedere alla finestra di Chas.

La scala cigolò e gemette mentre la posizionava, lieta di sfogare parte dei suoi sentimenti repressi con un po' di sano sforzo fisico.

Era esausta perché non aveva dormito e per le numerose emozioni che aveva provato nelle ultime ore. Si sentiva come fosse su una giostra al *Luna Park* di Coney Island a New York, di cui aveva letto da qualche parte. Era sul punto di esplodere.

Tirata giù la scala, salì e la tirò di nuovo su, quindi sbirciò attraverso la finestra nel soggiorno di Chas. Era deserto, ma non se ne stupì. La finestra era chiusa, ma grazie alla sua potenza riuscì a forzarla e ad entrare. A quanto pareva, lui di solito passava per la porta.

Si voltò per richiudere la finestra e vide che c'era una croce d'argento inchiodata. Si rese poi conto che l'aria all'interno era calda e viziata e decise di lasciarla un po' aperta.

Fu allora che sentì odore di sangue.

Tanto sangue.

MACEY AVEVA il cuore in gola. E poi vide le tracce… chiazze di sangue sul pavimento del breve corridoio che portava alla camera.

«Chas?» chiamò attraversando di corsa il soggiorno deserto, diretta all'unica stanzetta da letto sul retro. «Chas?»

L'odore di sangue era ancora più intenso lì e Macey, cominciando a temere cosa avrebbe trovato, si soffermò per una breve preghiera prima di aprire la porta.

Chas era lì, raggomitolato nel letto, le lenzuola e i vestiti macchiati di sangue. Respirava, anche se il respiro era rantolante e affannoso: Macey vedeva il petto beccheggiare mentre si avvicinava.

«Mio Dio, Chas!»

Con cautela lo stese sulla schiena, irrigidendosi di fronte ai suoi lamenti e poi trasalì, in preda al terrore. *Oh mio Dio!* «Chas!»

Era ridotto male. Sangue fresco, sangue rappreso, ferite slabbrate e tagli netti. Ma gemeva e le palpebre si muovevano.

«Vaffan… culo» balbettò. Aveva lo sguardo vitreo e febbricitante, ma l'espressione arrabbiata e la parola che era riuscito a esalare erano chiarissime.

Avrei dovuto accompagnarlo, la notte scorsa. Oddio, cosa ho fatto?

Non c'era tempo da perdere. Poco importava se era, e per di più a buon diritto, incazzato con lei: doveva aiutarlo. E alla svelta.

Macey tornò nel cucinotto e si mise a rovistare nella credenza, finché non trovò due grossi barattoli di vetro che puzzavano ancora un po' di whiskey e se li mise sotto il braccio. Poi prese il contenitore del sale, di cui, per fortuna, Chas aveva una bella scorta a portata di mano e mise tutto sul tavolo.

Uscì dall'appartamento chiudendosi la porta alle spalle e attraversò, correndo, il cortile fino alla chiesetta di St. Anselm, congratulandosi più volte con Chas per la felice scelta di vivere accanto a una chiesa.

Scivolò dentro mentre era in corso la messa di mezzogiorno o almeno così immaginava, dato che le panche erano piene di gente che cantava e il prete camminava su e giù lungo la navata.

Macey ignorò le poche persone che si voltarono per guardarla, cercò invece l'acquasantiera nel vestibolo, riempì i barattoli e tornò da Chas. Neanche un minuto dopo era in camera sua, coi due vasi di acqua santa debitamente salata.

«Scusami» sussurrò cominciando a versargliela addosso, bagnandogli la pelle, i vestiti e le lenzuola.

Chas urlò, inarcando la schiena e contorcendosi per il dolore causatogli dall'acqua benedetta che sfrigolava e fumava al contatto con le ferite. Le imprecò contro e gridò, raggomitolandosi di nuovo e costringendo Macey a rimetterlo sulla schiena. Lacrime di angoscia le rigavano le guance, mentre lo sottoponeva a quella tortura, che però era anche l'unico modo, l'unica speranza. Era più di là che di qua, così malridotto e quasi dissanguato, solo un miracolo avrebbe potuto salvarlo.

Chas tremava come in preda a convulsioni, imprecava, singhiozzava persino quando Macey tornò dopo aver riempito i barattoli e di nuovo gliene versò addosso il contenuto. Lui urlò: «Vuoi lasciarmi morire in pace, cazzo?», ma lei lo ignorò e continuò a versagli acqua santa addosso, singhiozzando a sua volta e digrignando i denti mentre faceva una delle cose più difficili della sua vita.

Dopo la seconda dose di acqua, tornò nel soggiorno, cercò il telefono e chiamò il *Silver Chalice*.

Fece appena in tempo a identificarsi che Temple l'aggredì: «Dove cazzo sei? E dove cazzo sei stata finora?».

Macey riuscì a farsi ascoltare e l'altra si calmò abbastanza da capire le condizioni critiche in cui versava Chas. «Sei da lui? Arrivo subito.» Non disse altro, ma Macey percepì chiaramente il rancore e il biasimo sottesi dietro a quelle poche parole.

Era tutta colpa sua: Linwood, Chas e chiunque altro fosse rimasto coinvolto, li aveva sulla coscienza.

Accecata dalle lacrime non versate e tremante per l'incertezza e la stanchezza, cercò asciugamani e lenzuola pulite e li portò in camera insieme a dei teli intrisi di acqua calda con cui dargli una ripulita. Tagliò i vestiti e tamponò piano le ferite, cercando di non muoverlo troppo. Chas ansimava, rannicchiato su un fianco, dolorante e rigido in risposta a quella tortura.

Quando cercò di farlo stendere ancora una volta sulla schiena, per ripulirlo sul davanti, gridò e spalancò gli occhi lucidi per il dolore. «Il braccio, porca puttana» soffiò rabbioso. «Smettila!». Poi rovesciò gli occhi all'indietro e svenne.

Macey non aveva mai letto tanta sofferenza sul suo volto e, ingoiando le lacrime, guardò meglio il braccio che doveva fargli male. Un conato di vomito le contrasse lo stomaco vuoto, alla vista di un pezzo di omero che spuntava attraverso il bicipite: non si era resa conto della frattura esposta finché non aveva ripulito il sangue.

«Oh mio Dio!» esalò. Cacciatore o meno, non c'era da stupirsi se chiedeva di morire. Da quanto era lì disteso in quelle condizioni? E come diavolo aveva fatto poi, a trascinarsi fino a casa? E perché, perché non era andato in ospedale?

«Chiamo un ambulanza. Hai bisogno di cure mediche» disse a voce alta, nonostante lui fosse incosciente e non potesse udirla.

Solo che *l'aveva* sentita, perché una mano le strinse con forza la coscia poggiata sul letto vicino a lui. Era chiaro che non era d'accordo e quella presa faceva *male*.

«Chas» lo rimproverò allontanandosi e si sentì ancora peggio nel vederlo sforzarsi di aprire le palpebre. Aveva gli occhi iniettati di sangue, il viso cereo, e le labbra tese in un'espressione furibonda.

«Morirai se non ti fai curare.» Il tono era quello acuto di una preghiera. *Ho bisogno di te.*

«Non… me… ne… frega… un… cazzo… è fin… troppo… tempo… che…»

Forse tutto sommato era meglio per lui distrarsi e sforzarsi di parlare, anziché concentrarsi sul proprio dolore. Riuscì in qualche modo a sollevare una mano e afferrarle un braccio con la sua presa d'acciaio. Lentamente ma inesorabilmente la trasse vicino a sé. «Sta' qui. Lasciami… andare.»

«Chas, ti prego.» *Non posso perdere anche te.* Cercò di staccargli le dita, di divincolarsi ma non ce la fece: o lui era troppo forte o lei troppo sfinita e scoraggiata. Si rese conto soltanto di essere crollata accanto a lui, singhiozzando sommessamente.

Che cosa ho fatto?

Infine sentì che mollava la presa. Il respiro era faticoso e irregolare, ma non si svegliò quando lei scivolò via e lo guardò, il braccio disteso e inerte lungo il fianco.

Sei una Cacciatrice. Sei forte. Rimettiglielo a posto.
Se non gli sistemi il braccio, non potrà più combattere.
Forse morirà.
Oddio.

Macey gli sfiorò il viso che ardeva di febbre e lui non si mosse. Era davvero fuori combattimento. Ma… era un'impressione o le ferite al petto e alla gola sembravano leggermente migliorate? Un poco meno brutte e infiammate? Non stavano sanguinando meno? Forse.

Bene. Il passo successivo era…

Poteva rimettergli a posto l'osso? La forza non le mancava…

Cercando di non pensare troppo a quello che andava fatto e di non chiedersi se stesse facendo la cosa giusta, tagliò quello che rimaneva della manica e scoprì il braccio muscoloso di Chas. Lo osservò bene per vedere come metterlo a posto, poi gli afferrò l'avambraccio, con le mani che riuscivano appena a cingerlo completamente, e inspirò a fondo per calmarsi. Quindi dette uno strattone, secco e potente.

Chas urlò, si svegliò e si tirò quasi su seduto, quindi ricadde sul letto. Era immobile e silenzioso, a parte il respiro ansante. Evidentemente era svenuto di nuovo o le avrebbe di certo rivolto un'altra sequela di offese. Se non peggio.

Tremando, Macey guardò cosa aveva fatto: l'osso non spuntava più fuori e il braccio sembrava essere *a posto*, nonostante la brutta ferita rossa e aperta circondata da un livido nero e viola. Quindi scappò dalla camera per andare a vomitare, ma dallo stomaco vuoto non uscì niente. Riprese il telefono e chiamò un'ambulanza, infine tornò alla chiesa di St. Anselm per riempire ancora una volta i barattoli.

Dove si era cacciata Temple?

Non sapeva se l'acqua santa avrebbe giovato alla frattura ricomposta e alla lacerazione ma, a quel punto, aveva esaurito le idee. Sapeva solo che ora che l'osso era a posto, bisognava scongiurare il rischio di infezione.

Non poteva perdere Chas. Come avrebbe fatto senza di lui? Come poteva restare da sola ad affrontare tutti i vampiri di Chicago?

Maledizione. Era quello che aveva dovuto fare lui mentre lei era invischiata con Capone.

Ho bisogno che tu faccia il tuo lavoro. Stanotte. Qualcosa bolle in pentola e potrebbe accadere che... e io non posso tenere a bada tutti i non-morti della città da solo.

Aveva ragione. E ora lui, lei e tutti quanti loro, stavano pagando per la sua inettitudine.

Sfiorò il rosario che aveva attorno al collo e mormorò una preghiera, quindi gli rovesciò due interi barattoli di acqua santa sul braccio e bagnò di nuovo tutte le ferite, male non avrebbe fatto. Chas sussultò e gemette nel sonno, trasalì, ma non si svegliò.

Chissà se era un bene o un male.

Macey sentì un rumore provenire dal soggiorno. Poiché non percepiva alcuna sensazione alla nuca, oltre al paletto recuperò anche la pistola che Chas teneva in un cassetto e uscì dalla stanza. Era ancora troppo presto per l'ambulanza.

«Temple!» la salutò sollevata. «Perché ci hai messo tanto? Ero preoccupata.»

Calma e gelida come sempre, la donna aveva i capelli corti ben pettinati, camicia e gonna perfettamente stirate, ma l'espressione sul volto era tesa come la corda di un arco. «C'ho messo giusto un'oretta, sorella, c'era traffico. E se qui c'è qualcuno che ha il diritto di chiedere dov'era qualcuno, quella sono io.»

«Lo so» rispose Macey, dando per la prima volta un'occhiata all'orologio. Era passata solo un'ora, in effetti, ma le era sembrata mezza giornata, e guardando dalla finestra capì perché: sebbene non se ne fosse accorta, il cielo si era riempito di pesanti nuvole che promettevano pioggia e schermavano la luce del sole, dando l'impressione che fosse tardi. «Mi sono liberata. Non tornerò più da Capone.»

«Era ora» sputò Temple, superandola per percorrere il corridoio fino alla camera. «Ce la farà?» disse indicando Chas col pollice.

«Lo spero.» Le spiegò le condizioni dell'uomo e aggiunse: «Non so neppure come abbia fatto ad arrivare fin qui, debole com'è. E perché non sia venuto da te o da Sebastian. Neanche so dove e quando è stato aggredito, ma sta' pur certa che lo scoprirò.»

«Sì, ma tu dove cazzo eri?» borbottò, acida. «Beh, comunque sia, forse è successo in quel vecchio teatro, l'*Iroquois*, che hanno riaperto e che ora si chiama *Oriental Theater*. Credo abbiano ultimato i lavori e che stasera ci sia l'inaugurazione… probabilmente è il motivo di tutto quel traffico.»

Anche chi, come Temple, era a Chicago da poco, conosceva la storia dell'*Iroquois*, distrutto nel 1903 da un incendio in cui avevano perso la vita centinaia di persone rimaste intrappolate. Per oltre vent'anni nessuno aveva più toccato quella proprietà, a causa di quei brutti ricordi e della pessima reputazione. Ma i nuovi proprietari dovevano aver fatto un buon lavoro, e da settimane i giornali parlavano dell'imminente riapertura.

«E cosa sai di questo teatro?»

«C'è stato un incidente ieri sera, in cui diversi poliziotti sono rimasti feriti e uno ucciso. I giornali non spiegano molto e i proprietari hanno tentato di farlo passare per una disgrazia, ma ne dubito.»

Avevano intanto raggiunto la camera da letto e Temple continuava a rovistare nella borsa che aveva portato con sé, anche mentre contemplava la figura immobile di Chas. «Non ha un bell'aspetto.»

«Devo andare» disse Macey, dopo aver risposto a qualche altra domanda sulle condizioni dell'uomo.

«Sì. E lascia perdere la stramaledetta ambulanza. Porto qui la zia Cookie e faremo il possibile. Avere una chiesa vicina è stata davvero una fortuna: l'acqua santa è l'unica cosa che, forse, può salvarlo.» Poi fece un passo indietro e squadrò Macey. «Devi darti una ripulita.»

Fece per protestare ma ci ripensò. Aveva ragione. Non poteva lanciarsi nella caccia al vampiro in abito da sera. E doveva anche mettere qualcosa sotto i denti.

Poi sarebbe andata da Sebastian, per implorare il suo perdono.

E insieme avrebbero deciso sul da farsi.

Sebastian si era svegliato tardi quel pomeriggio, e di ottimo umore. A dirla tutta, erano decenni, forse secoli, che non si sentiva così felice e su di giri.

Forse, il fatto che quella notte Temple, con le sue gambe lunghe e forti, le sue labbra piene e sensuali e una serie di altre dolcissime risorse, gli avesse tenuto compagnia a letto, per la prima volta, aveva qualcosa a che fare col suo buonumore. Si stiracchiò pigramente, ridacchiando tra sé: erano stati momenti decisamente piacevoli, in un letto per giunta, e non all'interno di un qualche striminzito mezzo di trasporto.

E non aveva sognato Macey, e neppure Victoria o Giulia. Si era fatto una bella dormita e ora si sentiva rinvigorito e rianimato.

Non aveva detto a nessuno che l'anello si era mosso e continuava a muoversi sempre di più. Adesso era in grado di farlo scorrere sopra la nocca e avrebbe potuto, dunque, sfilarlo dal dito.

Non sapeva bene cosa potesse significare, ma era di certo un buon segno.

Quella mattina, per modo di dire, perché erano quasi le quattro del pomeriggio, si tirò su seduto sul letto, con il sorriso stampato in faccia, e si dedicò alla solita routine di giocherellare prima con l'anello col rubino e poi con ognuna delle fascette di rame.

Il cuore perse un battito quando si accorse che anche un'altra si muoveva: ruotava appena attorno al mignolo. La scoperta lo fece alzare di scatto dal letto. Temple se n'era andata da un bel po', mentre lui ancora dormiva: aveva orari completamente diversi dai suoi, lei. Sebastian era dunque solo a cullare quella cauta speranza.

Due anelli di Jubai che si muovevano erano di certo il segno che stava accadendo qualcosa.

Senza contare che era il 25 aprile del 1926.

Era il 26 aprile del 1821 quando Wayren, in sogno, gli aveva dato il sigillo col rubino. *Ti aiuterà ad affrontare tutto. Ti darà forza.*

Quel giorno aveva lasciato Victoria una volta per tutte, ed era partito alla volta dell'impervia caverna fra i Munţii Fârâgaş.

Fu il giorno in cui fece la *lunga promessa*, a se stesso e a Giulia. Erano passati centocinque anni.

Fece volare via le coperte, si dette una sciacquata, si vestì, si lavò i denti e, dai suoi appartamenti privati, passò nel pub. Scorse un bigliettino lasciato da Temple sulla scrivania della stanza sul retro, ma prima ancora di riuscire a leggerlo, sentì aprirsi la porta che dava sulle scale esterne.

Era Macey.

Era diversa. Più dolce. Un po'… sfocata. Sfocata era una strana definizione ma-

«Sebastian, sono tornata. Posso entrare?»

«Macey!» Si sentì sollevato. «Ma certo. Sei tornata.»

Sorrise, timida e costernata, quasi vergognandosi un po'. «Non ero sicura che avessi ancora voglia di rivedermi» mormorò, chiudendo la porta per poi percorrere il pavimento di legno, diretta verso di lui. I grandi occhi sembravano brillare e il cuore di Sebastian fece un tuffo nel rivedervi, ancora una volta, Giulia.

«Mi sei mancato» ammise senza smettere di guardarlo, come temesse che lui non la volesse più vedere. «Non avrei dovuto andare via». Le mancò la voce. «Puoi perdonarmi?»

«Sei qui» la rassicurò lui. «Sei qui, ora, *ma chérie*.»

«Sebastian…» sussurrò come se stesse per piangere, «io…»

L'uomo girò attorno al bancone, senza riflettere su quello che stava facendo e la avvicinò a sé stringendola in un abbraccio paterno. Paterno, solo quello. «Macey» le sussurrò tra i capelli. «Va tutto bene.» Le posò il mento sulla testa: i capelli profumavano di pulito e di fresco e il suo corpo era caldo, sodo e snello, proprio come quello di Giulia.

All'improvviso cominciò a *sentirla*, troppo intensamente.

Si bloccò e si sentì tremare dentro, dove il dolore e la curiosità combattevano. Il ricordo di quei sogni oscuri e lascivi tornò prepotente, confondendogli i pensieri, mentre la teneva tra le braccia, ma lo ricacciò indietro liberandosi della tentazione, respingendo il desiderio che filtrava attraverso la sua mente.

No.

Macey sollevò la testa dalla sua spalla e lo guardò. Eccola lì: quel bel visetto così vicino, quei meravigliosi, dolcissimi occhi… e poi c'era qualcos'altro… interesse? Curiosità? Calore?

Un campanello d'allarme gli risuonò in testa e Sebastian provò ad allontanarla, ma Macey gli afferrò le braccia.

«Che c'è?» gli chiese, mentre lui sentiva fin troppo distintamente la pressione delle sue cosce sulle proprie. Il fianco che gli premeva contro una gamba. Lei si leccò le labbra e Sebastian si sentì la gola asciutta, non riusciva a non fissarla.

«Sei curioso anche tu, vero, Sebastian?» sussurrò. La lingua fece capolino fra le labbra rosa e tumide, facendolo rabbrividire di piacere. «Vorresti sapere che sapore hanno i miei baci.»

«No» si costrinse a dire con fermezza. Quelle labbra erano così vicine. Tanto vicine che ne sentiva il calore. Sarebbe bastato un respiro per sfiorarle. «No. Non l'ho mai voluto.»

Ma le zanne erano già partite, si facevano largo nella bocca, affilate e lunghissime. Il respiro di Sebastian si fece affannoso e il desiderio lo avvinse: lei era così vicina, che certo si sarebbe presto accorta della bugia che s'induriva tra le gambe e dei fremiti sotto la pelle.

«Baciami, Sebastian, voglio sentire il tuo sapore.» Sollevò il viso e gli sfiorò le labbra con le sue, calde, morbide e umide. La lingua saettò di nuovo a sfiorargli la bocca socchiusa, liberando un formicolio caldo e adultero che gli si diffuse in tutto il corpo. Quegli occhi, gli occhi di Giulia, sempre quelli, catturavano i suoi, così scuri, eccitanti e impenetrabili. «*Ti prego*, Sebastian.»

Con un'enorme sforzo e un gemito, la allontanò, spingendola via con sufficiente forza da rompere il contatto e dare a entrambi un po' dello spazio di cui avevano bisogno.

Macey riuscì a non cadere e quando tornò a voltarsi per guardarlo, quel viso tanto amato parve sciogliersi e, d'improvviso, Macey non c'era più.

Intanto Sebastian si era reso conto di avere la nuca gelata e, imprecando, aveva saltato il bancone per recuperare un paletto. La creatura, che ora aveva l'aspetto di una vampiressa sconosciuta, una specie di demone che somigliava vagamente a Macey, ma non era più la sua immagine sputata, era uscita di corsa da dove era venuta.

Sebastian restò, ansante, a osservare la porta da cui quell'essere era fuggito, congratulandosi con se stesso per aver resistito, respingendola e mantenendosi pulito. Avrebbe dovuto seguirla, lo sapeva, ma si sentiva ancora instabile, per quanto fiero di essere stato forte.

Con le mani che tremavano fin troppo per uno che aveva vissuto più di centovent'anni, tirò fuori la sua bottiglia preferita, quella scura col tappo a prisma che stava preciso nel suo palmo. Quella di cui Chas Woodmore non sapeva niente.

Versò una dose generosa del liquido giallo-rosato nel bicchiere e lo dondolò appena. Il buonumore di poco prima era scomparso e aveva lasciato il posto a qualcosa di simile alla determinazione. Al sollievo.

La cosa che più temeva era, in un certo senso, accaduta e lui ce l'aveva fatta. Era stato forte. «È così, dunque, che la *lunga promessa* viene mantenuta?» chiese all'universo. Dove diavolo era Wayren? Avrebbe avuto così tanto bisogno di lei in quel momento… strinse forte il tappo piramidale e sentì calore e potere penetrargli la pelle.

Di nuovo la sensazione di gelo alla nuca. Fortissima.

Ficcò la bottiglia sotto il bancone e si lanciò verso la porta da cui la falsa Macey era appena uscita, ma quella si spalancò prima che potesse raggiungerla. La vampiressa adescatrice era di nuovo lì sulla soglia e stavolta aveva le zanne snudate e gli occhi rossi e determinati. Un sorriso saccente le incurvava le labbra.

Mentre la creatura si scansava per lasciar passare i suoi compagni, Sebastian aveva già fatto un salto mortale all'indietro e afferrato una sedia e un paletto.

Tre, quattro, no, sette… dieci… perse il conto dei vampiri che sciamarono nel suo pub, con gli occhi vermigli o rosa da Guardiani, tutti con le zanne pronte. Niente sottigliezze, niente giri di parole: erano lì per lui.

Tutto grazie alla falsa Macey, che aveva invitato a entrare e che aveva, poi, fatto entrare tutta la sua gang.

Poi vide la falsa Macey tremolare mentre si allungava e allargava in una specie di vorticante metamorfosi e, un istante dopo, si trasformò in Nicholas Iscariot.

«Bene, bene, non sapevo fossi così bravo, Nicky» disse Sebastian, gelido, mentre realizzava che nella stanza c'erano dodici non-morti oltre alla ex Macey ex vampiressa, ora Iscariot. Procedette lungo il bancone, nascondendo le mani agli intrusi. «A chi tocca adesso? A Carole Lombard?»

«Sebastian Vioget. Che piacere incontrarti finalmente, anche se la tua fama ti precede.»

Il figlio di Giuda Iscariota era alto e magro, bello, di una bellezza fredda e mascolina. Aveva capelli nerissimi e lucenti che, sebbene pettinati all'indietro e sui lati, formavano un'onda voluminosa al di sopra della fronte alta e pallida. Portava un bell'abito sartoriale, cravatta rossa, ghette bianche e un fazzoletto cremisi nel taschino della giacca. Certo non si poteva dire non avesse stile. Il bel viso era liscio e bianco come il marmo, aveva il mento squadrato, le guance scavate, gli occhi sporgenti e le sopracciglia folte… e una specie di cicatrice a forma di croce sul lato sinistro della faccia.

Anche Sebastian aveva le zanne fuori e sentiva gli occhi ardergli di rabbia. Persino in quella situazione, mentre aveva davanti il vampiro più forte e spaventoso del mondo e un drappello dei suoi scagnozzi, non poté fare a meno di andare a cercare con le dita la propria *vis bulla* sotto la camicia, e sfiorare prima l'amuleto e poi l'anello col rubino. Sentì forza e consolazione pervaderlo.

Ecco. Adesso era pronto.

Pronto ad assistere alla propria fine.

Rivolse a Iscariot un sorriso freddo. «Vedo che la mia Macey ti ha lasciato un bel ricordino, *Scarface*.»

Il vampiro sgranò gli occhi, più rossi che mai, ma sollevò un dito pallido e magro per far cenno ai suoi scagnozzi di non reagire. «Non sono molto contento di lei, come potrai immaginare. Ma d'altronde, è il motivo per cui sono qui.» Mostrò le zanne attraverso un sorrisetto educato. «Anche se non è solo per questo che mi sono deciso a farti visita, come potrai arguire.»

«Ma certo. Gli anelli di Jubai» sospirò Sebastian con aria annoiata, tendendo in avanti la mano su cui li indossava e fingendo di ammirare le proprie dita. «Non molto originale da parte tua, Nicky.»

«Beh, sai com'è, c'è un limite alle sorprese che uno riesce a organizzare. Peraltro, direi che quella che ti ho fatto prima ti sia piaciuta parecchio. Trasformarmi è stato un notevole sforzo, ma ne è valsa la pena, anche se è stato solo per un momento…»

Iscariot agitò le dita e di nuovo si trasformò in una Macey che muoveva il corpo sinuoso e dischiudeva le labbra in modo seducente. «Ma vuoi mettere vederti ansimare e sbavare per me?»

«Non sapevo ti piacesse ricevere questo genere di attenzione dagli uomini.» Sebastian scagliò un paletto dall'altro lato della stanza, come un provetto lanciatore di coltelli, mandandolo a piantarsi dritto nel cuore di uno degli scagnozzi con un delizioso *splat*.

Il primo bersaglio non era ancora esploso, che già Sebastian aveva afferrato un altro paletto alle proprie spalle e lo aveva lanciato nell'altra direzione, dritto verso il bel corpo di Iscariot-Macey, che però si scansò in tempo. Il proiettile andò invece a colpire uno sfortunato non-morto alle sue spalle. Quel paletto destinato a Iscariot era stato scagliato con tanta forza, che la povera vittima rimase, per un attimo, inchiodata al muro, prima di scomparire in una nuvola di cenere.

Sentendosi attaccato, Nicholas era tornato alle sue vere sembianze e aveva gli occhi più roventi delle fiamme dell'inferno. Trasudava odio. «Sei un pessimo ospite, Vioget. Pessimo.»

«Chiedo scusa, mi è… scappato» ridacchiò Sebastian: aveva un bell'arsenale di paletti a disposizione, ma aveva dato sufficiente spettacolo di sé. Non voleva certo essere paragonato a Max Pesaro. «Ora, so che è un tentativo inutile, tuttavia… devo chiedere a te e ai tuoi amichetti, almeno quelli che ti sono rimasti, ti togliere le tende. Il locale non apre prima del tramonto e ho diverse cosette da fare.»

Iscariot non si prese neppure la briga di rispondere, dette invece un qualche ordine silenzioso e i suoi uomini attaccarono.

Ma Sebastian era pronto: quando i vampiri gli si fecero addosso, da dietro il bancone dove si trovava, tirò fuori la spada laccata d'argento che teneva nascosta, e la roteò, brandendola con entrambe le mani.

Sentì il potere crescergli dentro, mentre la lama tagliava una e poi un'altra gola, prima di venire bloccata a mezz'aria dalla mano massiccia di un terzo non-morto. Allora Sebastian mollò l'elsa, prese un paletto e scavalcò il bancone, colpendo con i piedi le spalle e il petto della creatura stupefatta.

Rotolò a terra, ma si rialzò di scatto e fece una piroetta, andando a impalare altri due vampiri per poi lanciarsi ad afferrare le gambe di un terzo per metterlo a testa in giù. Il primo era esploso, ma maledizione, il secondo no e quando si rialzò in piedi, si ritrovò circondato. In trappola, immobilizzato.

Una sequela di pugni gli si abbatté sul torso, le braccia, le spalle, la schiena… unghie gli segnavano il viso e le membra…

qualcuno gli dette un calcio nello stomaco mozzandogli il respiro. Tossì e si piegò in avanti, cercando di riprendere fiato, mentre sentiva varie paia di zanne penetrargli le braccia, le spalle, una coscia…

Mentre il sangue fluiva, anche la forza e i sensi lo abbandonarono.

Il mondo vacillò, nero e rosso, fluttuando silenzioso…

Poi tutto si fermò. E tacque.

Sebastian aprì gli occhi, uno già si stava gonfiando a causa di un cazzotto ben assestato, e si ritrovò faccia a faccia con Iscariot. Sentì il respiro caldo sul viso: puzzava di morte.

Scorgeva le travi grezze del soffitto del pub alle spalle del capo vampiro, mentre delle mani ferme lo trattenevano a terra. Era ancora lì, immerso in una pozza del suo stesso sangue marcio.

Si rilassò: dunque era così che sarebbe finita.

Riuscì a sfoderare il suo inconfondibile sorriso sghembo, sprezzante e sexy, seppur con più difficoltà del solito, dato che aveva anche le labbra gonfie e forse persino perso un dente, a giudicare da come gli faceva male l'interno della bocca. E attese il dolore finale. Certo Iscariot non si sarebbe limitato a piantargli un rapido paletto nel cuore, ma, comunque fosse andata, era davvero al capolinea. Era la fine di tutto. L'epilogo, il climax, la *lunga promessa* infine mantenuta.

«Fa' attenzione, con gli anelli» disse a fatica, riuscendo a muovere appena la mano su cui li portava, intorpidita dalla pressione del piede che gliela schiacciava a terra. «Non vorrei li perdessi, dopo tutta la fatica che hai fatto.»

Iscariot sorrise e si ritrasse. «Non ho la minima intenzione di liberarti del tuo fardello. Non ancora, almeno. In effetti, credo che ti lascerò tenere gli anelli ancora un po'.»

Qualcosa di duro e pesante lo colpì in faccia. Poi più niente.

La strana calma prima della tempesta

MACEY GIUNSE al *Silver Chalice* che erano le sei passate. Era scoppiato un temporale coi fiocchi, con tanto di nuvoloni densi e grigi, pioggia a catinelle, lampi e tuoni, che aveva paralizzato il traffico e reso molto difficile trovare un taxi.

Il ritardo le aveva tuttavia permesso di procurarsi una copia dell'edizione pomeridiana del *Tribune* a un'edicoletta d'angolo e di scorrerne i titoli mentre sedeva, impaziente e col cuore in gola, sul sedile posteriore di un taxi bloccato nel traffico.

Se Linwood fosse morto, ne avrebbero dato notizia.

E per ora non c'era niente. Non c'era neppure però, notò con tristezza, un nuovo articolo firmato *J. Grady*.

La vettura giunse nei pressi del *Silver Chalice*, Macey lasciò la cifra dovuta, e una generosa mancia, sul sedile davanti e uscì sotto la pioggia battente. Quando arrivò al cancello con l'ornamento d'argento, che portava all'entrata del pub, sotto il livello della strada, era bagnata fradicia.

Aprì la porta, si scapicollò dentro, accompagnata da un torrente di pioggia e da una forte folata di vento, formatasi nella tromba delle scale, e la richiuse sbattendosela alle spalle. Si aspettava di scorgere Sebastian dietro al bancone e fu quindi piuttosto sorpresa nel trovare il locale vuoto e silenzioso.

Le sedie erano ancora capovolte sopra ai tavoli, pronte a essere tirate giù alle sette, quando il pub apriva i battenti... e mancava solo mezz'ora. Il bancone era sgombro, fatta eccezione per un bicchiere pieno a metà di qualche genere di liquore.

Annusò l'aria: non c'era forse una vaga puzza di vampiro morto? Non ne era sicura. Annusò ancora. Sangue, forse? Odore di sangue?

Sentendo un leggero formicolio sulla pelle, si affacciò nell'ufficio sul retro, trovandolo deserto. «Sebastian?» Proseguì lungo il corridoio che portava agli alloggi privati di Vioget.

Silenzio.

Non sembrava esserci niente fuori posto eppure... c'era qualcosa che non andava.

Aprì una porta che non aveva mai attraversato e si ritrovò nella camera da letto di Sebastian. Curiosa e preoccupata. Entrò e vide il servomuto su cui era poggiata la sua vestaglia. Una parete era occupata da un enorme armadio ordinatissimo, con abiti sartoriali appesi e una fila di scarpe ben lucidate. Era un tipo preciso, Sebastian Vioget.

Continuando a ripetersi che lo faceva per assicurarsi che fosse sano e salvo, convinta com'era che qualcosa non andasse, Macey aprì un cassetto del comodino accanto al letto perfettamente rifatto. C'erano dei paletti, una pistola e delle fiale, probabilmente di acqua santa.

E un anello di rame.

Prese tra le dita la semplice fascetta intrecciata.

Ma non era uno degli anelli di Jubai?

Da quando in qua Sebastian poteva toglierseli?

E cosa significava il fatto che quell'anello fosse lì e Sebastian no?

Lo osservò meglio, tenendolo sul palmo della mano. I cinque anelli erano stati forgiati secoli addietro da Lilith l'Oscura e dati a cinque dei suoi Guardiani. Voleva dunque dire che quell'oggetto era malevolo o cattivo in sé?

Cosa sarebbe successo se se lo fosse infilato? Si sarebbe attaccato al suo dito come era successo un secolo prima a Sebastian? Decise di non tentare la sorte: lo rimise a posto e chiuse il cassetto, sempre in preda alla preoccupazione.

Doveva assolutamente trovare Sebastian.

Se solo potessi parlare con Chas...

Tornò nel pub e si guardò di nuovo intorno. Fu allora che lo vide.

Un paletto. Per terra, vicinissimo al muro sul retro del locale, nascosto dalle ombre e visibile solo ad un'osservazione accurata.

Perché mai c'era un paletto sul pavimento? Se si trovava lì, era perché era stato usato e se era stato usato... avrebbe dovuto anche essere rimesso a posto. La sua preoccupazione crebbe mentre lo raccoglieva e ne osservava la punta alla luce di una lampada.

Era coperta da cenere di vampiro.

Erano ormai le sette passate e la tempesta ancora imperversava, quando Macey riuscì a tornare a casa di Chas.

«Per la barba di Mosè, che diavolo ci fai tu qui?» la accolse Temple. «Non avevi altro da fare?»

Macey non aveva risposta per quella domanda assolutamente sensata. Voleva disperatamente parlare con Chas, ma non osava formulare quel desiderio ad alta voce, date le condizioni in cui versava l'uomo quando se ne era andata. Cercò invece un'altra scusa per la sua decisione di tornare in quella casa, all'ombra della chiesa di St. Anselm.

«Sebastian non era al pub» ammise. «E a quanto pare dei vampiri gli hanno fatto visita e forse lo hanno preso. O magari è sparito per conto suo, per una qualche ragione. Li ha seguiti, chissà. Sono tornata per rifornirmi di armi e scorte, e per chiederti se avevi idea di dove potesse essere.» Decise di non dire niente dell'anello di rame. «E per vedere se c'erano... sviluppi» aggiunse lanciando uno sguardo al corridoio.

Temple serrò i denti. «No e no. Sebastian dormiva ancora quando me ne sono andata. Quanto a Chas... non ci sono cambiamenti. Solo...»

«Cosa?»

«Ha chiamato Narcise un paio di volte.» Temple scrollò le spalle e Macey notò che evitava di guardarla negli occhi. Che sapesse già di loro due?

«Poveraccio» disse soltanto Macey, sorprendendosi di sentire una fitta al cuore. Si sarebbe interrogata più tardi su cosa significasse.

«La zia pensa che sarebbe meglio portarlo all'ospedale.»

«E allora portatecelo. Io vado all'*Oriental Theater*.» Visto che Linwood e i suoi erano stati attaccati lì, era un posto come un altro da cui partire alla ricerca di Nicholas Iscariot.

E se doveva andarci da sola, lo avrebbe fatto ben armata e preparata.

Temple annuì, seria. «Vengo con te. Non sono una Cacciatrice, ma sai bene che ho diversi assi nella manica.»

Macey esitò, ma poi scosse la testa. «Sarei felicissima di averti con me a coprirmi le spalle, ma non credo sia una buona idea. Se Sebastian dovesse tornare o io non dovessi farlo… beh, qualcuno dovrebbe essere qui per…» Scrollò le spalle. «Insomma per sistemare le cose.»

Temple parve sul punto di ribattere ma tacque quando la zia Cookie entrò nella stanza. «Meglio che lo veda un dottore. La febbre è peggiorata. Chiamo un'ambulanza.»

La paura serrò la gola di Macey. «E allora fatelo. Non è il caso di perdere altro tempo.» Si girò verso l'amica. «Abbi cura di lui, Temple.»

«Non dovresti andare da sola.»

Macey la guardò e, per la prima volta, si rese davvero conto della situazione. Era completamente sola. «Nessuno mi può aiutare.»

Nonostante la brutta fine patita dall'*Iroquois* una ventina di anni prima, lo sfarzo dell'*Oriental Theater* pareva aver cancellato l'aura negativa del vecchio locale. Malgrado la pioggia, i marciapiedi erano stipati di persone in attesa, i cui ombrelli urtavano l'uno contro l'altro, la strada era bloccata in entrambe le direzioni da taxi e vetture private, che si fermavano per far scendere gli aspiranti clienti che poi andavano a mettersi in fila.

Una musica allegra e festosa riecheggiava dalle porte aperte come una sorta di tappeto rosso sonoro. Ogni tanto una specie di cannone sparava coriandoli e stelle filanti sul pubblico che chiacchierava e rideva mentre si dirigeva all'interno. All'ingresso, ogni cliente riceveva un cono di cartone pieno di mandorle caramellate.

A differenza del galà all'*Art Institute*, questa non era una festa formale. C'erano molti meno gioielli e un'assoluta carenza di smoking e frac. Non che a Macey importasse, lei stessa aveva scelto una mise molto più casual quella sera: ampi pantaloni alla marinara, una semplice camicetta di cotone e scarpe basse e comode.

Varcata la porta girevole di vetro e ottone, si rese conto che c'era un'altra, e assai più fastidiosa differenza, fra i due eventi.

D'improvviso sentì una morsa ghiacciata stringergli la nuca e la parte superiore delle spalle, una nauseante sensazione di gelo accompagnata da un'ondata di pura cattiveria che la fece vacillare. Come se avesse sbattuto, anzi, come se fosse *passata attraverso* un muro di perfidia solidificata.

Sconvolta da quella sensazione tanto intensa, Macey rimase impalata in mezzo alla fiumana di gente e si spostò di lato per riprendersi. Aveva le mani gelate: qualsiasi cosa permeasse l'interno dell'edificio era forte e spaventosa.

Quando sarà liberata, una radice malevola raccoglierà più potere di quanto mai si sia udito. Le tornò d'improvviso in mente la seconda parte della profezia di Rosamunde. La sensazione che le dava quel posto era quanto di più simile a una *radice malevola* potesse immaginare.

…e solo un uomo, l'intrepido, e il suo pari potranno contrastarlo.

L'intrepido e il suo pari. Ma lei non era l'intrepido ed era da sola.

Qualcuno la urtò distrattamente, un giovane entusiasta che parlava e gesticolava mentre le passava accanto col suo gruppo di amici, riportandola alla realtà. Si allontanò ancora di più dalla calca, finendo con le spalle al muro.

E ora che faccio?

Guardò con ansia crescente la folla sciamare all'interno dell'edificio. Qualunque cosa stesse per accadere, qualunque fosse il piano di Nicholas Iscariot, ovunque lui si trovasse, tutte le persone che stavano varcando quella soglia erano in pericolo di vita.

Devo farli uscire. Ma come?

La risposta le risuonò chiara in testa come un campanello.

«Al fuoco!» prese a gridare. «*Al fuoco!*»

La reazione fu istantanea. Che fosse per i trascorsi di quel posto, per quel terribile incendio che uccise centinaia di persone, o semplicemente la naturale reazione che crea quel genere di allarme, aveva poca importanza. Quello che importava era che la gente se ne stava andando.

Urla, strilli, panico...

Certo, la calca poteva essere pericolosa, ma mai come l'essere presi in ostaggio da una banda di perfidi vampiri. O no?

Sperava vivamente di aver ragione.

La folla aveva già invertito il proprio senso di marcia, vorticando e riversandosi fuori in strada. Altri gridarono *Al fuoco!* e Macey li aizzava mentre, come un pesce che nuota controcorrente, si addentrava nel teatro. Le persone, la maggior parte delle quali più alte e piazzate di lei, la superavano spintonandola, urtandola con le spalle e le braccia, pestandole i piedi e sbattendola qua e là. In mezzo a quel vortice umano, Macey continuava a sentire forte e chiara l'orribile sensazione di gelo scenderle giù lungo il collo.

Qualunque fosse l'origine di tanta cattiveria, era ancora lì.

Si spinse verso il foyer, costeggiando le pareti per non essere travolta dalla folla ma continuando a fare del suo meglio per assicurarsi che tutti uscissero. E fu sollevata nel rendersi conto che l'esodo procedeva con sorprendente ordine, anche grazie agli addetti vicino alle porte e alle numerose uscite di sicurezza di cui la struttura era stata dotata. Alcuni spingevano più del necessario, ma non c'erano scene di panico e i clienti defluivano rapidamente da tutti i lati dell'edificio.

Le persone stavano ora lasciando la sala e, nonostante qualche commento perplesso tipo *Ma non sento odore di fumo!* e *Dove sarebbe il fuoco?*, nessuno si arrischiava a rimanere dentro.

Di certo nessuno voleva che la storia si ripetesse.

La folla si era ormai snellita e Macey riusciva a respirare meglio, quando udì le sirene in lontananza: qualcuno aveva preso l'allarme davvero sul serio e stavano arrivando i pompieri.

Cosa sarebbe accaduto quando si fossero resi conto che niente andava a fuoco? Avrebbero fatto rientrare tutti?

Si trovava ora in uno dei corridoi laterali della sala, che declinavano leggermente verso il palco e lo schermo da cinematografo posto al di sopra di esso. In quello spazio più ridotto e silenzioso, la sensazione di cattiveria era soverchiante. Macey infilò una mano in una tasca recondita, e stringere il paletto, solido e rotondo, contro la coscia fasciata dai pantaloni, le dette sicurezza.

La sala era ormai semivuota e i pochi avventori rimasti parevano incuranti dell'allarme incendio e vagavano per il locale, calmi e rilassati, chiacchierando e ridendo come non avessero alcun tipo di preoccupazione.

Perché non se ne andavano? Sembravano non accorgersi dell'agitazione intorno a loro e non si mossero neppure quando Macey, rivolgendosi a un capannello fermo in mezzo al corridoio, urlò di nuovo: «Al fuoco!».

Poi guardò meglio i loro vestiti e si raggelò. Poggiò la mano sul bordo di una poltroncina rivestita di velluto e strinse forte. Gli abiti che indossavano non erano moderni, ma di una foggia che andava di moda venti anni prima.

Si guardò intorno e si rese conto che erano tutti vestiti in quel modo. Tutte le persone rimaste all'interno della sala erano abbigliate come nel 1903, quando quello stesso luogo, l'*Iroquois*, fu raso al suolo da quel terribile incendio.

Un tonfo proveniente dall'ingresso in cima al corridoio attirò la sua attenzione: la porta, che fino a un attimo prima era aperta, si era chiusa e ora udiva tutte le altre porte della sala chiudersi rumorosamente.

Aprirle sarebbe stato impossibile. Sentì i peli delle braccia drizzarsi, mentre si voltava lentamente per guardarsi attorno. Gli altri occupanti della sala, persone, spiriti o vampiri che fossero, troppe erano le sensazioni contrastanti che la investivano per esserne certa, continuavano a chiacchierare fra loro, ignari tanto della presenza di Macey quanto della strana e inquietante aura malefica che permeava l'aria stessa. Come se non fossero già morti, venti anni prima.

Mentre si guardava intorno in attesa che accadesse qualcosa, Macey notò una delle figure dall'altro lato della sala. Era una donna dinoccolata, coi capelli color di fiamma, che le ricordava un sacco la sua amica Flora.

Anzi, quella *era* Flora: era vestita con abiti attuali e teneva a braccetto un uomo elegante coi capelli scuri. Procedevano lungo il corridoio, verso un'uscita sul lato opposto della sala. L'uomo la guardava con un sorriso accattivante e fu allora che Macey lo vide.

Il suo cuore ebbe un sussulto e poi parve fermarsi. *No. Dio, no, non Grady. Non Grady e Flora.*

Un grido di avvertimento le morì in gola, mentre correva loro incontro, superando d'un balzo una fila di poltroncine.

Flora si voltò e le sorrise da sopra la spalla, come se avesse sempre saputo che lei era lì. Poi il sorriso si trasformò in un ghigno, mentre si stringeva di più a Grady, chinandosi per parlargli.

Macey caracollò sopra un'altra poltroncina e, d'improvviso, si ritrovò circondata, come se tutti le bloccassero il passo, impedendole di muoversi, di vedere, fermando il suo disperato tentativo di raggiungere la coppia che ormai, aveva quasi guadagnato l'uscita.

«Grady!» gridò, ma non era sicura di aver davvero pronunciato quelle sillabe o se invece aveva urlato solo nella sua testa. *Nooo…*

Cominciò a spingere e farsi largo, rendendosi vagamente conto che quegli esseri erano inconsistenti. Né reali, né spettri… certo non vampiri.

Ma mentre si faceva strada fra loro, anzi, in un certo senso, *attraverso* di loro, usando ora il paletto, ora un braccio, ora il bacino, li sentiva freddi e… taglienti, spigolosi, e aveva la sensazione di risalire un fiume ghiacciato pieno di brandelli di tessuto… seta, cotone, lana, che parevano avvolgerla mentre si faceva strada, pugnalando il niente, attraversando quei simulacri di persone, gelidi, umidi e cattivi.

Finché non andò a sbattere contro qualcosa di forte e solido. Duro. Freddo.

Brandì il paletto mentre mani forti la afferravano e strattonavano. Il paletto andò a segno: Macey lo sentì colpire qualcosa e affondare. Poi udì un piacevole *pop*.

Altre mani la ghermirono e spintonarono, non più mani spettrali bensì incredibilmente forti e che, per quanto lei si dibattesse, divincolasse, per quanto scalciasse e agitasse il paletto, la trattenevano.

Ci fu un'altra esplosione di cenere. Poi qualcosa le colpì il fianco. Si sentì strattonare mentre, smanacciando convulsamente, piantava il paletto in un altro vampiro. Il freddo e il gelo l'avvolsero. Davanti a sé non vedeva che occhi vermigli e ombre inquietanti.

Poi tutto tacque e fu libera.

Tutto si allontanò tranne…

Nicholas Iscariot che si ergeva di fronte a lei.

25
Due compiti ingrati

STAVI ANDANDO da qualche parte?» chiese Iscariot. Era elegantissimo: un completo di taglio squisito, il fazzoletto di seta nel taschino e una cravatta impeccabile. «Come mai tanta fretta? Non ho ancora avuto tempo di ringraziarti per questo.» Assunse un'espressione torva mentre voltava il viso per mostrare la guancia sfregiata da una vivida cicatrice rossa a forma di croce.

Macey trasalì inorridita di fronte alla ferocia di quel brutto sfregio, eppure il pensiero che lui non fosse uscito illeso dal loro incontro all'obitorio, era decisamente piacevole.

«Piuttosto appropriato, direi» rispose, ancora ansante e tremante per aver combattuto. Sanguinava da una ferita sul braccio e notò che Iscariot gliela guardava fissa, serrando la mascella. «Tutto sommato.»

Era riuscita, chissà come, a mantenere la presa sul paletto e sentirlo liscio e familiare tra le mani le dava coraggio. Bastavano uno scatto repentino e un affondo ben assestato, e sarebbe finito tutto. La confusione e lo smarrimento, dati dalla strana sensazione di farsi largo tra quella specie di fantasmi, erano quasi scomparsi, ma percepiva chiaramente la presenza dei non-morti, gli scagnozzi di Iscariot, che la circondavano.

Ma ritrovandosi faccia a faccia con lui, tutte le altre distrazioni parvero accantonate. Rinsaldò la stretta attorno al paletto.

«Lascialo andare» disse Iscariot accennando all'arma di Macey, con gli occhi di brace. «Non ti servirà… per adesso.»

Quando lo sguardo del vampiro saettò verso di lei, fu un pelo troppo lenta a distogliere gli occhi: percepì all'istante un'onda di potere vibrare, mentre lui la incatenava col suo sguardo che immediatamente cominciò a invitarla, blandirla a condurla verso quello stato confusionale che sarebbe stato la sua rovina. Macey continuò a stringere il paletto e a puntare i piedi a terra, mentre cercava di interrompere il contatto visivo.

«Anche Vioget ci ha provato, proprio questo pomeriggio» la informò Iscariot. Le sue parole parevano venire da lontanissimo. «Ma ovviamente non ci è riuscito...»

Come in un sogno, Macey si sforzò di portarsi una mano all'addome, di far scorrere le dita verso l'ombelico, ma ogni minimo gesto era una lotta, avvinta com'era dal potere di Iscariot. Tuttavia, quando riuscì a sfiorare la propria *vis bulla*, anche se solo attraverso la camicetta, sentì subito una scossa di potere scorrerle dentro e darle la forza di distogliere lo sguardo. Senza esitare neanche un secondo, si lanciò in avanti, affondando con ferocia il paletto.

Si buttò a corpo morto sul suo avversario, alto, magro e muscoloso, che tuttavia riuscì a scartare di lato all'ultimo secondo. Così, quando si scontrarono, il paletto gli prese la spalla. Rotolarono a terra urtando una fila di poltroncine eleganti, avvinghiati l'una all'altro.

Il paletto le cadde di mano e Macey lo sentì rotolare verso il palco, intanto Iscariot le ficcò le unghie aguzze nel braccio, recidendole la camicetta e la pelle, e provocandole un dolore acuto e bruciante. Mentre il sangue colava, Macey si allontanò, superando una fila di poltroncine con un salto mortale.

Era appena atterrata che già stringeva in mano un secondo paletto e attendeva accovacciata l'attacco successivo.

«Andiamo, non facciamola troppo lunga» sbuffò Iscariot. Era in piedi vicino al palco e fissava Macey che si trovava a metà corridoio. La ragazza notò con una certa soddisfazione che il vestito elegante si era sgualcito e aveva perso il fazzoletto dal taschino. Aveva anche il fiatone e una macchia rossa che si allargava sulla camicia e la giacca. «Non ho alcuna voglia di giocare a questo gioco con te, Macey. Sarebbe uno spreco di tempo e di energie che non cambierebbe il risultato finale. Anche se mi aspetto che tu mi faccia divertire un bel po'.»

«È proprio da te, Nicholas» ansimò Macey, tamponandosi il braccio sanguinante. «Scappare da una battaglia con la coda tra le gambe. Devo farti davvero molta paura.»

Le parole colpirono nel segno perché gli occhi brillarono come fiamme vermiglie e persino da quella distanza, Macey scorse il tipico alone azzurro attorno alle iridi, che solo i figli di Giuda Iscariota avevano, simbolo dei loro enormi e terribili poteri.

«Non hai nemmeno il fegato di affrontarmi da solo» proseguì beffarda, accennando alle sagome imponenti dei suoi compagni vampiri sparsi per il teatro, qualcuno in piedi e qualcuno seduto, come in attesa che iniziasse lo spettacolo. «Non ce la faresti.»

«Non ho né tempo né voglia di sfidarti a colpi di arguzia o di paletto, mia bella Cacciatrice. Ma avevo promesso ai miei uomini un po' di sano divertimento e dato che hai fatto uscire tutti quelli con cui si dovevano nutrire e sollazzare, ora toccherà a te dare spettacolo. Quanto agli altri…» Ruotò il polso e subito alcuni spiriti argentei dai vestiti antiquati gli si fecero attorno, come se li avesse evocati, «sono solo un mio piccolo esperimento. Il risultato è piuttosto soddisfacente, anche se forse ha bisogno di qualche rifinitura. Sono un po' freddini, non ti pare?»

Agitò di nuovo la mano e i fantasmi evaporarono in piccoli sbuffi di fumo.

Macey vide, con la coda dell'occhio, un non-morto avvicinarla alle spalle di soppiatto. Senza neppure girare la testa, usò una poltroncina per darsi lo slancio. *Puf!* Il paletto andò a segno e il curiosone fu sistemato.

A Iscariot non parve fare né caldo né freddo. Stava invece scrutando l'oscurità e facendo dei cenni con una mano bianca e sottile. «Ma non ti preoccupare, non voglio far ricadere il peso dello spettacolo solo sulle tue spalle, Macey Gardella, mica sarebbe giusto.»

Salì sul palco, un riflettore si accese e lo illuminò. Qualcosa si mosse nell'ombra e, sotto lo sguardo sempre più preoccupato di Macey, una lunga corda calò dalla passerella in alto. Alla sua estremità penzolava qualcosa, anzi, *qualcuno*. Un altro riflettore si accese, ma Macey lo aveva riconosciuto ancor prima che la luce lo investisse.

Era lui. Era Grady.

Dovette mettercela tutta per controllarsi, rimanere buona e calma e non reagire, perché tutto dentro di lei gridava *Noooo*. Ogni muscolo, pensiero, arto, dito fremeva per la voglia di correre, saltare le poltroncine e catapultarsi sul palco, furente e spaventata, per proteggerlo. Salvarlo.

Ma non lo fece. Rimase lì, in attesa. A osservare, a sforzarsi di rimanere lucida, recettiva e pronta, perché di sicuro Iscariot avrebbe voluto proprio quello. Che attaccasse. Che facesse la paladina. Che si gettasse nella mischia senza pensare.

Non riusciva a vedere se Grady fosse cosciente o meno, ma aveva scorto del sangue che gli macchiava la gola e la camicia aperta, strappata e fuori dai pantaloni. Non aveva la giacca. Era appeso per i polsi, stretti insieme da una corda spessa. Aveva la testa reclinata in avanti e i piedi non toccavano a terra.

Non si muoveva, non dava segno di respirare o di divincolarsi.

Macey tornò a voltarsi verso Iscariot, evitando accuratamente di guardarlo negli occhi, ma abbastanza spavalda da fargli capire che non era per niente intimidita.

«Tutto qui? Un unico, miserabile mortale che nelle tue intenzioni, presumo, dovrei salvare? Sempre che ci sia ancora qualcosa da salvare. È tutto qui lo spettacolo che hai preparato, Nicholas? Perché non combattiamo un po' noi due, invece? Tu e io, senza i tuoi gorilla a proteggerti… quello sì che sarebbe uno spettacolo da non perdere.»

Intanto procedeva lungo il corridoio verso il palco, dove era rotolato il suo primo paletto, pensando che più si avvicinava a Grady, più facile sarebbe stato aiutarlo… non appena ne avesse avuto l'occasione. «E poi perché dovrei salvarlo?» proseguì accennando a Grady. «Per quanto ne so potreste averlo già trasformato in un vampiro e allora non avrebbe senso da parte mia sprecare energie, se fosse già perduto.»

Ora si trovava a cinque o sei file dal palco. Non vedeva ancora il paletto, ma non doveva essere lontano.

Alcuni vampiri si avvicinarono, ma non parevano intenzionati ad attaccare. Qualcuno si mise addirittura seduto, come per godersi il seguito della vicenda. Quel gesto la rese un po' nervosa.

Iscariot sorrideva e quell'espressione di pura gioia era quello che le faceva più paura. «Non temere, mia dolce Cacciatrice. È abbastanza vivo e ancora molto, molto mortale.» Si avvicinò a Grady. «Fa' vedere a quella troia di una Cacciatrice che sei ancora vivo» sibilò afferrandolo per i capelli per sollevargli la testa. «Che vale ancora la pena combattere per te.»

Grady si mosse e mugolò e Macey vide le palpebre fremere. Inoltre, poiché grazie al suo fido paletto, Iscariot sanguinava copiosamente dalla spalla, ebbe anche modo di notare che Grady non aveva né notato, né era attratto dal sangue fresco. Buon segno.

Per ora.

«Allora» proseguì il vampiro, «magari posso farmi un antipastino?». Snudò le zanne e le affondò con foga nel braccio teso di Grady.

Macey si sentì ribollire dentro nel vederlo sussultare e spalancare gli occhi per la sorpresa e il dolore. Resistette ancora all'istinto di scapicollarsi a staccare Iscariot dalla sua vittima, perché era di certo quello che lui voleva. Di sicuro c'era qualche minaccia o trappola pronta a scattare. Era quello che lui sperava e che aveva pianificato.

Ma Grady, *oh, Grady...* oh Dio, Dio.

Doveva trattenersi, ferma, rigida, immobile a guardare in attesa, anche mentre dentro urlava e si dilaniava di fronte a Grady che sussultava e lottava, tremava e gemeva, mentre Iscariot beveva il suo sangue.

Non si mosse neppure quando il capo vampiro, chiaramente stizzito, fece cenno a uno dei suoi di raggiungerlo sul palco e ficcare le zanne nell'altro braccio di Grady: restò immobile per paura di prendere una decisione sbagliata.

Ma quando Iscariot richiamò un terzo vampiro, Macey non riuscì più a trattenersi. «Basta così. Smettetela.»

Era salita sul palco, fanculo alle eventuali trappole e, con un gesto di stizza, aveva impalato un vampiro sul suo cammino. «Lascialo andare. Farò quello che vuoi, ma liberalo.» Odiando il singhiozzo che le serrava la gola, Macey mostrò i denti come una gatta selvatica e si scagliò di nuovo, alla cieca contro Iscariot.

Fu fermata a mezz'aria e scaraventata a terra da un violento colpo che la raggiunse da dietro. La testa sbatté sulle assi di legno e rimbalzò due volte, prima che delle mani possenti la tirassero su.

Erano in tre. Ci vollero tre vampiri per tenerla, tanto selvaggia era la sua lotta.

«Ah, è sempre un piacere vedere un Cacciatore in azione» ridacchiò Iscariot. «Non vi avevo promesso forse un po' di sano intrattenimento?» aggiunse, rivolgendosi al suo pubblico di nonmorti, che applaudì convinto e lanciò qualche fischio.

«Sono qui. Mi hai presa. Che altro vuoi?» sibilò Macey. La testa le pulsava e aveva dolori dappertutto. La puzza di sangue e cenere di vampiro le mozzava il respiro.

«Ho un lavoretto per te, anzi due, a dire il vero. Dopodiché, beh, per quanto mi riguarda puoi anche toglierti dalle palle.» Sorrise, mellifluo. «Ma prima dobbiamo… fare qualche preparativo, per così dire. E approntare il mio… come posso chiamarlo? Guerriero?»

Le si avvicinò con gli occhi che ardevano. «Tenetela ferma.»

I vampiri obbedirono e la bloccarono con forza e ferocia: uno le stava dietro e le teneva i polsi contro la schiena con tanta energia da farle cadere il paletto dalle mani intorpidite. Gli altri due, uno per lato, le trattenevano le caviglie. Era impossibilitata a muovere qualsiasi parte del corpo che non fosse il petto ansante.

Iscariot le sbottonò in tutta calma la camicetta. «Mi spiace rovinare un bel capo d'abbigliamento» spiegò, sganciando un bottone, due, poi tre, quattro…

«Ah!» il vampiro balzò all'indietro alla vista della grossa croce d'argento, la stessa che gli aveva sfregiato il viso e che Macey teneva sotto la camicetta. La ragazza mosse le spalle facendo roteare il ciondolo appeso a una catenella, mandandolo a sbattere contro uno dei vampiri che la reggeva.

Il non-morto colpito urlò e cadde all'indietro tenendosi un braccio. Gli altri due mantennero a stento la presa sulle caviglie, perché cercavano di tenersi alla larga da lei e dall'oggetto sacro. Nonostante si fosse liberata le mani, non si mosse, sapendo che ne andava della vita di Grady.

«No, così non si può andare avanti» sbuffò Iscariot aggrottando la fronte, ma si calmò subito e si voltò verso Grady. «Slegate l'umano.»

Macey sentì un moto di speranza mentre staccavano le mani di Grady dalla corda che pendeva dal soffitto, ma Iscariot non aveva intenzione di liberarlo, perché dette istruzioni di lasciargliele legate.

«Toglile la croce.»

Macey non sapeva se Grady avesse la forza di obbedire, non era neppure certa che avesse sentito cosa gli era stato detto. Ma quando mosse qualche passo, lento e instabile verso di lei, sollevò appena il viso e i loro occhi si incrociarono, Macey percepì una scarica di... qualcosa. Le scavò dentro, cogliendola di sorpresa. E lei riprese a respirare perché, nonostante il dolore che Grady provava, un dolore intenso che gli si leggeva negli occhi insieme al terrore che lo attanagliava, c'era qualcos'altro in quelle iridi blu come il mare: lucidità, forza e determinazione.

Fa' che stia bene.

«Grady» gli sussurrò quando lui fu a portata di voce. «Tienila. Usala.» Avrebbe voluto dirgli di più, molto di più, ma non osò.

L'uomo annuì appena e, dato che aveva ancora i polsi legati insieme, le girò attorno per slacciarle la collana. Per un attimo, mentre lui se ne stava lì, alto, vicino, mentre lavorava lentamente per sganciare la croce, Macey chiuse gli occhi, godendosi la sua vicinanza. Poi odiò se stessa per aver anche solo desiderato che lui la confortasse. *Mi dispiace. Mi dispiace tanto.*

Avrebbe voluto appoggiarsi appena a lui, giusto per sfiorarlo, per fargli sentire la propria presenza e godersi la sua.

Il peso della croce scivolò più in basso, mentre la collana si sganciava, quindi Grady tornò di fronte a lei e raccolse il ciondolo. Disse qualcosa, un mormorio che Macey non riuscì a decifrare, ma prima che potesse ripetere o lei rispondergli o anche solo scusarsi, i vampiri intervennero di nuovo con tutta la loro forza e la costrinsero ad allontanarsi da lui.

Macey cercò di divincolarsi, ma non aveva più armi a disposizione, niente che potesse aiutarla, a parte il minuscolo rosario che aveva infilato nel corsetto, giusto per averlo con sé.

Grady, va' via, pensò con forza. *Vattene da qui.* Il mondo attorno si era fatto scuro e confuso, non poteva più vederlo ma cercava con tutta se stessa di mandargli i suoi pensieri.

«Dunque, dove eravamo?»

Non appena Macey fu di nuovo immobilizzata, Iscariot tornò. Le tirò la camicetta, scoprendole una spalla e la sottile biancheria di pizzo, oltre all'inizio della cicatrice che le segnava lo sterno.

«Lo vedo, sai, quanto sei felice di vedermi… o almeno quanto lo è il tuo bel corpo» proseguì Iscariot, facendo scorrere un dito sul sangue fresco. Con gesto rude, aprì i primi centimetri di corsetto, rivelando un altro pezzo di cicatrice e il profilo di un seno. Aveva le zanne esposte e pronte, che parevano vibrare di desiderio mentre si avvicinava. «Il tuo sangue mi riconosce, non è vero?»

«Ma che- ah!» protestò Macey mentre le zanne del vampiro le trapassavano la spalla. Trattenne un grido e si girò, tentando invano di sottrarsi a quella violenza. Era un dolore fortissimo, nero, rosso e lacerante, diverso da qualsiasi cosa avesse mai provato prima.

Il sangue le ribolliva nelle vene, e si sentiva sprofondare nel buio, fra scure chiazze di niente, si afflosciava e si contorceva, mentre quegli orribili mostri la tenevano con la loro presa d'acciaio.

Quando Iscariot si ritrasse, aveva il respiro affannato e gli occhi accesi di una luce diabolica. Una stilla di sangue gli colava dall'angolo della bocca. «Se solo non avessi altri piani per te, dolcezza…»

Con mani tremanti raccolse quel rivoletto vermiglio per poi spalmarlo sulle labbra dischiuse di Macey, che sentì il sapore ricco, caldo, ferrigno e vitale del suo stesso sangue.

«Ma» sospirò con riluttanza, «purtroppo *ho* altri piani per te. E ora che i preparativi sono ultimati, dobbiamo andare in scena.»

Macey cercava di riprendersi, perché forse erano arrivati al punto. Ma aveva la vista offuscata e le girava la testa. Le gambe non la sostenevano più, erano i suoi aguzzini a tenerla in piedi. Come aveva potuto un solo morso essere tanto debilitante? L'aveva marchiata davvero stavolta?

«Come dicevo, ho due lavoretti per te, Macey Gardella» proseguì Iscariot scendendo dal palco e allontanandosi da lei. «Se vuoi seguirmi» aggiunse con un gesto invitante e, quando i tre vampiri la lasciarono andare, lei lo assecondò, barcollando.

Si guardò intorno alla ricerca di Grady ma era scomparso. I riflettori illuminavano il palco, ma il resto della sala era buio e quindi non riusciva a scorgere che vaghe sagome di non-morti e svariate paia di occhi luminosi, rossi o rosa. Se Grady era lì da qualche parte, non riusciva a vederlo.

Fa' che se ne sia andato. Fa' che sia ormai lontano.

Un rumore meccanico la distolse dai suoi pensieri e Macey vide il pavimento aprirsi, ma non tutto, solo un terzo del palco, dal lato della sala, che si ripiegava a soffietto su se stesso, rivelando un ampio spazio aperto: la buca dell'orchestra.

Iscariot le si fece accanto, aveva in mano un paletto di legno. Gli occhi gli brillavano e le fece segno di guardare nella buca. Macey non riusciva a vederne tutto l'interno, poiché una parte era nascosta dal palco, e quel poco che vedeva, comunque, pareva buio e vuoto.

«Voglio due cose da te, Macey Gardella. Fammele avere e lascerò andare te e il tuo amichetto. E non ti darò mai più fastidio.»

Un orribile brivido gelido la attanagliò, trattenendola dal fare un paio di passi in avanti per guardare meglio all'interno della buca.

«Cosa?» riuscì a chiedere.

«Voglio gli anelli di Jubai» sibilò afferrandola per un braccio. «E l'anima di Sebastian Vioget.»

E così dicendo, la spinse nella buca.

G RADY NON era stupido.

Aveva subito capito che qualcosa non quadrava, quando quella ragazza alta e coi capelli rossi aveva bussato con forza alla porta di casa sua, e dopo che lui aveva aperto, facendole spazio, era rimasta ferma sulla soglia.

Aveva riconosciuto la rossa come una delle amiche di Macey: erano insieme quando aveva parlato per la prima volta con lei, in un locale chiamato *Gyro*. La notte in cui i vampiri avevano attaccato.

«Si tratta di Macey» aveva esclamato la donna di cui, tuttavia, non ricordava ancora il nome. Rimaneva sulla soglia, sotto la pioggia battente, protetta solo da un ombrello. Gli occhi azzurri mostravano agitazione e preoccupazione, e Grady non potette non apprezzare quelle che erano, evidentemente, ottime doti d'attrice. «Ha bisogno di aiuto. Non so a chi altri rivolgermi, né cosa fare. Sei il suo ragazzo, no? Puoi aiutarmi?»

Grady le resse il gioco, per quanto pensarsi come il ragazzo di Macey lo faceva ridere e soffrire al contempo. No, non era lui che la mattina si svegliava al suo fianco col profumo dolce e muschiato della sua pelle, che poteva punzecchiarla chiedendole quale fosse l'ultima storia di vampiri che aveva letto, bisticciare con lei su qualsiasi cosa, vedere quei suoi occhi neri ridere di gusto…

«Cos'è successo? Dov'è adesso?» Si finse ingenuo come Flora, era così che si chiamava, credeva che fosse. Stava per invitarla ad accomodarsi ma si fermò in tempo. Quella non aveva ancora messo neppure la punta del piede oltre la soglia con la croce d'argento incastonata. Piuttosto sospetto.

«Non c'è tempo» rispose pesticciando nervosamente coi piedi, ma sempre senza sfiorare l'uscio. «Sbrigati! Devi venire subito!»

«Va bene. Dammi solo un minuto. Aspettami qui» aggiunse, a scanso di equivoci, per evitare che lo prendesse come un invito a entrare.

Grady si catapultò su per le scale, pensando freneticamente. Gli occorsero solo pochi minuti per recuperare le cose che gli servivano, cambiarsi le scarpe e lasciare alla domestica un bigliettino da dare allo zio Linwood, nel caso. Sperando che lo zio potesse leggerlo.

L'ultima volta che aveva contattato l'ospedale, non c'erano novità: non era cambiato niente. Ma almeno aveva la possibilità di dedicarsi a qualcosa che non fosse aspettare e rimuginare.

Quando tornò di corsa dabbasso, Flora non si era mossa, ma le lentiggini parevano spiccare particolarmente sul viso bianco. Se ne stava ancora lì sotto il diluvio, protetta dall'ombrello. «Andiamo.»

«Dove?» chiese prendendo coraggio e uscendo fuori. Si preparò a essere attaccato e strinse fra le dita il paletto che, per sicurezza, si era messo in tasca, ma Flora si limitò a prenderlo per un braccio e trascinarlo sotto la pioggia fino a un veicolo che li attendeva.

Grady esitò: una volta all'interno dell'abitacolo, sarebbe stato completamente alla mercé dei non-morti. Ma non aveva letto, studiato e fatto indagini, non si era preparato, per quasi un anno per niente. Anzi di più: i semi erano stati piantati ancora prima.

Un rapido sguardo ai finestrini gli disse che dentro c'era solo l'autista e si sentì dunque libero di accettare l'invito di Flora ad accomodarsi sul sedile posteriore. Almeno non si stava gettando in una vera e propria imboscata.

Le dita restavano comunque strette attorno al paletto ed evitò con cura di guardare i suoi compagni di viaggio negli occhi. Si accoccolò in un angolo del sedile, più lontano possibile da Flora, pronto a tutto.

«Dove andiamo? Dov'è Macey?»

Non sapeva se l'avrebbe davvero trovata nel posto dove lo stavano portando, o se lo avrebbero usato come esca per Cacciatori di vampiri.

Mentre era in camera sua a fare mente locale su cosa potesse servirgli, Grady aveva valutato tutte le possibilità. Se Macey si trovava dove lo stavano portando, aveva certo bisogno di aiuto. Era anche possibile che Flora stesse davvero cercando di aiutarla ma, in quel caso, c'era da chiedersi come mai avesse cercato Grady.

Se Macey non era lì e lui avesse dovuto fungere da, per così dire, esca viva, allora meglio lui che qualcun altro all'oscuro di tutta la situazione. Avrebbe voluto poter contattare quel Chas Woodmore, ma non sapeva niente di quel tipo misterioso e iracondo, se non che era lui, adesso, il *ragazzo di Macey*.

Una volta avevano parlato di un posto chiamato *Silver Chalice*: Grady aveva appuntato quel nome sul biglietto per Linwood, ma anche quello rischiava di essere un binario morto, dato che non era mai riuscito a individuare quel posto.

Tutto quello che aveva, dunque, erano la sua arguzia e vent'anni di esperienza di fughe da un gran numero di situazioni impossibili e pericolose. E se non fossero bastati, pensò Grady cupo, allora non sarebbe stato in grado di aiutare nessuno.

«Mai sentito parlare di quel nuovo teatro, l'*Oriental*?» gli chiese Flora, scrutandolo come una gatta col topo. Grady era così attento a non guardarla negli occhi, che non sapeva se fossero, o meno, accesi di rosso.

«Sì, in effetti. È dove mio zio Linwood è rimasto ferito, ieri notte. È lì che siamo diretti?»

«Buona la prima» sorrise, mostrando le zanne. «Sei proprio carino, signor Grady, ci credo che Macey abbia un debole per te.»

Senza volerlo, Grady si ritrasse, mentre lei si avvicinava cercando di soggiogarlo coi suoi poteri. Quando gli fu addosso, lui chiuse gli occhi e strinse i pugni. Non oppose resistenza mentre le zanne della vampiressa gli penetravano la pelle.

✝

Grady non sapeva quanto tempo fosse passato dal suo arrivo all'*Oriental,* ma quello che contava era che ora, era in possesso dell'enorme croce d'argento di Macey, che aveva appena rimosso personalmente dal suo corpo tremante e martoriato.

Ci aveva messo un po' a sganciarle la collana e l'aveva fatto di proposito, per sfiorarle il collo caldo e sottile e starle vicino per un momento. Voleva dirle qualcosa, ma non sapeva cosa. Magari che tutto sarebbe andato bene, che lui stava bene… ma non aveva potuto.

Anche perché non aveva idea di come ci sarebbe riuscito, a far andare tutto bene.

Era ancora sconvolto dalla lotta impari che lei aveva combattuto: le botte e i morsi feroci, i calci, i colpi, gli affondi. Aveva assistito con orrore alla scena, seduto vicino a Flora in un angolo della sala, finché non l'avevano preso e attaccato a una corda che scendeva dall'alto.

Quegli stupidi non-morti avevano usato una corda spessa per legarlo, le più facili da sciogliere data la loro rigidità, inoltre gli avevano pure lasciato le gambe libere, e anche se lo avevano privato del paletto che aveva in tasca, la perquisizione non era stata troppo approfondita, così aveva ancora diversi assi nella manica o, per meglio dire, nei tacchi.

Per quanto pronto e preparato, tuttavia Grady non era nelle migliori condizioni quando aveva raggiunto il teatro. Flora, dal canto suo, pareva avere un debole per lui, perché non ci era andata giù troppo pesante: giusto qualche morso e qualche bacio forzato, al sapore di sangue, in auto. Grady sapeva bene che avrebbe potuto essere molto più feroce e violenta. Le ferite di Linwood ne erano un esempio. E anche quelle di Macey.

Era dunque chiaro che avessero altri piani per lui, piani che di sicuro includevano Macey. Quando era sceso dalla macchina era debole e confuso a causa del sangue che continuava a pulsare e fluirgli dalla gola. Aveva seguito Flora sotto il diluvio fino a una porta di servizio del teatro.

Una volta all'interno, tutto si era fatto veloce e confuso e d'improvviso si era ritrovato appeso per i polsi, illuminato da un riflettore, a osservare Macey farsi strada attraverso un'orda di vampiri.

Avrebbe potuto liberarsi dalle corde con estrema facilità, ma avrebbe significato scoprire troppo in fretta le proprie carte, e troppo apertamente, dato che si trovava sul palco, sotto gli occhi di tutti. Grady fu dunque ben lieto quando lo avevano staccato dalla corda penzoloni e costretto a togliere la croce a Macey.

A quanto pareva, i vampiri non erano molto preoccupati della possibilità che lui si tenesse il ciondolo, o forse erano troppo distratti dalla minaccia rappresentata da Macey, infatti, dopo averlo rimosso dal collo della ragazza, poté tranquillamente ficcarsi in tasca il potente manufatto senza che nessuno lo notasse.

Coi polsi ancora legati, Grady si allontanò con nonchalance dalla luce della ribalta, senza perdere d'occhio quello che era chiaramente il capo dei vampiri e che Macey aveva chiamato Nicholas. Doveva ammettere che era la creatura più terrificante che avesse mai incontrato.

Era importante per il giornalista non farsi notare da lui, e l'impresa non sembrava così impossibile, dato che il vampiro lo aveva a malapena degnato di uno sguardo: la sua attenzione era tutta rivolta a Macey.

Nessuno parve dunque vedere Grady scivolare ulteriormente nell'ombra e poi scendere dal palco. Nel farlo, i suoi piedi calpestarono qualcosa di sottile e cilindrico: si chinò e raccolse un paletto. Nonostante i polsi bloccati, riuscì comunque a farselo scivolare su per una manica. Quindi tornò a guardare il palco. Ora che era armato e nessuno faceva caso a lui, forse avrebbe potuto far qualcosa per volgere il gioco a loro favore.

Forse era il momento di usare quella bustina di polvere che teneva nascosta nel calzino.

Sollevò lo sguardo in tempo per vedere il pallido e slanciato Iscariot avventarsi sulla spalla di Macey e trasalì con lei per l'orrore. Si rese conto di non riuscire a distogliere lo sguardo dall'orribile scena di quel mostro che le affondava le zanne nella carne, trattenendola con le mani affusolate e letali.

Lacrime di rabbia e orrore gli riempirono gli occhi, nel vederla lottare invano, annaspare, fremere, contorcersi e piegarsi mentre la tortura andava avanti. Il battito del cuore rimbombava così forte e veloce, che anche la vista gli si fece rossa e pulsante e dovette conficcare le dita nel bordo del palco per impedirsi di saltare su a fermarli.

«È bellissimo, non è vero?» disse una voce che sovrastava il ronzio che sentiva nelle orecchie. «Guardare.»

Udì appena quelle parole, a malapena si era accorto della presenza di Flora, quando lei gli affondò con foga le zanne empie nell'incavo del collo.

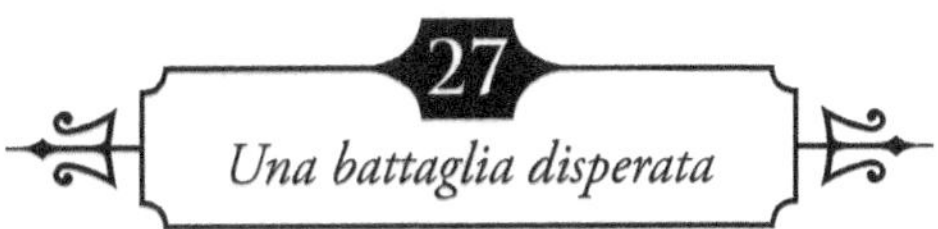

L'IMPATTO COL terreno fu tanto violento da mozzarle il fiato. Un attimo dopo, Macey sentì il tonfo sordo di un paletto di legno che atterrava accanto a lei.

Lo spazio era silenzioso, una buca per l'orchestra inutilizzata, vuota. Il perimetro rimaneva buio e in ombra: la sola luce veniva dall'apertura sul palco.

Col cuore in gola, Macey raccolse il paletto perché, a quel punto, credeva di aver capito cosa avesse in programma Iscariot.

Si era appena rialzata, che scorse qualcosa muoversi nel buio e poi avviarsi lentamente verso la luce.

«Sebastian» esalò. Per quanto si fosse preparata a incontrarlo, la vista di un Sebastian pesto, insanguinato e con gli occhi fuori dalle orbite le tolse il fiato. Gli occhi del vampiro brillavano di sete e angoscia mentre lei gli si avvicinava, sempre brandendo il paletto. Era facile capire che si erano pasciuti di lui, che gli avevano succhiato molto sangue…

«Va' via» sibilò. «Cosa cazzo pensi di…» Gli occhi brillarono ancora più intensamente e le narici si dilatarono quando la fiutò.

Macey si bloccò, ben sapendo cosa la aspettava. *Voglio gli anelli di Jubai. E l'anima di Sebastian Vioget.*

Il piano di Iscariot era chiaro: voleva che lei combattesse e uccidesse Sebastian. La sua morte avrebbe liberato gli anelli. Ma non solo: marchiandola e nutrendosi senza ritegno col sangue di Macey, Iscariot si era assicurato che Sebastian non potesse resistere alla tentazione di assaggiare per la prima volta del sangue mortale, e perdesse così anche la sua anima.

Dopo aver perso tanto sangue, avrebbe dovuto sentirsi debole e disperato, ma disperata era solo la sua sete. Con l'odore del sangue fresco di Macey a riempirgli le narici, non avrebbe resistito ad attaccarla, con la forza sovrumana dettata dalla debolezza e dalla brama.

Macey sentiva rimbombare nelle orecchie il proprio respiro affannoso... o forse no, era quello di Sebastian. Respirava e gli batteva il cuore, Macey ne sentiva il pulsare, sentiva la sua forza, intrappolata con lei in quella buca. Quel battito immortale rimbombava come un tamburo insistente, determinato a catturare quello della sua vittima. A controllarlo per sottometterla.

Si accorse che Sebastian si era accovacciato a terra, le braccia attorno alle gambe raccolte, ciascuna mano stretta attorno al polso dell'altra. Aveva le unghie conficcate tanto a fondo nella propria carne da farlo sanguinare: si stava trattenendo.

«Vattene» ringhiò, nascondendosi il viso tra le ginocchia. Tremava visibilmente. «Vattene da qui.»

Macey non si dette pena di cercare un'uscita: non solo Iscariot aveva certamente fatto in modo che non ce ne fossero, ma in ogni caso, non aveva alcuna intenzione di lasciarsi dietro Sebastian. Mai.

Piuttosto lo avrebbe ucciso.

Lo avrebbe ucciso e avrebbe preso gli anelli, se si fosse reso necessario.

Poi, nonostante tutto, si rammentò dell'anello di rame nel comodino. *Se era uno degli anelli di Jubai, Iscariot non li avrebbe tutti, nemmeno se Sebastian fosse morto.*

«Sebastian» sussurrò avvicinandosi per quanto osava, cercando di ripulirsi un po' dal sangue con un lembo della camicia. «Indossi tutti gli anelli?»

Lui sollevò il viso e Macey per poco non cadde all'indietro. Fu in quel momento che capì che non c'era speranza.

Gli occhi gli brillavano di sete, dolore e lussuria. Non sapeva neppure se l'aveva sentita o se gliene importasse qualcosa. Non sapeva neppure se l'aveva riconosciuta.

Le zanne erano completamente snudate, lunghe, affilate, letali e bramavano di assaggiare finalmente del sangue umano. Le dita erano scivolate e ora stringevano il dorso della mano opposta. Ma anche nella penombra, Macey vedeva bene come lui tremasse di desiderio e con quanta disperazione si trattenesse dal saltarle addosso.

Si sentiva vuota e aveva freddo. Dunque si doveva arrivare a quello. Era l'unico modo. Se Victoria Gardella aveva potuto impalare suo marito…

Strinse il paletto: qualunque cosa fosse accaduta, lo avrebbe ucciso prima che potesse assaggiare il suo sangue. Era l'unica possibilità che aveva per salvare la sua anima e, forse, se la *lunga promessa* era stata in qualche modo mantenuta, anche quella di Giulia Pesaro.

Sebastian era pesto, assetato e debole, non tanto fisicamente ma emotivamente e mentalmente: qualunque cosa gli avesse fatto Iscariot, era riuscito a trasformare il Cacciatore-vampiro nel più vulnerabile degli uomini, che non voleva altri che Macey, l'unica capace di fargli perdere il controllo e cedere al desiderio, tenuto a bada per oltre un secolo, che lo avvelenava.

Non una mortale qualsiasi ma lei, l'incarnazione vivente delle due donne per cui si era sacrificato.

«Ehi, non ci stiamo affatto divertendo.» La voce impaziente di Iscariot fendette l'oscurità. La sua sagoma percorreva il bordo della buca. «Possiamo ravvivare un po' la serata?»

Macey non ebbe il tempo di reagire o rispondere perché, in capo a pochi secondi, altre sagome si avvicinarono al bordo e poi qualcuno fu scaraventato di sotto.

Grady.

Atterrò tanto vicino a Sebastian, che Macey udì il vampiro emettere un mugolio disperato.

Ma a Grady poteva resistere. Era solo una mossa di Iscariot per alzare la posta, per creare una maggiore tentazione per Sebastian, costretto a fiutare, vedere e percepire la vicinanza di altro sangue fresco.

Macey afferrò Grady per la camicia e lo allontanò da Sebastian, sussurrandogli: «Facci uscire di qui.»

Non riusciva a vederlo in faccia, ma lo sentì tendersi come avesse qualcosa da obiettare ma, infine, assentì. Le strinse un braccio con le mani ancora legate e poi si allontanò, proprio mentre Sebastian, lanciando un richiamo faticoso e lacerante, partiva all'attacco.

Macey saltò in piedi e gli si buttò contro con tutta la forza che aveva in corpo, prevenendo l'assalto. Andarono a sbattere con violenza contro il muro di legno della buca e, in un angolo della sua mente, a Macey venne da pensare che, forse, sarebbero riusciti ad uscirne. Insomma, quantomeno non erano mura di mattoni.

Le mani di Sebastian la cercavano, selvagge e rabbiose. Gli occhi non erano più quelli del suo mentore. Erano gli occhi di un demone disperato. Il suo bel viso cesellato era distorto in una maschera di brama e follia. La sbatté a terra usando il proprio peso per schiacciarle la schiena contro il pavimento. La testa di Macey rimbalzò e rimase senza fiato.

Luce e ombra si alternavano davanti ai suoi occhi e un dolore fortissimo esplodeva dalla nuca, ma Macey mantenne salda la presa sul paletto. Era pronta. Un colpo e basta. Un-

No, pensò, *no*.

Sebastian era sopra di lei chino in un'orribile imitazione di un amplesso amoroso, un'arte in cui, si diceva, fosse particolarmente versato. L'aveva avviluppata con gli arti potenti, premendole addosso il petto e il bacino. Il suo viso era una maschera oscura mentre calava su di lei, come per divorarla di baci.

«Fallo» le intimò a denti stretti, la bocca ormai vicinissima alla gola di Macey, che sentiva il calore delle sue labbra e la delicata sensazione delle zanne che le sfioravano la pelle. «Buon Dio, Macey, fallo!». Tremava, in lotta col demone che lo possedeva.

«No» gridò lei, dandogli una testata fortissima alla tempia e spingendolo via con una forza che neanche sospettava di avere ancora.

Si mise faticosamente in piedi, poggiandosi al muro e vide Grady a pochi centimetri da lei. L'uomo si voltò e le lanciò qualcosa che brillò, volando verso di lei.

Macey l'afferrò: la croce d'argento che le aveva tolto poco prima. Ansante e sfinita, sollevò la croce mentre Sebastian si rialzava in piedi, rantolando a sua volta.

«Ascoltami» disse avvicinandosi abbastanza perché Sebastian la sentisse ma non Iscariot, che ancora li osservava dall'alto circondato dai suoi scagnozzi. «Sta' indietro, Sebastian. Usciremo di qui e io non dovrò-»

Lui rise, e non era la risata di Sebastian Vioget ma quella di qualcun altro. Un ghigno oscuro che le dette dei brividi inquietanti e le fece capire che quello non era più Sebastian.

«Credi forse che quella mi possa fermare?» disse agitando una mano possente, «dopo che per oltre cento anni ne ho indossata una simile?»

Le strappò la croce di mano e la scagliò in un angolo buio, mentre afferrava Macey per un polso, traendola a sé. Macey si ritrovò di nuovo premuta contro il corpo di lui, il paletto bloccato fra loro, inutilizzabile.

«Niente mi può salvare» sibilò fra i denti serrati. «Non più.» Prima ancora che si fosse ripresa dallo shock di vedersi privata della croce, Macey si ritrovò con le spalle al muro. E lesse la verità in quegli occhi sconosciuti.

«Non ce la faccio più, non ho più abbastanza forza per resistere… neppure per lei…»

Lacrime rosse e lucenti scesero giù, lasciando intravedere un ultimo barlume dell'uomo che era stato. Macey non aveva scelta, doveva usare il paletto.

Sebastian snudò le zanne e le si avventò alla gola.

Nooo!» GRIDÒ Macey scartando quel tanto che bastò perché Sebastian non potesse lasciarle altro che un graffietto superficiale. «Sebastian» ansimò, tentando un'ultima volta. «Tu sei forte, puoi farcela. Fallo per lei! Fallo per Giulia. Puoi resistere Sebastian, combatti. Per favore!»

Ma lui non ascoltava. Si voltò di nuovo verso di lei, afferrandole lo scollo del corsetto lacero, che si strappò. Mentre cadeva, Macey sentì qualcosa muoversi e scivolare sotto il bustino.

Il rosario.

Ne avrai bisogno.

Mai come in quel momento le serviva tutto l'aiuto possibile.

Sebastian si scagliò ancora verso di lei, con la forza e la velocità tipiche dei vampiri e Macey lo afferrò con una mano, respingendolo e tenendolo a distanza con la forza della disperazione. Lasciò cadere il paletto che aveva nell'altra mano e la infilò nel corsetto per cercare il rosario, mentre Sebastian le torceva con violenza il braccio.

Macey lanciò un grido che era al contempo di dolore e di trionfo, estraendolo all'ultimo secondo. «Fermati!» gridò, sperando e pregando che, in qualche modo, quella sottile striscia di grani, miracolosamente, riuscisse laddove la grossa croce d'argento aveva fallito. Sventolò il rosario in faccia a Sebastian. «Non puoi farlo, non *vuoi* farlo, Sebastian, devi essere forte-»

Sebastian si bloccò e lo fece in un modo surreale e stranissimo: come una bonaccia improvvisa nel bel mezzo di una folle tempesta demoniaca.

«No» sussurrò Sebastian, il respiro ansante e gli occhi spalancati, che non brillavano più. Allungò una mano tremante a sfiorare il rosario. «Come…»

«Sebastian?»

Anche Macey ansimava ed era pronta a tutto. Non mollò la presa su quell'oggetto miracoloso, neppure mentre si appoggiava sfinita contro il muro alle sue spalle. Continuò a tenerlo saldamente col braccio teso e notò che Sebastian ne sembrava quasi ipnotizzato.

«Macey.» Grady era lì. Nonostante il buio, vide che anche lui era pallido, coperto di sangue e terrorizzato, a giudicare dalla sua espressione. Brandiva un paletto e il suo sguardo andava da Sebastian a lei. «Quello è… lui è…»

«Macey» sussurrò all'unisono Sebastian. E grazie a Dio, gli occhi e la voce erano di nuovo i suoi.

«E allora, hai fatto quello che ti ho chiesto?». La voce insistente di Iscariot tornò a farsi sentire, mentre la sua sagoma incombeva dall'apertura.

Non poteva scorgerli ora che erano in ombra, vicino al perimetro, così l'arcivampiro puntò una luce verso la buca per illuminarla.

«Vieni» sibilò Grady prendendola per un braccio, frapponendosi tra lei e Sebastian e squadrando quest'ultimo con sospetto. «Da questa parte, adesso.» Indicò il muro col paletto che aveva in mano: aveva trovato una via d'uscita.

«Ma ci vedranno scappare» mormorò lei, smettendo di guardare Iscariot. «Porta via Sebastian e loro penseranno che io abbia fatto quello che mi hanno chiesto.»

«Ma sei impazzita?» esclamò Grady, mentre Sebastian ringhiava, «ti ha dato di volta il cervello?»

«Ma loro…»

Grady tese la mano per mostrare un sacchettino di carta sul palmo. «Ho questo. Ci nasconderà per un minuto.»

Macey non aveva idea di cosa si trattasse, ma non ce n'era bisogno: si fidava ciecamente di Grady. Poteva fidarsi anche di Sebastian? Lo osservò di nuovo, ancora poco convinta di quel cambio repentino. A parte l'aria esausta e sofferente, sembrava tornato quello di sempre.

Tornò a osservare la schiera di vampiri affacciati dal bordo della buca che guardavano giù. Poi fece cenno a Grady.

«Fa' quello che devi fare. Qualsiasi cosa sia.» Raggiunse il margine della zona in luce, accentuando l'affanno e barcollando come fosse ferita a morte. Guardò su verso Iscariot e, parlando come si sentisse annientata, disse: «Sebastian… lui… è… non riesco a… lui… lui…»

Con la coda dell'occhio vide Grady fare un gesto secco col braccio, poi sentì uno schiocco, seguito da un leggero ma pungente odore di fiammifero.

«Ora!» disse Grady e Macey uscì dal cerchio di luce, verso il buio e l'apertura simile a un buco nero nel muro. Mentre gli sfilava accanto, Grady gettò qualcosa al centro della buca.

Macey attraversò barcollante l'apertura, che poi era una porta, seguita da Sebastian. Ci fu una piccola esplosione e poi un fumo nero pervase l'aria e riempì lo spazio della buca. Intanto lei e Sebastian avevano già imboccato l'uscita e Grady si chiuse la porta alle spalle.

«Che cavolo era?» chiese Macey a Grady, senza smettere di guardare preoccupata Sebastian. Era ancora debole e assetato di sangue, quanto tempo avevano prima che cedesse di nuovo? Dovevano riportarlo al *Silver Chalice*.

Loro.

Lei e Grady?

Che strano.

«Non so da che parte andare» balbettò quando Grady le andò a sbattere addosso.

«Di qua» rispose lui, afferrandola per un braccio e guidandola attraverso un dedalo di stanze e corridoi dal soffitto basso, usati per il passaggio di attori, attrezzature e oggetti di scena.

Alle loro spalle si udivano grida arrabbiate: Iscariot e i suoi sarebbero stati loro alle calcagna in capo a pochi minuti.

Macey sospinse in avanti Sebastian, mettendolo fra sé Grady, mentre il giornalista faceva strada nei sotterranei del teatro.

Ora dobbiamo solo trovare l'uscita. Al resto penseremo dopo, si disse.

Finalmente trovarono una pesante porta con su scritto *exit*. Grady la aprì con una spinta decisa e si ritrovarono tutti e tre nel bel mezzo di un vicolo buio, nella notte tempestosa.

Si richiusero la porta alle spalle. «Ci sono alle calcagna!» ansimò Macey. "Scappiamo!»

«Aspetta! Blocchiamo la porta: ci darà un po' di vantaggio.»

Si guardarono intorno, ma l'unico oggetto mobile era una vettura a qualche metro da loro.

«Andrà bene» disse Sebastian, che fino ad allora non aveva aperto bocca. «Macey.»

I due Cacciatori aiutati da Grady, entrato per metà nell'abitacolo per togliere il freno a mano e sterzare, spinsero l'auto davanti alla porta. Avevano appena finito, che questa si aprì ma subito fu bloccata dal veicolo. C'era solo un piccolo spiraglio da cui passava sì e no una mano.

Erano al sicuro… per adesso.

«Andiamocene» disse Macey, guardando Grady che, come lei, era a corto di fiato per lo sforzo e l'emozione. «Grazie.»

«Da questa parte» li richiamò Sebastian, partendo con passo rapido e sicuro.

Avevano percorso poco più di un isolato, quando il vampiro si fermò all'improvviso e si voltò per fronteggiarli. Erano in un vicolo angusto, reso ancora più cupo e inquietante dalle nuvole tempestose e dalla pioggia. Sembrava voler sbarrare loro la strada, gli occhi di nuovo rossi e accesi.

Macey si fermò, parandosi davanti a Grady il quale, però, la prese per un braccio cercando di tirarla indietro, e brandendo un paletto.

«Dove l'hai trovato?» Sebastian allungò un braccio verso Macey e la afferrò, costringendola a voltarsi. L'altra mano era sollevata e stretta a pugno, come se stesse per colpire.

Grady imprecò e si lanciò verso di lui ma, con un rapido movimento del braccio, il vampiro lo respinse. Nel frattempo Macey aveva dato uno spintone a Sebastian e si era liberata dalla sua stretta.

«Non le faccio niente» ringhiò mostrando i pugni a Grady, poi tornò a rivolgersi a Macey. «Devo sapere dove lo hai trovato.» Le sventolò di nuovo il pugno in faccia e fu allora che Macey vide brillare i grani del rosario: era avvolto attorno alla sua mano.

«Arrivano!» urlò Grady guardando la strada.

Sebastian imprecò, ma partì di corsa. Macey lo seguì, ma più lentamente, per tenere il passo di Grady.

Fecero lo slalom tra le strade e i veicoli parcheggiati, correndo fra le pozzanghere e scivolando sui marciapiedi bagnati. E stavolta non si fermarono finché non raggiunsero il cancello del *Silver Chalice*.

Un attimo dopo erano all'asciutto, all'interno del pub silenzioso. La porta si era appena chiusa alle loro spalle che Sebastian sbatté di nuovo Macey contro il muro. *«Dove l'hai preso?»*

Era senza fiato e aveva gli occhi furenti ma non rossi e il rosario ancora avvolto attorno alla mano. «Te lo ha dato Wayren? *Wayren?*» ringhiò, voltandosi per parlare alla stanza in generale, senza mollare la presa sulla ragazza. «Wayren?»

«No, non viene da Wayren» rispose Macey, sollevando una mano per fermare Grady, che pareva pronto a piantare il proprio paletto nella schiena di Sebastian. «Viene da… è stata una vecchietta a darmelo.»

«Una vecchietta?» Sebastian drizzò la schiena, con stampata in faccia un'espressione confusa e sbalordita. La lasciò andare. «Una *vecchietta*? E come? Dove?»

«Nella chiesa di Old St. Patrick. Si trova-»

Sebastian lanciò un grido di sorpresa e sgomento: all'improvviso tutto gli fu chiaro. «Mio Dio» esalò, guardando il rosario che ancora teneva in mano. Vacillò e dovette appoggiarsi al muro. «*Mio Dio.*»

Se a Grady parve strano che un vampiro invocasse il Signore, non reagì. Si limitò a fissarlo con sguardo fermo e severo e abbassò il paletto.

«Sebastian?» Macey allungò una mano verso il collega, certa che l'istinto vampiresco non avrebbe avuto la meglio, non più: era accaduto qualcosa… ed era merito del rosario. «Che c'è?»

«Ha una perlina in più alla fine» commentò Grady spostando lo sguardo dall'uno all'altra, ma era chiaro che Sebastian non fosse più interessato alla conversazione.

«Devo…»

Si voltò e si avviò, anzi, *corse* fuori dal pub.

Se Macey avesse dovuto scommettere su dove fosse diretto, avrebbe puntato tutto sulla chiesa di Old St. Patrick.

G IULIA!»

Macey sentì il grido di Sebastian ancor prima di varcare la soglia della chiesetta.

Anche lei entrò di corsa nel santuario e si fermò, ansante e madida di pioggia, chiedendosi quante altre volte, quella sera, si sarebbe ritrovata senza fiato e tremante per la stanchezza. Il luogo era silenzioso, a parte le grida di Sebastian, e non c'era da stupirsene: era da poco passata la mezzanotte di una nottataccia piovosa.

Ai lati delle panche, le fiamme delle candele guizzavano dentro file di contenitori rossi opachi. Quelle dell'altare erano invece protette da vetri bianchi e rilasciavano una luce più calda e intensa. Un enorme crocifisso incombeva sulla navata. Le vetrate colorate apparivano spente e sbiadite. Le panche vuote e silenziose.

«*Giulia!*» gridò ancora Sebastian e il richiamo echeggiò assordante nel vasto spazio. Era nel bel mezzo della navata centrale e si guardava spasmodicamente attorno.

La porta si spalancò di nuovo alle spalle di Macey ed entrò Grady, anche lui trafelato per la corsa. Si fece in automatico il segno della croce.

«Stai bene?» le sussurrò. «Sai cosa succede? Com'è possibile che un vampiro riesca a entrare qua dentro?»

Macey scosse la testa. «Sebastian non è come tutti gli altri.» Uno strano formicolio le dette la sensazione di cominciare capire.

Come se sapesse cosa stava per succedere, ma non riuscisse a trovare le parole per esprimerlo, neppure nella sua testa.

Su un lato della chiesa qualcosa si mosse e Macey vide una figura ricurva emergere dalle ombre. Sentì il cuore gonfiarsi e qualcosa di enorme e caldo avvolgerla, un'intensissima sensazione di tepore.

Senza pensarci afferrò la mano di Grady e guardarono Sebastian muoversi, come tirato da fili invisibili, e voltarsi verso la vecchietta. Anche da lontano, vedevano il petto del vampiro sollevarsi a fatica e le mani tremargli.

«Giulia?» sussurrò, muovendo un passo verso quella donna fragile e velata. «Sei tu?»

Macey e Grady risalirono lentamente la navata per avvicinarsi a Sebastian, che pareva incapace di muovere un altro passo.

La vecchietta sollevò il velo che non toglieva mai, ma, invece di rispondere a Sebastian, guardò Macey. A dispetto della distanza che le divideva, Macey si sentì travolgere dal potere e dalla serenità che lesse in quegli occhi, quando catturarono i suoi. Erano uguali. Erano gli occhi dei Pesaro.

«Grazie» disse la donna e nelle iridi, illuminate dalla luce delle candele, brillarono delle lacrime.

«Scusi, signora, ma quanti anni ha?» le venne spontaneo chiedere, desiderando subito ritirare quella domanda così inopportuna nel bel mezzo di… qualunque cosa stesse succedendo.

La vecchietta le sorrise con dolcezza mentre la faccia le si riempì ancor più di rughe. «Compio centocinque anni oggi. Già, proprio oggi. Nel giorno in cui la *lunga promessa* venne pronunciata, io rinacqui.» Distolse lo sguardo da lei e tornò a guardare Sebastian. «*Amore mio.*»

«Giulia…» sussurrò, «vuoi forse dire…?»

Lei sfilò una mano da sotto l'ampia tunica che indossava: reggeva un paletto dalla punta d'argento, che brillò, anche nella penombra della chiesa. Sorrideva piena di gioia.

Macey si sentì rimescolare dentro ed ebbe l'istinto di scagliarsi contro di loro, ma Grady la fermò. «No.»

Ubbidì, nonostante il cuore le rimbombasse forte e veloce nel petto. Aveva tutti i peli dritti, e muscoli e tendini talmente tesi da sembrare pronti a spezzarsi.

«È tempo» disse Sebastian, «finalmente.» Non aveva occhi che per la vecchietta, per Giulia, mentre andavano l'uno verso l'altro.

«No» mugolò Macey. «Sebastian!» urlò. «Che fai? E se ti sbagli? E se...?»

Ma era troppo tardi. La donna si lanciò verso di lui brandendo il paletto, e mentre si gettava fra le sue braccia, gli affondò l'arma nel petto, un gesto rapido, netto, deciso, forte.

Incredibilmente forte per una creatura tanto vecchia e fragile.

Macey urlò, non riuscì a trattenersi perché si sentì come se fosse stata pugnalata al cuore anche lei, mentre Sebastian si bloccava, trapassato dal paletto d'argento. Il bel corpo d'ambra e bronzo, per quanto pesto, malconcio e coperto di sangue, parve risplendere alla luce dorata della candele, mentre sussultava e rovesciava la testa all'indietro.

Un vortice di energia riempì la chiesa, una fortissima folata di vento che fece mulinare una nuvoletta di cenere e polvere luccicanti, a formare una colonna che avvolse Sebastian e Giulia.

Vorticò e brillò e Macey vi potette scorgere le due figure: Sebastian e la sua amata che si univano, si abbracciavano, diventavano una cosa sola... e nel bel mezzo della tempesta, per un attimo, la vecchietta si trasfigurò nella bella giovane che era stata un tempo, con lunghi e voluttuosi capelli neri, il viso privo di rughe ed enormi, bellissimi occhi scuri, identici a quelli di Macey.

Quegli occhi la guardarono, incatenandola nonostante la distanza.

Macey sentì una scossa di calore e comprensione, forse di amore, esplodere in lei, mentre la bellissima e giovane Giulia la guardava e poi, con una nuova trasformazione, tornava a essere la vecchietta che aveva conosciuto.

E poi, d'un tratto, scomparvero.

Le due figure si erano dissolte in una nube argentata e scintillante che si sparse nella chiesa, ricoprendo le panche come polvere di stelle. L'odore non era quello nauseabondo e stantio della cenere di vampiro, ma qualcosa di bello e piacevole.

Qualcosa che profumava di eternità.

La polvere si adagiò e fu di nuovo silenzio.

Tutto ciò che rimaneva, erano un paletto dalla punta d'argento, un rosario lucente e cinque anelli di rame.

N IENTE È cambiato» disse Macey, la voce tesa per l'emozione.

Tornò con Grady al *Silver Chalice*. L'alba stava sorgendo e la tempesta era finita. Erano soli nel pub e tutto intorno era buio e silenzioso.

«È cambiato tutto invece» ribatté Grady, allentandosi il colletto della camicia, zuppo di pioggia e di sangue. «La tua amica dai capelli rossi mi ha morso più e più volte. Non venire a dirmi che non è cambiato niente, maledizione.»

Trasalì alla vista dei morsi di vampiro freschi. «Acqua santa salata» raccomandò lei.

«Già fatto. Ne avevo un po' nei tacchi delle scarpe, insieme a dei grimaldelli. E avevo una bomba fumogena nei calzini, assieme ai fiammiferi per innescarla. Se ricordi bene, è grazie a quella che siamo potuti scappare senza essere visti. «Avevo un paletto in tasca e *questo*» proseguì mostrandole tre pezzetti di legno delle dimensioni di un dito. «È un altro paletto, come puoi vedere basta avvitare insieme i pezzi, ma essendo smontabile può stare in poco spazio, per esempio dentro una scarpa.» Gli occhi azzurri brillavano, «e non venirmi a dire che non so quello che faccio e in cosa mi sono immischiato, Macey. Questa scusa, non la puoi più utilizzare.»

Macey non poté fare a meno di guardarlo a bocca aperta, anche se sentiva il terrore crescerle dentro. «Tu non capisci» disse prendendolo per le braccia. «Mio padre-»

«Sì che capisco, cazzo.» Come sempre, quando si arrabbiava, l'accento irlandese scompariva e le parole erano dure e nette. «E capisco più di quanto tu possa immaginare, soprattutto ora che ti ho vista combattere per salvare la tua vita, la mia e quella di Sebastian. Ti ho vista, ho visto cosa hai passato, ho visto quanto sei forte e quante responsabilità hai. Lo capisco.»

«Anche mia madre *capiva*» sussurrò Macey. Aveva gli occhi pieni di lacrime e il bel viso di Grady, che le era tanto caro, appariva sfocato. «Ed è stata uccisa dai vampiri solo perché era sposata con mio padre. L'hanno torturata, Grady, quello che le hanno fatto… una fine ancora peggiore di quella della povera signora Gutchinson. E mio padre ne è stato distrutto.» Scosse la testa. «Non voglio che facciano del male a te e distruggano anche me. Ho una missione.» Tentò di mantenere la voce calma e distaccata, ma fallì miseramente.

Era dura. Durissima.

«Mi sembra un discorso da codardi» replicò lui, atono. «Ma immagino che dovrei prenderlo come un complimento, il fatto che tieni tanto a me.»

Non hai idea di quanto ci tenga a te. «Hai visto cosa è successo ieri notte… hai visto l'orrore, la violenza, la perfidia. Ma quello che non capisci, che non *puoi* capire è che per me è così *ogni giorno. Ogni* giorno. *Ogni* notte. Non c'è riposo, non c'è sonno. Non ho tempo libero e non ho scampo. Mai. Ma tu sì, Grady.» Le lacrime presero a scorrere e la voce le tremava per l'emozione. «Tu non vuoi una vita così, fatta di solitudine, violenza e oscurità, non te la meriti.»

«Macey» mormorò prendendola tra le braccia. «Quello che *tu* non capisci, è che sono innamorato di te. Affronterei volentieri, e per scelta, questa vita, pur di stare con te, di essere al tuo fianco, per aiutarti e quando ce ne sarà la possibilità, perché sai che ci sarà, sarei lì per fare l'amore con te, tenerti tra le braccia e scacciare i tuoi demoni… foss'anche solo per poco tempo. Tuo padre e tua madre avevano questo, no?»

Era più forte e potente di Grady eppure, lì fra le sue braccia, si sentì d'improvviso debolissima e fragilissima. Le lacrime gli bagnavano la camicia e sentiva il profumo familiare della sua pelle e il sapore di sale che veniva da entrambi e il calore del suo corpo.

«Dimentichi un *rún*, un segreto» le mormorò tra i capelli. «Ho fatto la guerra. Ho visto la violenza per giorni, settimane, mesi. Sono cresciuto nei bassifondi di Dublino, circondato da miseria, avidità e morte.»

«Non è la stessa cosa.» Si staccò. «Questa guerra, la *mia* guerra non ha mai fine. Non finirà finché non muoio.»

«E io sarò lì con te per tutto il tempo, bambolina mia.»

Un rumore leggerissimo venne dalle loro spalle e li fece girare. Macey sbatté gli occhi di fronte a Wayren: era la prima volta che la rivedeva, dopo che le aveva consegnato la *vis bulla*.

La prima volta in quasi un anno.

Doveva avere a che fare con Sebastian.

«Sono Wayren» disse rivolta a Grady.

Lui la fissò per un lungo attimo e poi disse: «In qualche modo, credo che il mio nome già lo conosca.»

Lei sorrise e inclinò appena la testa. «Posso parlare un poco con Macey?»

Grady annuì e andò verso l'altro lato della stanza.

«Cosa vuoi davvero?» chiese Wayren, fissando Macey coi pallidi, chiarissimi occhi azzurri.

Anche stavolta la presenza di quella creatura enigmatica le comunicò un senso di pace, di consolazione. Di forza. «Voglio che non corra pericoli. Non voglio essere come mio padre, non voglio mettere a repentaglio la vita di qualcuno che amo solo per tenerlo egoisticamente con me.»

Wayren sostenne il suo sguardo. «Amare qualcuno non è mai egoistico.»

Macey scrollò la testa. «Magari è vero, ma non voglio fare come mio padre. Non voglio che a Grady succeda qualcosa per colpa mia.»

«E se potessi… rimediare? È quello che vorresti davvero?»

«Come?» chiese preoccupata.

Wayren rovistò nella sacca appesa alla sua cintura medievale e ne estrasse una catenella sottile da cui pendeva un disco d'oro. «Questo oggetto è stato usato per secoli per cancellare i ricordi di chi, per caso o di proposito, veniva in contatto col mondo dei Cacciatori e dei vampiri.»

Macey guardò il pendente e ne percepì il vibrante potere. «Apparteneva a Eustacia, la zia di Victoria?»

«Le era stato affidato per usarlo. Vuoi che lo usi, Macey?»

Non dovette rifletterci troppo. «Se aiuterà a tenerlo al sicuro, a impedirgli di andare a caccia di vampiri, allora sì. Fallo. Usalo.»

«Bada che cancellerà anche tutti i ricordi collegati, inclusi quelli che riguardano te.» La guardò con dolcezza. «Non ti riconoscerà più.»

Macey sentì un tuffo al cuore e lo guardò. Un grumo di dolore si contrasse dentro di lei, ma fece cenno di sì. «Sì. Tuttavia… anche se lui si scorderà di tutto, Iscariot e Flora si ricorderanno ancora di lui, sarebbe comunque un bersaglio, no?»

Wayren inclinò la testa come un uccellino dagli occhi chiari. «Non credo, se non sarà più collegato a te. Ma se può farti sentire meglio, gli darò qualcosa che potrà aiutarlo. Non saprà di cosa si tratta, ma percepirà quando c'è un pericolo o una minaccia.»

«Sì, Wayren, ti prego.»

«Ne sei certa? Sei certa di volerlo lasciar andare, di rinunciare a lui, cancellare tutti i suoi ricordi che riguardano te e le altre cose che sono successe?»

Macey sentiva la gola bruciare e un groppo che gliela stringeva, ma annuì. «Sì, Wayren ti prego. Fallo. Subito.»

«Benissimo.»

«Wayren.»

La donna si voltò, speranzosa. «Hai cambiato idea?»

«No, no… solo… sai se… Linwood ce la farà? Non vorrei… beh, sarebbe brutto se perdesse anche lui.»

Wayren guardò prima in alto, poi di lato, come fosse in ascolto o in attesa. Dopo un po' tornò a guardare Macey. «Vivrà.»

«Grazie.»

Macey osservò la donna bionda e sottile avvicinarsi a Grady, con quel suo incedere strano, come se fluttuasse. Gli parlò sottovoce, mettendogli una mano su un braccio. Lui non guardò Macey, ma annuì e lei lo condusse via.

Addio, Jameson Grady.

Macey si asciugò rabbiosamente le lacrime, si voltò di scatto e... per poco non andò a sbattere contro Chas.

«Ti passerà, bellezza» disse, circondandola col braccio sano. «Ti auguro solo di non dover attraversare i secoli, per riuscirci.»

«Sono i veri anelli di Jubai questi?» chiese Macey, disponendo le cinque fascette di rame sul bancone di un silenzioso e deserto *Silver Chalice*.

Era il pomeriggio inoltrato del giorno successivo alla morte di Sebastian, e Macey si sentiva, per un verso, un'altra persona: pulita e riposata, finalmente libera da Capone e dalle preoccupazioni per Grady. Ed era di nuovo a casa.

Ma dall'altro lato si sentiva svuotata, persa, sola. E aveva un sacco di domande.

Quella che aveva appena posto circa gli anelli di Jubai non era che la più semplice.

«Li hai presi da Sebastian, no?» chiese Temple. Aveva il viso tirato e gli occhi pieni della stessa stanchezza e dello stesso dolore che tutti provavano, ora che Sebastian se n'era andato per sempre. Temple era quella che aveva trascorso più tempo con lui, negli ultimi mesi. «Perché non dovrebbero esserlo?»

Erano sole nel pub, Macey su uno sgabello e Temple dietro al bancone. In onore al proprietario del locale, la donna aveva versato per entrambe un bicchierino del liquore giallo-rosato che avevano trovato sotto al bancone.

«Questa mi mancava» aveva detto Temple osservando la strana bottiglia di vetro squadrata col tappo nero a piramide. Aveva annusato il contenuto prima di servirlo, per accertarsi che non si trattasse di uno dei miscugli a base di sangue di Sebastian.

«Doveva essere qualcosa di davvero speciale, lo teneva nascosto da Chas.»

«Probabile. A Sebastian.» Macey sollevò il bicchiere e poi bevve. Il liquore era morbido e dava un'intensa sensazione di calore: non aveva mai assaggiato niente di simile. Quando riappoggiò il bicchiere sul bancone, spiegò a Temple dell'altro anello che aveva visto nel comodino di Sebastian. «Mi chiedo se ne avesse fatto uno falso in modo che, se Iscariot lo avesse ucciso, non avrebbe avuto tutti quelli autentici. Forse, in fin dei conti, *aveva potuto* togliersene uno e l'aveva sostituito con quello fasullo, o forse si era solo preparato a tale miracolosa evenienza.»

«Ma Iscariot si sarebbe lanciato alla ricerca di quello mancante e di certo sarebbe venuto subito da te, come prima cosa.»

«Vero. Ma non si sarebbe accorto di avere un falso finché non avesse tentato di usare gli anelli nella polla fra i Munții Făgăraș. E da quel che so, se provi a infilare una mano in quella polla senza l'adeguata protezione, potresti non vivere abbastanza per vendicarti di chi ti ha fregato» concluse con un'alzata di spalle.

«Giusta osservazione, sorella» rispose l'altra sollevando il bicchiere. «Sebastian era un furbacchione.» Sbatté rapidamente le palpebre e poi si chinò per riporre la strana bottiglia sotto il banco, evitando così lo sguardo di Macey. «Non ci riesco, a dirgli addio.»

«Nemmeno io. È successo così in fretta… ma era felice alla fine. Era con lei.»

«L'ha salvata, vero? Ne sei sicura? Non hai dubbi?»

«Se mai rivedrò Wayren, glielo chiederò, per sicurezza, ma ne sono certa.»

«Chiedermi cosa?»

Le due donne si voltarono e Macey non fu sorpresa che Wayren fosse di nuovo lì, arrivata senza tanto clamore e senza neppure usare la porta. Fu invece sorpresa, ma per niente dispiaciuta, che ci fosse anche Chas.

«Se la *lunga promessa* di Sebastian sia stata, alfine, mantenuta?»

La donna bionda ed eterea si avvicinò al bancone. «Sai che è accaduto, l'hai visto coi tuoi stessi occhi, Macey. Non hai bisogno che ti venga confermato ciò che già sai. Né adesso, né in futuro.»

«Dovresti essere a letto, tu» Temple redarguì Chas con uno sguardo al vetriolo. «Anche se sei un Cacciatore, devi darti il tempo di guarire.»

«Sto bene, sono solo un po' indolenzito» disse, sedendosi con una smorfia su uno degli sgabelli di fronte al bancone. «Forse Macey ha trovato risposta alle sue domande, ma anche io ne avrei qualcuna, se non vi dispiace.» Fissava deliberatamente la bottiglia sul bancone ma Temple non se ne accorse o lo ignorò di proposito. *Probabilmente la seconda*, pensò Macey.

«Sono questi gli anelli?» chiese, sfiorandoli con un dito. «E ora chi se li metterà per il prossimo secolo?»

Tutti ridacchiarono, ma quando l'uomo fece per raccoglierli, Wayren lo fermò, schiarendosi appena la gola.

«Non sarà necessario, Chas. Li restituiremo. Sì, questi sono i veri anelli di Jubai e li riporteremo a St. Patrick, dove saranno al sicuro fino a quando ne avremo bisogno, se mai succederà. Sia gli anelli, sia il rosario. Tu però puoi tenere il paletto.» Le ultime parole erano rivolte a Macey.

«A proposito del rosario… temo di non aver capito cosa sia successo. Perché è stato capace di respingere Sebastian, mentre la croce più grande no?» chiese Macey.

«Davvero lo ha respinto? Pensaci bene» replicò Wayren.

Macey ripensò a quel momento. «In effetti no, non lo ha respinto, piuttosto lo ha… come dire… svegliato. È stato come se avessi premuto un interruttore e il Sebastian folle e disperato fosse tornato se stesso.» Un brivido le fece drizzare i peli sulle braccia. «Come se si fosse risvegliato da un sogno.»

«Già.»

Macey continuò a parlare, mentre tutto si faceva via via più chiaro. «Come se, grazie a quel particolare grano in più, lui avesse *riconosciuto* quel rosario.» La certezza fluì in lei, facendola sorridere. «Ora capisco. Era quello di Giulia, doveva averne avuto uno simile quando si conoscevano e quel grano in più lo rendeva speciale. Lui lo ha riconosciuto, gli ha ricordato Giulia… in effetti è stata lei a darmelo, o meglio la sua versione rinata e reincarnata. Ha detto di essere nata il giorno in cui Sebastian ha pronunciato la *lunga promessa*… quindi non era davvero lei, dico bene?»

«Era la sua anima» spiegò Wayren, «manifestatasi come una nuova persona, che non attendeva altro che il giorno in cui avrebbe di nuovo trovato pace.»

«E ora sono entrambi in pace» disse Macey con un sorriso, nonostante il dolore che la trafiggeva ogni volta che ricordava che Sebastian se ne era andato per sempre.

«Non me ne versi un po'?» chiese Wayren a Temple. «Dato che ora sei la proprietaria del locale, devi abituartici.»

«E così adesso devo pure gestire il pub? Oltre ad allenare Cacciatori e a imparare a confezionare cappelli, sono anche la proprietaria di un bar clandestino? Avrò il mio bel daffare» sbuffò, ma l'idea sembrava stuzzicarla, perché poggiò le mani sul bancone di legno consumato, come se lo accarezzasse. «Lo farò. Per lui.» Si voltò per servire Wayren e, finalmente, anche il povero Chas.

Tutti e quattro sollevarono i bicchieri all'unisono.

Macey sentì gli occhi riempirsi di lacrime e sbatté forte le palpebre: due addii nel giro di due giorni erano davvero troppi.

Ma la sua vita era così. Era la scelta che aveva fatto, l'eredità che aveva deciso di seguire. E adesso era tempo di andare avanti: più forte e risoluta, libera da vincoli e sensi di colpa.

«A Sebastian Vioget» brindò Chas, sollevando in alto il bicchiere: gli occhi scuri da zingaro erano lucidi mentre fissava, senza vederlo, il proprio drink. «L'uomo più forte che abbia mai conosciuto.»

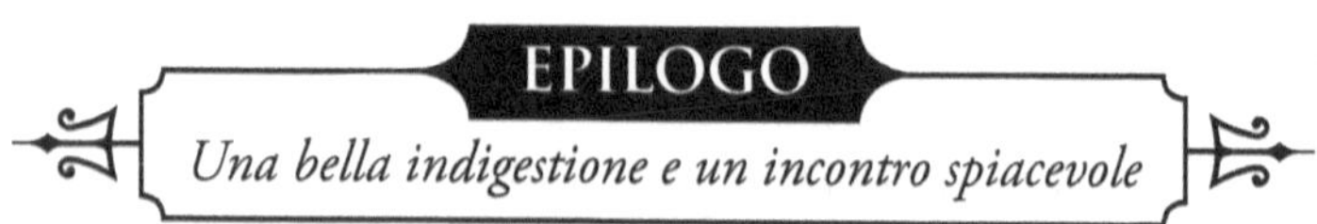

COME SPESSO accadeva, Al Capone, a cena, aveva esagerato. A dispetto del livore per la defezione di Macey Gardella, si era sentito in vena di festeggiamenti: che diamine, in fondo era sopravvissuto alla rapina all'*Art Insitute* e quei dannati falsari che gli avevano fregato un milione di bigliettoni erano dietro le sbarre.

Aveva perciò fatto fuori diverse porzioni di ossobuco, pasta, pane all'aglio e svariate caraffe di Chianti, e a seguire cannoli e caffè con molta, molta panna. E zucchero. Per non parlare dei sigari.

Un uomo doveva pur godersela, la vita, specie se era ricco come Creso e aveva una serie di pallottole col suo nome scritto sopra. E il buon cibo abbondante era indispensabile per vivere appieno. Non lo diceva anche la Chiesa? A catechismo non insegnavano forse che l'uomo è sulla terra per vivere appieno la propria vita?

Almeno in quello, non si poteva certo dire che Al Capone venisse meno ai suoi cristiani doveri. Quanto a tutti gli altri peccatucci… venivano cancellati dalle sue confessioni settimanali.

Ciononostante, il ventre strapieno gli impediva di dormire bene. Quella sera Mae era a Cicero con le sue sorelle, quindi aveva la camera nell'attico del Lexington tutta per sé. Poteva scorreggiare, ruttare e lamentarsi quanto voleva per il bruciore di stomaco e l'indigestione.

Si mise in libertà, togliendosi camicia e pantaloni e gettandoli a terra alla rinfusa insieme alle scarpe e ai calzini, rimanendo solo in boxer e canotta. La forma della *vis bulla* era ben visibile sotto la stoffa tesa attorno al ventre prominente, e lui guardò quel bozzo a forma di croce sopra l'ombelico con un mezzo sorriso.

Senza la sicurezza e la forza conferitegli da quel minuscolo amuleto, forse non sarebbe diventato l'uomo che era adesso... temuto, rispettato e schifosamente ricco. Potente. Sospettava che lo difendesse anche dalla sifilide perché, nonostante fosse malato, non gli dava problemi da anni.

E poi, che diamine, in cambio di una vita tanto piena, Al faceva la sua beneficenza, molta più di quanto fosse noto, in effetti, tranne che a lui e a Dio. Faceva anche la sua parte per mantenere la pace nel mondo senza legge del Proibizionismo. Che che ne dicesse la gente della sua avidità e dei suoi traffici illegali, il controllo che aveva sul mercato nero degli alcolici di Chicago, aiutava a mantenere minimi i livelli di criminalità e violenza, che si sfogavano solo tra lui e i suoi rivali. Aveva anche fatto fuori qualche vampiro negli ultimi anni, persino corpo a corpo, come voleva la tradizione. Ma ormai non lo riteneva più necessario.

Le folte sopracciglia si aggrottarono al pensiero di Macey Gardella Denton: quella puttanella aveva forse vinto una battaglia, ma che fosse dannato se la guerra era finita. Erano legati, loro due. C'era una profezia da realizzare e lui avrebbe trovato un modo per farle capire che non avrebbe potuto portare a termine il proprio compito, né inverare la profezia senza di lui al suo fianco.

Lo stomaco gorgogliò in modo preoccupante e le dita di Capone si allontanarono dalla pancia rigonfia, mentre chiudeva gli occhi: sapeva per esperienza che, quando indulgeva troppo col cibo, il rimedio migliore erano tempo, riposo e un bagno a portata di mano.

Doveva essersi addormentato, perché fastidio e dolore gli avevano dato una breve tregua, ma poi qualcosa lo destò e aprì gli occhi. Si trovò a guardare la finestra e un singolo raggio di luna che filtrava dalle tende appena scostate che ondeggiavano nella brezza notturna.

Un gelido brivido di terrore lo percorse perché, quando si era ritirato, la finestra non era aperta: con circospezione, allungò la mano per recuperare il paletto e la pistola che teneva nel cassetto del comodino.

«Fossi in te non lo farei.»

Quell'ordine sussurrato fu accompagnato dalla sensazione di una punta fredda e metallica che gli sfiorava la massiccia spalla nuda.

Si voltò e vide un'ombra in piedi di fianco al suo letto. Impugnava una specie di freccia, lunga, sottile e fatta di metallo con una punta letale.

«Tu» esalò sentendosi rimescolare dentro per un misto di sollievo e paura. Non si trattava né di un vampiro né di uno dei suoi rivali. Ma non per questo era meno sgradita e inattesa come visita. Era qualcuno che non avrebbe mai immaginato di rivedere in vita sua.

Pungolandolo con la punta metallica, il visitatore notturno lo spinse a girarsi sulla schiena, per guardarlo dall'alto in basso.

«Non sono molto contento di te, Alphonsus.» Quell'unico raggio di luna disegnava il profilo delle spalle poderose dell'uomo, che se ne stava lì, con in mano il dardo metallico che ora premeva contro la pancia di Al. Il minimo movimento e ci sarebbe stato tanto sangue: lo avrebbe aperto in due come un grasso capretto.

«Come sei entrato qui? Dalla finestra? Impossibile!»

I denti bianchi del visitatore comparvero per un attimo, accompagnati da una risatina rauca. «Dalla porta, come tutti. Solo che, quando sono entrato, mi è sembrato il caso di aprire la finestra per dare un po' aria alla stanza.»

Dalla porta? Ma come cazzo…? Riuscì, chissà come, a impedirsi di scattare su seduto, sbalordito e allarmato. Forse la freccia non lo avrebbe ucciso, ma poteva causare un gran dolore e un gran casino.

«Forse dovresti considerare l'idea di sostituire i tuoi addetti alla sicurezza» proseguì il visitatore, «non sono stati granché come deterrente… almeno per me.» Un'altra risatina.

«Che vuoi?»

Fu come il segnale di smetterla con le facezie e i convenevoli: l'aria stessa nella stanza parve farsi scura e pericolosa. «Voglio sapere perché non consegni le mie lettere.»

Spostò la mano che stringeva il dardo, la cui punta era talmente affilata da tagliare il cotone teso della canotta di Al e raggiungergli la pelle. Gli premeva appena sopra l'ombelico, dove la *vis bulla*, ora scoperta, brillava nella luce scarsa.

«Aspettavo il momento giusto» rispose Al, ben conscio di come il suo cuore galoppasse per la paura: di rado ne aveva avuta così tanta.

«Le ho affidate a te. E tu hai tradito me e tutta la famiglia.»

La punta della freccia gli sfiorò la pelle fino a raggiungere la *vis bulla*. Al s'irrigidì ma quando stava per muoversi, scorse il luccichio di qualcos'altro, sempre di metallo: un secondo dardo, lungo e letale, che gli si poggiò sulla gola. Deglutì a fatica e sentì quella punta infida graffiargli il pomo d'Adamo.

«Non sei degno di portare la *vis*.»

Sentì tirare la pancia e, sebbene non osasse sollevare la testa per guardare, capì che il visitatore aveva infilato la punta della prima freccia nel cerchietto che reggeva l'amuleto. «Non hai alcun-»

«Eccome se ne ho il diritto, cazzo!». Fece un gesto secco e strappò l'amuleto dalla pelle di Al. Quando l'uomo sollevò la freccia, da essa pendeva la piccola croce d'argento che era stata di Capone.

«Tu-» La protesta gli morì in gola, perché il secondo dardo era ancora puntato lì, impedendogli di muoversi. Ma, più che l'arma, a inchiodarlo al letto erano quegli occhi scuri e furenti, trapunti su di lui.

La perdita della *vis bulla* non era stata molto dolorosa ma lo aveva svuotato. Sentiva come se il potere stesse colando via fra le lenzuola sotto di lui e, sebbene nessun altro al mondo avrebbe saputo di quella sua mancanza, lui lo avrebbe saputo.

E anche il visitatore. «Sta' lontano da mia figlia.» Quell'ordine gelido, sussurrato, non aveva bisogno di essere accompagnato da altre minacce.

Un tintinnio e il dardo da cui pendeva l'amuleto si mosse di scatto: la *vis bulla* brillò per un attimo al chiaro di luna prima che l'uomo l'afferrasse al volo e la mettesse via. «Addio, Alphonsus. Per il tuo bene e in considerazione delle tante cose che ho da fare, spero vivamente che questa sia l'ultima volta che vengo a farti visita.»

E poi scomparve oltre la finestra, in un vortice di abiti neri, accompagnato da un leggero tintinnio di dardi da balestra.

Al rimase lì sdraiato ancora un momento, il ventre che tremava di sollievo per essere ancora vivo e perché nessuno aveva assistito a quella sua sconfitta. Non aveva perso che qualche goccia di sangue dall'ombelico ma all'improvviso, sentì le viscere contorcersi ferocemente e fece appena in tempo a correre in bagno. Mentre sedeva lì, col sudore gelido che gli imperlava il viso e il corpo, ebbe la sua epifania.

Le cose sarebbero cambiate non poco, lì a Chicago.

Al Capone non era più un Cacciatore.

Sebastian Vioget era morto.

Ed era arrivato Max Denton.

Colleen Gleason ha scritto più di una dozzina di romanzi che hanno riscosso un grandissimo successo di vendite come riportato dal New York Times e dal USA Today. Le sue opere sono state tradotte in oltre sette lingue e appartengono a una grande varietà di generi.

Colleen adora essere in contatto coi propri fan quindi non esitate a contattarla sul suo sito o sulla sua pagina Facebook: **Colleen Gleason Italia.**

A volte la trovate anche su Twitter (@colleengleason).

Altre informazioni disponibili sul sito di Colleen (colleengleason.com)

———

Non perderti neanche uno dei nuovi libri di Colleen Gleason! Iscriviti alla newsletter italiana!

http://cgbks.com/Italia

Colleen on Facebook: http://cgbks.com/FB_Italia